Untergegangene Bücher sind meist zu recht vergessen. Zu den raren Ausnahmen zählt Max Mohrs Roman ›Venus in den Fischen‹. Mohr berichtet darin von einer Medizinisch-astrologischen Klinik am Stadtrand von Berlin, speziell zu dem Zweck gegründet, der erstbesten, neureichen Gesellschaft das Geld aus der Tasche zu ziehen. Und das nicht zu knapp. Dieser satirische Roman zielt zuerst auf die ganz und gar nicht gelösten sozialen Probleme in der Weimarer Republik. Weitere Themen sind – darin durchaus heutig – der Irrwitz in Mediziner-Hierarchien, Scharlatanerien im Gesundheitswesen, Frauenemanzipation. Zeitverhaftet sind freilich die Persiflagen auf die Neue Sachlichkeit oder eine köstliche Parodie auf Alfred Kerr. Dies Buch gehört in die Nachbarschaft von Erich Kästners ›Fabian‹. ›Venus in den Fischen‹ erschien 1927 als Fortsetzungsroman in einer Ullstein-Zeitung, anschließend als Buch im Ullstein Verlag, hatte Erfolg und wurde von Autoren-Kollegen wie Bruno Frank oder Zuckmayer freundlich begrüßt. Mit Beginn der Nazi-Zeit war Mohrs literarische Karriere zu Ende. Mohr, im Hauptberuf Arzt, emigrierte nach Shanghai. Einer seiner Korrespondenzpartner im Exil war Thomas Mann. Max Mohr erbrachte mit diesem Roman den Beweis, daß auch ein Schriftsteller deutscher Sprache ernste Themen unterhaltsam anpacken kann.

Max Mohr, 1891 in Würzburg geboren, studierte Medizin in München, war Soldat im Ersten Weltkrieg; gehörte zu den erfolgreichsten Bühnen- und Romanautoren der Zwischenkriegszeit; zumal sein Stück ›Improvisationen im Juni‹ wurde auf fast allen wichtigen Bühnen des deutschsprachigen Gebiets gespielt. Mohr, der aus einer jüdischen Familie stammte, ging 1934 in Exil nach Shanghai, wo er drei Jahre später an einem Herzversagen starb.

Max Mohr

Venus in den Fischen

Roman

Herausgegeben von Stefan Weidle
Mit einem Brief von D. H. Lawrence
und einer Antwort

Fischer Taschenbuch Verlag

Veröffentlicht im Fischer Taschenbuch Verlag GmbH,
Frankfurt am Main, Februar 1996

Lizenzausgabe mit freundlicher Genehmigung des
Alano-Verlags, Aachen

Druck und Bindung: Clausen & Bosse, Leck
Printed in Germany
ISBN 3-596-12539-1

Gedruckt auf chlor- und säurefreiem Papier

Erster Teil

1

Die weiße Zyklame

Ein junger Mann mit einer großen schweinsledernen Handtasche drängte sich als letzter in ein Nichtraucherabteil der Untergrundbahn Berlin, Richtung Westen. Das Abteil war überfüllt, es war gerade Geschäftsschluß. Das Abteil war überhitzt, es war ein warmer April. In dem Abteil quetschten sich aneinander und belästigten sich gegenseitig siebenundvierzig Menschen: zwölf Konfektionäre, fünf Herren von der Lebensmittelbranche, vier Herren von der Autobranche, ein höherer und zwei mittlere Staatsbeamte, ein Friseur, ein Dozent für Mittelhochdeutsch, ein Zahnarzt, ein Journalist, zwei Kellner, der junge Mann mit der großen schweinsledernen Handtasche, sechs Bürodamen, eine ältere und zwei junge Gattinnen, eine Lehrerin für moderne Gymnastik, zwei unverheiratete Tanten, eine ältere Individualistin aus der Provinz und drei Verhältnisse.

Der Wagen fuhr an und zog dahin durch seine schwarze Röhre. Darüber das tosende Zentrum der Stadt, darüber die elektrischen Lichter des zwanzigsten Jahrhunderts, darüber die ersten Himmelslichter der jungen Nacht. Im Südhimmel stand das Sternbild des Löwen, es bildete gerade das Asyl für den langsam weiterwallenden Neptun. Der große Drache raste durch den ganzen Nordhimmel und bäumte sich neben dem Kleinen Wagen bis zum Rande der Milchstraße empor, um zu zerbersten vor der sanften und unerschrockenen Vega. Der Mars war durch eine kleine einsame Wolke verdeckt, und die Venus ging gerade unter und sank dahin ins Tränenmeer des Westens.

Die große schweinslederne Handtasche geriet zwischen den Beinen des Friseurs und den Beinen der Individualistin ins Gedränge. Sie bildete auf diese Weise eine lebendige Brücke zwischen einer frisch gebügelten Normalhose und einem schwarzsamtenen Eigenkleid. Bei der nächsten Station gab es Platzwechsel, jetzt waren es die durchtrainierten Schenkel der Gymnastiklehrerin, welche sich gegen die große schweinslederne Handtasche preßten. Später geriet noch das jüngste Verhältnis daneben. Ganz gewiß hätten diese Damen lieber die starke Tuchfühlung vergröbert, die sie von der anderen Seite her durch die Herren der Konfektion erlitten, und wären alle etwas weiter von der Handtasche abgerückt, hätten sie deren Inhalt geahnt. So aber drängten sie ahnungslos ihre schmucken Glieder gegen eine ganze Welt des Schreckens, die mit ihnen unter der Lichtreklame der Stadt und unter der Lichtreklame der Ewigkeit dahinfuhr. Gegen viele blanke scharfe böse Messer und Sägen und Haken und Zangen und Meißel und Nadeln, gegen ein geburtshilfliches Besteck modernster Konstruktion, für alle Möglichkeiten einer schweren Menschengeburt berechnet, nach der letzten Wissenschaft zusammengestellt, aber trotz aller technischen Verbesserungen noch mittelalterlich genug, um davon abzurücken, wenn man Individualistin oder Verhältnis ist.

An der Endstation stieg der junge Mann aus und wurde von dem Chauffeur eines großen offenen Luxuswagens angerufen. Er bejahte und stieg ein und fuhr jetzt ganz allein dahin, die Handtasche auf seinem Schoß und alle Himmelslichter über seinem breiten und ziemlich abgegriffenen Hut aus schwarzem Velours.

Die Villa des Warenhausbesitzers Benno Trillke war festlich erleuchtet, als der junge Mann vorfuhr. Das ganze Souterrain war erleuchtet, mit allen Wirtschaftsräumen: die gekachelte Küche, der Maschinenraum I mit den Heizmaschinen, der Maschinenraum II mit den Waschmaschinen und Spülmaschinen, der Maschinenraum III mit den Trockenmaschinen und Bügelmaschinen, der Gang zu den Konservenkammern und Weckgläserdepots, der Gang zu den Dienerschaftsstuben und Dienerschafts-WCs. Das Entree war erleuchtet, die Halle, das ganze Parterre. Der Architekt, der diese Räume im vorigen Herbst umgebaut hatte, hatte hier ein Meisterstück neuer Sachlichkeit vollbracht. Der Speisesaal war vollkommen leer, hinausgeworfen der echte Renoir und der unechte Kaiser-Augustus-Kopf, hinausgeworfen die echten Teppiche Persiens und die unechten Tanzmasken der Südsee, hinausgeworfen aller sonstiger Krimskrams aus Silber, Wolle, Holz und Porzellan, und außer dem langen Tisch mit den Stühlen in Reih und Glied und außer dem Geist des Architekten, der in aufdringlicher Weise den nackten Raum durchschwelte, war nichts mehr da. Auch der Musiksaal nebenan stand auf der Höhe seiner Zeit. Das Elektrola, das Pianola, der Lautsprecher, zwanzig schlichte Sessel, fertig. Und keine Büste Beethovens mehr, kein Bild mehr von Mozart auf der Reise nach Prag, nichts lenkte mehr Herrn Trillke und seine Gäste ab, wenn sie Bachs Fugen und den letzten Nachdichtungen chinesischer Märchen und den letzten Börsenberichten aus Frankfurt lauschten.

Auch der Wintergarten dieses sachlichen Parterres war erleuchtet: die snobistischen Kakteen, die romantischen Kamelien, die zarten Zyklamen. Und hier spielte sich gerade, auf einer weißen Zyklame, eine jener großen Tragödien der Gattung ab, wie sie jeder April milliardenfach mit sich bringt. Eine weibliche Kreuzspinne, weiß Gott woher verirrt in diesen hygienischen Palast, wiegte sich lüstern in ihrem kleinen Netz. Das weiße Kreuz ihres Rückens tanzte lockend auf und ab, lockend auf und ab auf der weißen Zyklame, lockend, lockend. Ein Kreuzspinnenmännchen kam, es kam von einer prunkvollen Hortensie aus der anderen Ecke des Wintergartens, es hatte sich einen langen Faden gesponnen, eine Leiter zum Balkon seiner Julia. Aber dieser Romeo weiß seit Jahrtausenden, daß seine dünne Liebesleiter zu doppeltem Zwecke dienen muß. Zum süßen Nahen und zum entsetzten Aufunddavon. Denn das große Kreuzspinnenweibchen frißt, wenn irgend möglich, das kleine Kreuzspinnenmännchen sofort nach der Paarung auf – wie es ja auch die Heuschreckenweibchen tun, die Weibchen der Gottesanbeterin, der Prophetin oder Prego dion, die Weibchen der Wasserspinne und manche Eheweibchen der menschlichen Gesellschaft. Das Kreuzspinnenmännchen kam trotzdem, es kam trotz besserem Wissen und trotz besserem Instinkt, es tanzte an und es erhitzte sich, und es berauschte sich, es paarte sich und wandte sich danach sofort zur überstürzten Flucht. Jedoch es wurde trotz der vorbedachten Rückzugssicherung von seiner schnelleren Gattin eingeholt. Erwischt, gepackt, zerrissen, aufgefressen. Von seiner kannibalischen Julia, im Liebesnetz auf der weißen Zyklame, im Wintergarten dieses sachlichen Parterres.

Erleuchtet war vor allem der ganze erste Stock dieses Hauses. Doch während die anderen Räume ihre Festbeleuchtung nur der Nervosität der gesamten Dienerschaft verdankten, brannten hier die Lampen mit gutem Grund. Hier sollte Frau Anna Trillke ihr erstes Kind zur Welt bringen. Hierher führte man den jungen Mann mit der Handtasche.

Herr Trillke empfing ihn in der Bibliothek. Es war eine blödsinnige Nacht für Herrn Trillke. Diese ganze Geburtsgeschichte ging ihm auf die Nerven. Er beherrschte das kleine und das große Einmaleins der Börse, das alte Testament der Nachfrage und des Angebots, das neue Testament der Mode und der Gesellschaft, den Katechismus des Sports und des Flirts und die Grammatik der dazugehörigen Presse und Literatur – aber heute versagte das ganze ABC seines Lebens. Er kam sich vor wie ein Schlemihl, der etwas angestellt hat und jetzt zusehen muß, wie die anderen Menschen die Suppe für ihn ausfressen. Dieser rüstige vierzigjährige "Wöchner" liebte die verwöhnte dreißigjährige Wöchnerin, die sich in der Wochenstube nebenan in Schmerzen wand. Seine seelischen Zahnschmerzen konnten mit Anna Trillkes Geburtswehen konkurrieren, ebenso wie vor fünf Jahren sein eigenes Vermögen mit der Mitgift der schweren Bankierstochter hatte konkurrieren können. Er hatte das Telephon ausgehängt, um die ewigen Nachfragen der Verwandten und Bekannten abzustellen. Er hatte es satt, immer wieder die gleiche Antwort herunterplappern und die gleichen Glückwünsche hinnehmen zu müssen. Er ging nervös im Zimmer auf und ab. Er suchte sich eine geeignete Lektüre für diese entsetzlichen Wartestunden aus dem Bücherschrank. Es sollte in Erwägung der heiligen Nacht eine seriöse Lektüre sein. Er hatte sich gerade nach längerem Schwanken zwischen dem "Liebesleben der Ameisen" und "Goethes Liebesleben" für Goethes Liebesleben entschieden, als die weiß-uniformierte Magd den jungen Mann mit Handtasche ins Zimmer führte.

"Quaß."

"Professor Lübbe hat mich informiert, habe volles Vertrauen, Doktor Quaß."

"Besten Dank", sagte der junge Mann und stellte die Handtasche ab. Er war bereits völlig verärgert. Die ganze Lächerlichkeit seines Daseins kam ihm in diesen pikfeinen Räumen zum Bewußtsein. Daß er vorher in die Untergrundbahn gequetscht worden war, weil man ihm das Auto nur auf halbem Weg entgegengeschickt hatte, empfand er jetzt plötzlich als beabsichtigte Demütigung. Die Magd im Entree hatte viel zu lange nach dem abgerissenen Aufhänger seines vorjährigen Sommerpaletots gesucht und war sichtlich erschrocken, als sie seinen alten Hut abnahm. Und daß dieser Herr Trillke in der gleichen Sekunde, da sein Mund von Vertrauen voll war, bereits den alten abgetragenen Sakko abgeschätzt und alles Vertrauen verloren hatte, war klar. Und schuld daran war selbstverständlich nur sein gottverdammter Brotherr und Chef, Professor Theodor Lübbe, Direktor des Lübbehauses, Modegröße für Geburtshilfe, Zauberer und Medizinmann der oberen tausend Luxuspuppen der Stadt. Dieser verkalkte Gorilla hatte ihm beim Weggehen nachgerufen: "Ziehen Sie Ihren besten Anzug an, Kollege Quaß!" – Eine Frechheit, die bei einem dreißigjährigen Wissenschaftler von Rang genau den entgegengesetzten Erfolg bewirken mußte. Doktor Quaß war im Lübbehaus untergeschlupft, um sich mittels eines schuftigen Assistentengehaltes für seine gewaltigen eigenen Forschungen zu bewahren, und nicht, um den eleganten Hausdiener mit der Geburtstasche zu mimen und sich Kleidervorschriften machen zu lassen. Jeder andere Assistent aus Lübbes Garde hätte weniger versäumt als er und hätte sich besser für diesen schmählichen Warteposten im Hause Trillke geeignet. Aber wenn es Herrn Trillke nicht paßte, daß er nun gerade seine alte, abgeschabte Arbeitsjacke anbehalten hatte, sollte er es ruhig sagen. Mit Vergnügen schob er wieder ab. Welch sinnloser Aufenthalt! Er durfte jetzt stundenlang, und wenn es schiefging tagelang, die Launen dieses Herrn und die Wehen seiner holden Dame abfangen, er durfte von Zeit zu Zeit dem vielbeschäftigten Chef den Stand der Geburt telephonieren, er durfte ihn dann zur rechten Minute herbeirufen – laut Instruktion mußte es genau zwei Stunden vor der endgültigen Geburt sein –, um schließlich beim Knalleffekt untätig dabeizustehen, die Instrumente zu reichen, den alten Hokuspokus des Chefs anzusehen, die kleine Schlußnarkose à la reine zu machen und dann zum tausendsten Mal zu hören: "Ein Prinz, meine liebe gnädige Frau", oder: "Eine Prinzessin, meine liebe gnädige Frau", und dann zum Ende: "Jetzt kann ich es Ihnen ja verraten, und Doktor Quaß wird es bezeugen: es war außer-außer-außer-ordentlich schwer, aber jetzt ist alles-alles-alles allright, ein ganz besonders gut entwickeltes, frisches, wunderhübsches Kind –"

"Blödsinnige Sache, was?" sagte Herr Trillke und schob Goethes Liebesleben beiseite. "Kommen·sich eigentlich alle

Ehemänner in diesem erhabenen Moment so lächerlich vor wie ich?"

Quaß lachte und war versöhnt. Der andere kam sich auch lächerlich vor, sie waren quitt. "Halb so schlimm, Herr Trillke", sagte er, "Professor Lübbe hat ja heute mittag untersucht und alles in bester Ordnung gefunden, es liegt alles-alles-alles allright."

"Unberufen", sagte Herr Trillke und klopfte dreimal ans Mahagoni. "Wann kommt denn unser guter alter Lübbe? Ich meine – Sie werden Professor Lübbe doch ganz bestimmt zur rechten Zeit – lieber ein paar Stunden zu früh – lieber fünf Stunden zu früh, spielt ja gar keine Rolle –" Aha, das war der abgetragene Sakko. "Es wird klappen", sagte Quaß autoritativ.

"Lübbe hat ja selbst das größte Interesse, daß alles klappt", sagte Herr Trillke. "Sie wissen vielleicht, daß ich einen großen Posten Lieferungen für das neue Lübbehaus übernommen habe? Und die Zahlungsbedingungen, die ich Ihrem Chef gestellt habe, ich muß ja sagen –"

"Gehen wir in die Wochenstube", sagte Quaß und nahm seine Handtasche wieder auf.

"Einen Kognak zuvor, Doktor?"

"Besten Dank, Antialkoholiker."

Das war eine ganz alberne Lüge. Quaß trank Wein, Bier und Schnaps. Aber er mußte doch diesem verstörten Prinzgemahl irgendwie imponieren, er mußte ihm doch irgendwie Vertrauen abgewinnen, vielleicht gab ihm diese kleine Farce den Glanz zurück, der durch seinen alten Sakko gefährdet war. Seine wahre wissenschaftliche Bedeutung konnte er ja diesem Warenhauskönig nicht erklären. Er konnte ihm auch nicht erklären, daß die Dame des Hauses bei ihm besser geborgen war als bei dem alten Zauberer und Scharlatan mit dem großen Modenamen.

Herr Trillke schenkte sich selbst einen Kognak ein und schien nicht besonders beeindruckt von der Originalität seines Gastes.

"Ich habe heute schon vier Geburten hinter mir", sagte Quaß, "zwei Erstgebärende mit tadelloser Entwicklung, eine schwere Sache bei einer Achtgebärenden und eine ganz tolle Sache bei einer sehr bekannten Persönlichkeit aus der Filmwelt."

Alles Lüge! Er hatte heute nichts weiter hinter sich wie die übliche Visite auf seiner Station im Lübbehaus und eine ganz simple Geburt auf außerdienstlicher Armenpraxis, eine rein soziale Sache, die mit seinem medizinischen Können überhaupt nichts zu tun hatte. Wenn er in diesem Tempo weiterlügen mußte, um Herrn Trillke zu beruhigen, standen nette Dinge bevor. Wenn Lübbe kam, mußte der erste Zufall alles aufdecken. Auch den Antialkoholiker. Denn dann wurde gewiß Sekt aufgetischt, er hatte ja schon oft genug mit seinem Chef angestoßen auf die frisch abgenabelten Prinzen und Prinzessinnen aus der goldenen und diamantenen Praxis des Lübbehauses.

"Mein Gott", sagte Herr Trillke, "dann sind Sie schon müde, dann sind Sie schon furchtbar müde heute nacht?"

"Im Gegenteil", sagte Quaß, "solche Aufregungen pulvern gerade auf. Das war ja alles am frühen Vormittag. Am Nachmittag habe ich geschlafen, um für die Nacht auf dem Posten zu sein. Wie eine Ratte habe ich geschlafen, acht Stunden Schlaf habe ich schon hinter mir –"

Aber es half nichts mehr, Herr Trillke schien ziemlich enttäuscht. Dieser kindische Trotz, die alte, abgeschabte Jacke anzubehalten! Sie gingen in die Wochenstube hinüber.

Diese "Wochenstube" nahm fast den ganzen ersten Stock des Hauses ein. Außer dem Gemach für die Königin der Nacht waren fünf Zimmer umgebaut und zur Verfügung gestellt. Man erkannte überall die weisen Ratschläge, die der Chef für den goldenen und diamantenen Teil seiner Praxis auszugeben pflegte. Außerdem erkannte man überall Herrn Trillkes großes Organisationstalent. Herr Trillke war nicht umsonst der Mann, dem die Trillke-Tage seines Warenhauses eine Popularität verschafft hatten, die sich sehen lassen konnte neben der Popularität eines Staatsmannes, eines Meisterboxers, eines Moderegisseurs oder eines Massenmörders. Quaß dachte an die Geburt, die er sich zwischen Mittagessen und Mittagsdienst abgestohlen hatte, um der Frau eines arbeitslosen Straßenbahners die Hebamme zu sparen. Der Mann hatte ihn vor der Klinik angebettelt, als er müde vom Dienst kam. Er war Arm in Arm mit dem Mann zu der Gebärenden gegangen, sie hatten zusammen die Hände der Gebärenden gehalten und der Mann hatte bei jeder neuen Wehe geschworen, daß er jetzt bestimmt wieder Stellung finden würde, um dann sofort "das grüne Kleid aus dem Ausverkauf" für seine kleine Maus zu kaufen, mit dem ersten Vorschuß, auf Ehre und Seligkeit. Die kleine Maus war eine welke Fünftgebärende, deren vier lebende Kinder im schwarzen Flur hockten und im Takte mitwinselten, als die letzten Preßwehen einsetzten ... Quaß konnte sich einen kleinen Auspuff zum Lobe der Armut nicht verkneifen. "Platz genug, Herr Trillke", sagte er freundlich, "Platz für sieben Kaiserschnitte oder sechsundsechzig normale Zwillinge!" – "Malen Sie den Teufel nicht an die Wand, Herr", sagte Herr Trillke.

Da war ein Vorzimmer für die Ärzte, in Lila, mußte vor Urzeiten eine kleine Animierkneipe gewesen sein. Auf dem Rauchtisch neben dem Diwan standen außer den besten Marken der Rauchwarenabteilung des Trillke-Konzerns einige bunte Liköre für den antialkoholischen Assistenten. Am Telephon hing ein aufreizend großer Zettel mit den drei wohlbekannten Rufnummern des Chefs, ein Menetekel und Mißtrauensvotum für den alten Sakko mit der Geburtstasche.

Im Zimmer der beiden Wärterinnen stand der Wickeltisch, die Badewanne und eine duftige kleine Wiege. Sie war bereits angewärmt für das rätselhafte Menschenwesen, das aus der purpurnen Dunkelheit der Mitternachtssonnen zum grellen Licht des Tages drängte. Im nächsten Zimmer saß eine blonde junge Dame im weißen Ärztemantel und las in einem riesigen Wälzer, den Quaß sofort als Lübbes miserables "Handbuch der Geburtshilfe" erkannte. "Fräulein Doktor Otterloo", sagte Herr Trillke, "eine Freundin unseres Hauses, ein Familienmitglied, ist nur so da, nur zur Beruhigung, wird Ihnen nicht ins Handwerk pfuschen, Doktor." Das war ja heiter. Herr Trillke geriet selbst in Verlegenheit über diese Taktlosigkeit. Eine Art Oberaufsicht für den Unteraufseher des großen Chefs. Eine medizinische Kontrollgans aus der Familie. Es ging gegen die guten Sitten, ohne vorhergehende Vereinbarung einen anderen Arzt neben dem behandelnden Arzt zuzuziehen. Doktor Quaß begrüßte Fräulein Doktor Otterloo mit dem knallenden Hochmut des wahren Wissenschaftlers.

Das nächste Zimmer war ganz mysteriös. Da stand ein dikker Schreibtisch, dicke Wachskerzen darauf, ein dicker Sessel davor, ein großes Orchideenarrangement daneben, sonst nichts. Außerdem war das Zimmer auffallend überheizt. Herr Trillke erwartete hier noch einen Gast, einen "sehr bemerkenswerten und interessanten Gast", eine großartige Überraschung für seine Frau. Da er dabei schelmisch lächelte, nahm Quaß an, daß wenigstens nicht noch eine zweite ärztliche Kontrolle zu erwarten war, und gab sich zufrieden. Offenbar sollte er weiter nachfragen nach diesem "bemerkenswerten" Gast, da er sich aber bereits auf die überlegene Linie festgelegt hatte, nahm er es als selbstverständlich hin, daß man ein Neugeborenes sofort nach der Abnabelung in ein Zimmer mit Orchideenarrangements trug. Vielleicht war dies Zimmer für den Pastor oder für den Rabbi oder für den Kardinal bestimmt? Oder Trillkes gehörten einer religiösen Sekte an, die den Menschen in der ersten Viertelstunde des Lebens mit Orchideen einzusegnen befiehlt?

Aber das Badezimmer war in einen richtiggehenden Operationssaal verwandelt. Die Sublimatlösungen reichten aus, eine halbe Stadt zu desinfizieren. Die Jodlösungen reichten aus, sämtliche Lübbes und Kontrollgänse Europas zu vergiften. Und da stand ja auch schon, grüß Gott, tritt ein, bring Glück herein, der "Lübbesche Gebärstuhl für alle Komplikationen", an dessen Verkauf Lübbe mit fünfzig Prozent beteiligt war.

Hier packte Quaß seine Tasche aus, kämmte sich, wusch sich, nickte sich im Spiegel freundlich zu, reinigte sich mit einem festen Schubs Kölnischen Wassers von Untergrundbahn und sozialem Leid, vertauschte den alten Sakko mit dem blütenweißen Zaubermantel "Es-kann-nichts-passieren", dann ließ er sich von Herrn Trillke in das Gemach der Königin geleiten.

Anna Trillke, geborene Sardowitz, war eine hübsche kastanienbraune Jüdin, sehr scharmant, sehr belesen und sehr trainiert. Da ihre Kindheit bereits in das Zeitalter des Sports gefallen war und da ihre Mama eine kluge und reiche Mama gewesen war, hatte sie schon die schmalen Hüften und die englischen Beine der jüngsten Generation zur Extramitgift erhalten. Die literarischen Seelsorger und Kostgänger des Hauses Trillke nannten sie die "Tizianlady". Sie überragte ihren semmelblonden puritanischen Gatten beim Eislauf in St. Moritz und am Steuerrad des Autos, in der täglichen Gymnastikviertelstunde vor dem Frühstück und im Instinkt für Menschen, Tiere und Blumen. Er wiederum war der Stärkere im Verkehr mit den Dienstboten und in der Diät gegenüber Pralinen und Schlagrahm sowie im Ertragen der religiösen und sozialen Skrupel und der längeren Regenperioden auf dem Land. Es war eine harmonische Paarung. Er liebte sie, sie ließ sich von ihm lieben. Er war ein "paneuropäischer Gentleman", solange man nicht in Geldgeschäften mit ihm zu tun hatte, sie war die "Tizianlady", solange nicht ihre kleine fette Mama, der sie trotz allem verteufelt ähnlich sah, in der Nähe war.

Die Wehen hatten ausgesetzt, die Untersuchung ergab einen Stillstand der Geburt, Quaß machte sich auf eine lange Wartezeit gefaßt und fügte sich in sein Schicksal. Die Tizianlady faßte sofort Vertrauen zu ihm, da ihm der weiße Mantel ausgezeichnet zu Gesicht stand und da ihr Instinkt für gute Rasse und guten Geist in der Wehenpause unbeschränkt spielen konnte. Quaß genehmigte Herrn Trillke eine halbe Stunde Aufenthalt im Allerheiligsten, Quaß unterhielt sich mit den Eltern des erwachenden Fratzen über Zeit und Ewigkeit, über die Preiswürdigkeit der einzelnen Neuanschaffungen für die Geburt und über den zukünftigen Vornamen des Kindes.

"Es gibt keine vollwertigen Namen mehr", sagte Frau Trillke.

"Weil es keine vollwertigen Menschen mehr gibt", sagte Quaß.

"Ich bleibe bei Peter oder Ernestine", sagte Herr Trillke.

"Ich bin noch gar nicht damit vertraut", sagte Frau Trillke.

"Laß mal gehen, erst die Ware, dann das Inserat", sagte Herr Trillke.

"Ausländische Namen gehen nicht", sagte Frau Trillke, "obwohl Sven oder Daisy am besten klingt. Und allzu deutsche Namen gehen auch nicht, wir können das arme Wurm doch nicht nach meinem Schwiegervater Kuno-Ekkehard oder nach meiner Schwägerin Elfriede nennen."

"Elfriede hat übrigens schon wieder angeklingelt", sagte Herr Trillke, "wir sollen nicht vergessen, in allen Zimmern Kerzen und Petroleumlampen aufzustellen, das elektrische Licht könnte streiken."

"Elfriede ist fürchterlich", sagte Frau Trillke.

"Ich habe das Telephon schon ausgehängt", sagte Herr Trillke.

"Alle aparten Namen sind zu apart und belasten das Kind", sagte Frau Trillke, "alle banalen Namen sind zu banal und zu phantasielos. Und der Rest klingt entweder jüdisch oder katholisch oder nach dem Film. Es ist ein wahrer Jammer."

"Peter Trillke, Ernestine Trillke, das klingt gut", sagte Herr Trillke, "das klingt schnittig und solid und verpflichtet zu nichts."

"Ich habe heute ein kleines Mädchen abgenabelt", sagte Quaß, "das Kind eines arbeitslosen Straßenbahners, das bekam den stolzen Namen Grete-Olympia."

"Schrecklich", sagte Frau Trillke, "das Kind hat die Verpflichtung, eine ewig siegreiche Blondine zu werden."

"Nach den Eltern zu schließen, wird es ein kleines schwarzes Scheusal", sagte Quaß, "aber die armen Eltern wollten ihm doch wenigstens diese eine kostenlose Mitgift mit auf den Weg geben."

"Arme Grete-Olympia", sagte Frau Trillke, "wenn ihr alles schief gegangen ist, wird dieser Name den letzten Anstoß zum Selbstmord abgeben. Wie heißen Sie, Doktor?"

"Sebastian, Sebastian Quaß. Habe aber kein Talent zum Heiligen."

"Ich glaube doch", sagte Frau Trillke und wollte Quaß gerade mittels eines liebenswürdigen psychoanalytischen Quatsches ein Kompliment verabreichen, als die Wehen wieder einsetzten: "Oh, ah, ui ui ui uhhh!" Herr Trillke trollte beschämt aus dem Zimmer, und Quaß bewährte sich wirklich als Heiliger, während er eine Stunde lang die Wehenwellen richtig abzufangen half. Aber dann setzte die Geburt wieder völlig aus. Peter-Ernestine schien nicht zu drängeln. Die Tizianlady schlummerte sogar ein wenig ein. Quaß übergab sie der Wärterin und telephonierte seinem Chef den Stand der Geburt. Dann ging er in die Bibliothek und riet Herrn Trillke, sich ins Bett zu legen und zu schlafen, es war noch reichlich Zeit bis zum stürmischen Teil der Nacht, er wollte ihn rechtzeitig wekken lassen. Danach ging er ins Ärzte-Zimmer, um selbst ein wenig auszuruhen.

Er hatte sich noch keine fünf Minuten auf seinem Diwan verstaut, als die "medizinische Freundin des Hauses", die Kontrollgans, ohne Anklopfen in sein Zimmer trat. "Wie steht die Geburt?" fragte die junge Dame. – "Sie steht still", sagte Quaß und lümmelte sich unwillig wieder hoch. – "Sind Sie nicht der Mann mit den interessanten neuen Krebs-Theorien?" fragte die junge Ärztin. – "Woher wissen Sie denn das?" sagte Quaß.

Der junge Mann mit der interessanten neuen Krebstheorie und die Kontrollgans beglotzten sich feindselig.

"Es gehört doch zur Allgemeinbildung, Ihren Namen zu kennen, Herr Kollege", sagte die junge Dame.

"Na, ich bitte Sie! Das ist doch vorerst eine ganz private Sache und steht noch völlig in den ersten Anfängen, wie kommen Sie denn darauf?"

"Na, ich bitte Sie", äffte sie, "es wird doch nirgends so viel geklatscht wie in der Wissenschaft. Übrigens halte ich Ihre Theorie für falsch."

"Vermutlich haben Sie keine Ahnung davon?"

"Selbstverständlich nicht! Was man halt so in den Fachzeitschriften liest und was man gelegentlich aus der Renommiererei Ihres großes Chefs aufschnappt."

"Das wird ja der richtige Haferflockenbrei aus Klatsch und Blödsinn sein."

"Ganz gewiß. Und ganz so dumm wie dieser Haferflockenbrei sehen Sie ja auch nicht aus. Aber trotzdem ist alles falsch, was Sie da in dem Januarheft der Londoner Medizinischen geschwefelt haben, über Krebs-Dispositionen oder wie das Zeug heißt."

"Haben Sie gelesen?"

"Natürlich, sonst würde ich nicht darüber sprechen. Ich habe auch noch irgendwo einen anderen ziemlich falschen Aufsatz von Ihnen gelesen, über 'Konstitutionelle Heilung der Krebsdisponierten vor Ausbruch der Krankheit'."

"Oder wie das Zeug heißt."

"Ja, ja", sagte die junge Dame, "alles Unsinn." Sie konnte ihrem Alter nach höchstens ein Jahr Ärztin sein und hatte offenbar keinen Dunst von den Dingen, über die sie sprach.

"Besten Dank für Ihr klares Urteil", sagte Quaß.

"Bitte sehr."

"Wie gut, daß ich Sie getroffen habe! Ich hätte tatsächlich noch ein paar Jahre an diese Sache gehängt. Ein Glück, daß ich jetzt die ganze Arbeit auf den Mist karren kann."

"Tun Sie das", sagte sie.

"Werde ich tun", sagte Quaß, "morgen! Vielleicht findet eine Kollegin die bessere Lösung! Ich werde den Damen den Vortritt lassen. Schließlich ist es eine Frechheit, wenn in einem Frauenstaat ein Männchen eine epochale Entdeckung machen will."

"Was sprechen Sie für einen komischen Dialekt?" fragte die junge Dame, ohne auf die Frage des "Frauenstaates" einzugehen, "sind Sie aus den Alpen?"

Aber Quaß merkte, daß ihr die Frage des "Frauenstaates" unangenehm war und überhörte ihre Frage. "Morgen hänge ich meine ganze Arbeit an den Nagel und kehre reumütig zum niedrigen Stand der Arbeitsbiene zurück, um der Bienenkönigin nicht den Weg zu versperren. Es lebe das Vorbild der Bienen und Ameisen." Er haßte die Staatsordnung der Bienen und Ameisen, die von den Dichtern besungen und von den Wissenschaftlern bewundert wird. Das war gerade das richtige Vorbild für die sinnlose Organisationswut seiner Zeit. Die junge Dame schwieg, aber eine blödsinnig schulmädchenhafte Blutwelle ging über ihr Gesicht und zeigte, daß er auf dem richtigen Wege war. "Wie gut, daß Sie hier sind", sagte er, "ohne Ihre Kontrolle hätte ich auch diese ganze Trillkesche Geburt verpatzt."

"Erstens haben Sie mich falsch verstanden", sagte die junge Dame, "ich kritisiere Ihren Krebsquatsch nicht, um Sie zu beleidigen, sondern um Ihnen ein Kompliment zu machen. Sie sehen gar nicht nach einem Wissenschaftler aus."

"Das ist ein Kompliment?"

"Und ob", sagte sie. "Ich stamme aus einer sehr berühmten Wissenschaftlerfamilie und kann das beurteilen, mein Herr. Und zweitens hat das mit männlich oder weiblich gar nichts zu tun und mit 'Frauenstaat' erst recht nichts. Sie haben keine Ahnung von dieser Frage, das habe ich an Ihrem Bienengeschwätz bereits bemerkt. Vor allem aber bin ich nicht zu Ihrer Kontrolle hier. Es ist albern, daß Sie sich über meine Anwesenheit ärgern. Schon vor Herrn Trillke haben Sie mich wie eine Verbrecherin behandelt. Wir beide werden doch nicht den Rahm von Herrn Trillkes Portemonnaie abschöpfen, weder Sie noch ich, sondern Ihr großer Chef, das größte Kamel, in das ich je hineingetreten bin."

"Das stimmt", entfuhr es Quaß.

"Gott sei Dank, daß Sie das zugeben. Ich habe Ihrem Chef in der vorigen Woche bei einer Zangengeburt zugeschaut, und ich muß sagen – ich habe ihm auch ganz offen ein paar schwere Kunstfehler zugeblinzelt."

"Er wird sich gefreut haben. Wie lange sind Sie denn Ärztin?"

"Zwei Jahre. Ich empfehle jetzt allen Frauen, die mich zuziehen, Professor Sperlich." Sperlich war Lübbes große Konkurrenz. Offenbar stimmte das mit dem "Familienmitglied" nicht ganz. "Aber diese Trillkes", sagte sie verächtlich, "diese Leute stehen ja mit Lübbe in Geschäftsverbindung, da war nichts zu machen. Ist ja auch ganz egal hier, alles in Ordnung, Professor Lübbe kann das Kindchen hier mit seinem reinen Priestertum zur Welt bringen. Ich denke aber, er wird überhaupt nicht dazu kommen, diese Geburt hier zu machen, glauben Sie nicht auch?"

"Wieso?" sagte Quaß. Ihr letzter Satz klang völlig rätselhaft. "Sind Sie nicht verwandt mit Trillkes?"

"Nein", sagte sie und lachte.

"Sie sind doch eine Freundin dieses Hauses?"

"Ich denke nicht daran", sagte sie und lachte sehr.

"Wozu sind Sie denn hier?"

"Zur Kontrolle."

"Sie sagten doch selbst, daß Sie nicht zur Kontrolle hier sind."

"Nicht zu Ihrer Kontrolle, weil Sie ganz vertrauenswürdig aussehen, trotz Ihres Krebsklimbims. Aber im allgemeinen werde ich doch zur geheimen Kontrolle der Herren Ärzte zugezogen."

"Das ist sehr übel, meine Dame", sagte Quaß, "es geht gegen die guten Sitten, ohne gegenseitige Vereinbarung einen Posten anzunehmen, auf dem schon ein anderer Arzt steht. Ich möchte nicht wissen, was das Standesgericht dazu sagen wird."

"Großartig", sagte sie. "Wollen Sie mich beim Standesgericht verpetzen? So sehen Sie aus! Mein lieber Herr, die armen Frauen sind sehr froh, wenn in ihrer schweren Stunde eine weibliche Kontrolle über die Herren Wissenschaftler in der Nähe ist. Wer sich den Luxus leisten kann, zieht mich zur Kontrolle zu, und wenn sich das Standesgericht auf den Kopf stellt. Vorerst hat auch noch keiner der Herren gewagt, mich anzuzeigen, ich werde schon seit Monaten von einer reichen Familie zur anderen reichen Familie empfohlen."

"Sie könnten sich ja vorher mit dem behandelnden Arzt einigen, das wäre wenigstens offenes Spiel."

"Mir macht es aber gerade so Spaß, als Familienmitglied, als medizinische Freundin des Hauses, da kann ich meinen eigenen Tarif verlangen. Und auf diese Weise sind wenigstens beide Parteien beleidigt: er, weil man ihm doch nicht so ganz vertraut, und ich, weil man mich doch so auf alle Fälle dabei stehen läßt. Das ist doch eine reizende Verschwörung zwischen der Dame des Hauses und mir gegen den behandelnden Mann, was wollen Sie! Werden Sie mich beim Standesgericht verklagen?"

"Verklagen werde ich Sie nicht, aber höchst übel finde ich diese Verschwörung, das kann ich Ihnen sagen."

"Wieso übel? Ich brauche Geld. Ich bin aus einer sehr reichen Familie, aber ich bin von meiner Familie entlassen worden und sitze auf der Straße, ich muß Geld verdienen. Ich besitze noch nicht einmal ein eigenes geburtshilfliches Besteck, aber sagen Sie das nicht Herrn Trillke."

"Sie sind sehr amüsant", sagte Quaß. Er fand sie wirklich amüsant. Warum war sie von ihrer reichen Familie auf die Straße gesetzt worden? Hatte irgendein alternder Papa die große Selbstverständlichkeit ihres Wesens nicht verdaut? Sie war ja sehr sachlich, sehr hübsch, sehr deutlich. Das Zimmer nebenan, ihr Zimmer, war leer, und das zweite Zimmer nebenan, das Orchideenzimmer, war auch leer. Sollte er sie zur Strafe für ihr Attentat auf seine ärztliche Ehre und zum Lohn für seine Diskretion beim Schopf packen und abküssen, war das der Sinn ihres Vertrauens? Aber er hatte das ungefähre Gefühl, daß er dabei trotz ihrer hemmungslosen Art schwer ausrutschen könnte, das war die Sache wirklich nicht wert. Sie erriet offenbar seine Gedanken, denn sie sagte in sehr kühlem Ton: "Das geht Sie ja auch alles gar nichts an, ich werde Ihnen keinen Roman erzählen, ich werde Ihnen nicht erzählen, warum ich auf der Straße sitze, ich habe Ihnen das alles nur aus pekuniären Gründen anvertraut. Wir haben nämlich ein Geschäft zusammen."

"Das ist mir neu", sagte Quaß.

"Wir machen die Geburt ohne Lübbe", sagte sie.

"Das ist ja ein reizender Plan."

"Glauben Sie, wir können es nicht? Es liegt alles normal."

"Deswegen ist es doch nicht! Ob normal oder nicht, spielt wirklich keine Rolle. Sie werden mir wohl zutrauen, daß ich jeder Komplikation gewachsen bin."

"Verzeihung, Herr Genie! Um so besser! Wir schmieren Lübbe aus."

"Purer Unsinn, was Sie da reden, mein liebes gnädiges Fräulein. Der ganze Zweck meines lächerlichen hiesigen Aufenthaltes ist nur, den Professor rechtzeitig zu benachrichtigen."

"Das ist es ja", sagte sie. "Lübbe bekommt für diese glatte Sache mindestens zweitausend Mark, schätze ich. Sie bekommen gar nichts. Und mein Tarif für die geheime Kontrolle ist auf hundert Mark vereinbart. Wenn wir uns ein wenig irren über den Stand der Geburt und wenn wir vor lauter Aufregung Herrn Professor eine Stunde zu spät anfahren lassen, können wir es bequem einrichten, daß er das Nachsehen hat. Stellen Sie sich seinen Ärger vor, gerade bei dieser wichtigen Kundschaft, das ist allein unbezahlbar. Er kann uns nicht den kleinsten Vorwurf machen, wenn wir hübsch naiv tun und eine überraschend schnelle Endgeburt beschwören. Vor allem aber kann ich dann Herrn Trillke fünfhundert Mark für eine ganz und gar selbständige Geburt abnehmen, und wir können uns in den Gewinn teilen. Sehen Sie das nicht ein?"

"Vollkommen."

"Stimmt die Rechnung nicht?"

"Aufs Haar."

"Sind Sie reich, können Sie zweihundert Emm aus dem Fenster werfen?"

"Durchaus nicht."

"Ist es nicht ein großartiger Plan?"

"Großartig."

"Sind wir einig?"

"Einig sind wir. Aber ich habe mich bisher nicht von den Damen des Frauenstaates auffressen lassen, und ich habe auch nicht die Absicht, es in Zukunft zu tun. Sie sind eine ausgemachte kleine Hochstaplerin."

"Sie sind ein ausgemachter großer Idiot", sagte die Kontrollgans wütig und ging aus dem Zimmer. Der junge Mann mit der interessanten Krebstheorie grinste vor sich hin und verstaute sich wieder auf dem Diwan. Er wartete auf den Weckruf der Wärterin, die Wärterin war eine zuverlässige Person. Aber die nächste Wehenwelle war offenbar noch nicht zu erwarten, die Königin der Nacht schien noch zu schlafen, das ganze Haus schien zu schlafen, das Unaufhaltsame schien sich Zeit zu lassen.

2

Die tibetanische Milch

Ein langgestreckter offener Wagen rutschte langsam die nächtlichen Villenstraßen entlang. Der Scheinwerfer tastete die einzelnen Hausnummern und Straßenschilder ab, der Chauffeur fluchte dauernd vor sich hin und schien dauernd irre zu fahren. Im Fond des Wagens saß oder lag vielmehr ein herkulisch gewachsener Herr, die Arme weithin über die Rükkenpolster gestreckt, die Beine rechts und links auf die beiden Seitentüren gelümmelt. Er starrte aufmerksam in den Sternenhimmel und kümmerte sich nicht im geringsten um die Irrfahrten seines Chauffeurs. Der Wagen geriet in eine Sackgasse und mußte wenden – vor, zurück – vor, zurück – vor, zurück. Dann fuhr er wieder an und rollte auf den nächsten Häuserblock zu, um wieder die einzelnen Schilder mit dem Scheinwerfer abzutasten.

"Hupp", sagte der Herkules im Fond, als eine große Sternschnuppe durch den nördlichen Himmel fiel. "Schnell eine Wunsch – och verdammt, jetzt habe ich mir eine kleine Schinkenbrötchen gewünscht anstatt fünf Milliönchen und hundert Jahren Gesundheit – schon zu spät –" Er glitt noch tiefer in den Fond und wartete gespannt auf die nächste Sternschnuppe. Da sie nicht kam, begann er sich eins zu singen. Er quetschte die Melodie seines Liedes bis in die höchsten Kopftöne hinauf und synkopierte die Begleitung in den tiefsten Grunztönen zwischenhinein. Es klang wie das abgerissene Duo eines ganz alten und eines ganz jungen Höhlenmenschen. Plötzlich zog er das linke Bein an und versetzte seinem Chauffeur einen Tritt an die Schulter. "Alte Viechkerl, siehst du nicht die große Puff dort mit die Festbeleuchtung? Das ist es, aber ganz gewiß!" Der Chauffeur drehte bei und ließ den Wagen auf Haus Trillke los.

"Stimmt, Herr Doktor", sagte er, während er vorfuhr. Er sprang vom Sitz, um dem Herkules die Tür aufzureißen.

"Adios", sagte der Herkules und rückte den zurückgerutschten steifen Hut tief ins Gesicht, während ihm sein Chauffeur einen Pelz und eine Handtasche überreichte. "Ich telephoniere, wann ich fertig bin. Geh zu Bett und schlaf deine Rausch aus." Der Chauffeur grinste und grüßte und fuhr wieder ab. Der Herkules wartete vor der Tür noch eine Zeitlang und spähte noch einmal aufmerksam nach dem Himmel. Aber keine Sternschnuppe fiel mehr nieder. Er drückte alarmierend lang auf die Klingel und trommelte sofort mit den Fingerknöcheln einen gewaltigen Marsch an die Vortür, bis man ihn einließ.

Quaß war noch nicht zehn Minuten eingeschlafen, als ihn eine grobe Hand wachrüttelte. "Herr Kollege, Herr Kollege, die Geburt ist schon vorbei!" Quaß sprang auf und starrte perplex auf den Menschen, der vor ihm stand. Er sah einen weißhaarigen und äußerst elegant gekleideten Neger vor sich stehen. Kein Zweifel, dieser Herkules mit dem strahlenden Gesicht eines jungen afrikanischen Gottes und dem weißen Haaransatz eines alten europäischen Gelehrten und dem Hosenschnitt und Jackenschnitt eines großen Snob war ein Neger. – "Was ist?" stotterte Quaß.

"Die Geburt ist vorbei, du hast alles verschlafen", sagte der schwarze Herkules und grinste ihm freundlich ins Gesicht.

Quaß sah plötzlich das Trillkesche Hausmädchen an der Gangtür stehen und sich das Lachen verhalten.

"Du kannst gehen, du kleine Maus", sagte der Neger zu der Magd, und das Mädchen ging.

"Was ist?" fragte Quaß schroff.

Sein Besuch nahm sich eine Zigarette vom Rauchtisch, zündete sie an und sagte freundlich: "Sie haben die Geburt verschlafen, Herr Kollege."

"Unsinn", sagte Quaß.

"Unsinn?" sagte der Neger, "ich spreche die Wahrheit. Ich bin soeben von Mama Trillke geboren worden. Ich bin die Kind."

"Unsinn", sagte Quaß.

"Haben Sie so was noch nicht gehört, Herr Kollege?" fragte der Neger teilnahmsvoll.

"Darf ich Sie um Auskunft bitten", sagte Quaß scharf. Er war überzeugt, daß der Neger kein medizinischer Kollege war.

"Auskunft? Mit Vergnügen! Es war eine ganz leichte Geburt. Gegen Schluß war es ein wenig unangenehm für mich, aber es ging sosolala. Mami schläft jetzt. Es war ja auch keine Kleinigkeit für sie. Die Wärterin wollte mich in eine Windel stecken, aber ich habe ihr auf die Finger geklopft. So eine ausgewachsene Baby wie mich steckt man doch nicht mehr in eine Windel, das müssen Sie doch selber zugeben, Herr Kollege!"

Quaß zuckte verächtlich die Schultern. Er hatte es offenbar mit einem Clown zu tun. Der Neger schien sich über diese Geste zu ärgern, denn er sagte sofort in völlig verändertem Ton, sehr selbstbewußt und fast ganz ohne fremden Akzent. "Kennen Sie mich nicht, kennen Sie mich wirklich nicht?"

"Bedaure", sagte Quaß.

"Hat Ihnen Herr Trillke nichts erzählt?"

"Bedaure", sagt Quaß. "Oder sind Sie vielleicht der Herr aus dem Zimmer mit dem kostbaren Orchideenarrangement?"

"Sehr nett von Herrn Trillke ist das! Eine alte heimatlose Strolch liebt diese kleine ausgerupfte Blumen. Da ist kein Wort dagegen zu sagen, mein Herr, daß in meine Zimmer Blumen stehen. Ich höre, Herr Trillke schläft noch ein bisserl, sonst hätte ich ihn schon begrüßt und mich für diese schöne Zimmer bedankt. Aber Sie sind ja auch nicht übel untergebracht! Ich werde ein wenig an Ihre Vorräte teilnehmen." Er schenkte sich einen Schnaps ein. "Auf eine gute Geburt, Herr Kollege!"

"Zum Wohl", sagte Quaß. Er kam sich blöde vor. Dieser Herr hatte eine seltsam vergewaltigende Art.

"Ich bin Doktor Louis Abba, – der Name sagt Ihnen nichts, nein, wirklich nichts? Mein Gott, mein Gott, mein Gott, Sie junger Mann –" Er schien ehrlich entsetzt über Quaß' Unbildung. "Ist eigentlich noch jemand hier? Wann kommt die Professor? Wann ist die Geburt? Bin ich viel zu früh? Schläft die ganze Haus?"

"Hier nebenan ist noch eine Ärztin, die gnädige Frau hat gerade Wehenpause und schläft, es ist augenblicklich nichts zu tun", sagte Quaß und ärgerte sich gleichzeitig, daß er so willig Auskunft gab.

"Noch eine Ärztin", sagte Doktor Abba, "hier nebenan?" Er öffnete ohne weiteres die Tür und steckte seinen Kopf ins Nebenzimmer. "Och – kennen wir uns nicht –?"

"Selbstverständlich", hörte Quaß die Kontrollgans rufen. "Kommen Sie näher, Doktor Abba."

"Woher kennen wir uns?" fragte der weißhaarige Neger und blieb unter der Tür stehen.

"Wir haben uns in der vorigen Woche bei der Geburt im Hause Krugmann getroffen."

"Darf ich rauchen?" fragte der Neger.

"Aber bitte, Doktor Abba, treten Sie näher."

Der Neger schritt ins Nebenzimmer, ohne Quaß eines weiteren Blickes zu würdigen. Er schloß die Tür hinter sich, und Quaß war wieder allein. Dieser verdammte Lübbe, sagte er laut vor sich hin, dieser verkalkte Gorilla! Lübbe war an allem schuld. Aber woran eigentlich? Er setzte sich auf den Diwan und horchte auf die Kollegenschaft im Nebenzimmer, die sich sehr lustig zu unterhalten schien. Aber er konnte nichts verstehen. Bevor er sich wieder auf dem Diwan verstaut hatte, kam die Wärterin und rief ihn zur gnädigen Frau.

Während er sich im Badezimmer die Hände wusch, beschloß er drei Dinge. Erstens durfte weder dieser Doktor Abba noch dieses Fräulein Otterloo das Geburtszimmer betreten. Er allein trug die Verantwortung. Wenn die Preßwehen kamen, wurde Lübbe gerufen, dann konnte Lübbe die Verantwortung übernehmen. Bis dahin waren noch viele Stunden Zeit, bis dahin war er Herr dieses Hauses und – basta.

Zweitens wollte er der armen Dame des Hauses die Geburt in brillanter Weise erleichtern. Sie sollte ihr Leben lang mit Freuden an ihn denken. Daß ein Kunstfehler unterlief, war bei seiner Schulung ausgeschlossen, aber er wollte auch seine ganze menschliche Kraft einsetzen, um ihr die schwere Stunde zu erleichtern. Er fühlte plötzlich eine tiefe Zuneigung zu der armen Mutter, zu der lieblichen Puppe aus der höheren Konfektion. "Sebastian Quaß?" sollte sie in zwanzig Jahren sagen, "ist er jetzt so berühmt geworden? Ach ja, ein wunderbarer Mensch, hat mir bei der Geburt meiner Ernestine die schwere Stunde mit den glühenden Rosen der Menschenliebe bekränzt. Quaß for ever ..."

Und drittens sollte jetzt endgültig die ganze Menschheit von der Krebskrankheit erlöst werden, dann war es aus mit den Kleidervorschriften irgendeines verkalkten Chefs, mit der dreisten Kritik irgendeiner albernen Medizinerin, mit den Clownerien irgendeines schwarzen Herkules. Er wenigstens war dann für dieses Gesindel nicht mehr vorhanden. Was dieses blonde Persönchen über seine Krebstheorie gefaselt hatte, war natürlich pure Frechheit gewesen. Trotzdem saß es, saß fester, als sie ahnen konnte. Ein kleiner Teil seines wissenschaftlichen Materials war von der internationalen Forschung anerkannt worden, aber er hatte sich doch hinreißen lassen, seine Thesen viel zu früh am Markt der Eitelkeit anzuschlagen. Es war noch ein riesenhaftes statistisches Feld durchzuakkern, und die Kontrollgans hatte recht: er war kein Wissenschaftler in dieser algebraischen Zeit, in der eine Idee nur mit dem Hosenboden, nur gegen tausend winzige Schikanen der Materie und der Menschen, nur mit der Kleinarbeit vieler einsamer Jahre verwirklicht werden konnte. Und nun gerade! Er war diesen beiden Halunken gegenüber nicht sehr gewandt gewesen, er hatte nicht die richtige Antwort gegeben, aber war er nicht auch in den letzten Jahren zum Mönch geworden? Mußte er nicht zum Mönch werden? Jawohl, er mußte in der Zelle bleiben, bis sein Gebet erhört war.

"Doktorchen, au au au ..." stöhnte die Tizianlady, als er in ihr Zimmer trat.

"Halten Sie meine Hände fest, mein Kind", sagte er zärtlich. Aber die Wehenarbeit war noch schwach, die Welle ging schnell vorüber. Die Tizianlady mußte das Bett verlassen und einige leichte gymnastische Spezialübungen machen. Die Wärterin wurde in ihr Zimmer geschickt, um ein wenig zu rasten, Quaß übernahm selbst die Wache für die nächsten Stunden.

Er bot der Dame des Hauses den Arm und führte sie im Zimmer auf und ab. Sie durfte vorerst nicht ins Bett zurück. Gehorsam trippelte sie in ihrem gelbseidenen Zimmermantel neben ihm die Ecken des großen Zimmers aus.

"Eins zwei, eins zwei, eins zwei, nur nicht stehenbleiben, nur immer weiter, wird schon gehen. Wir marschieren jetzt durch das Tal der seligen Schmerzen. Die Marzipanbrücke hinter uns ist abgebrochen, wir können nicht mehr zurück, wir müssen durch. Der Weg ist ein wenig wild, unsere reizenden roten Pantöffelchen sind solche Wege gar nicht gewöhnt, aber auf einmal ist unser Tal zu Ende, und da hockt das Baby und ruft: How do you do, Mama?"

Die Tizianlady marschierte tapfer neben dem breitschulterigen jungen Mann auf und ab und horchte ein wenig mißtrauisch auf seine Predigt im fremdartigen älplerischen Ton.

"Meine liebe gnädige Frau, zur gleichen Stunde wie wir wirft jetzt eine kleine zarte Hirtin auf der tibetanischen Hochebene ihr Kälbchen. Das ist eine schlimme Sache, auf der tibetanischen Hochebene ein Kind zur Welt zu bringen, wenn gerade so ein richtiger Schneesturm vom Himalaja herüberweht. Kein Dach über dem Kopf, nichts zu essen, keine ausgekochten Linnen, kein Doktor, der seinen Quatsch dazu quatscht. Aber hier bei uns ist es ja eine Kleinigkeit, eins zwei, eins zwei, eins zwei. Und auf einmal ist alles vorüber, in Tibet und bei uns. Dann trinken wir ein Glas Milch, das schmeckt wie die Milch jener bekannten tibetanischen Himmelskuh. Auch unsere kleine Hirtin bekommt ein Glas Milch, man kredenzt es ihr in einem alten schmierigen Lederbecher. Die Zeit kann ja auf keinen Fall plötzlich stillstehen, weder in Tibet noch hier, das ist wissenschaftlich nachgewiesen."

"Doktorchen!"

Eine Wehe. "Lehnen Sie sich an mich", befahl Quaß, "ganz fest, noch nicht pressen, das kommt später, so so so –" Sie stemmte ihre Arme auf seine Schultern, er hielt sich steif wie eine Mauer und trug ihre Last. Als er fühlte, daß die Welle vorüber war, löste er ihre Arme von seinen Schultern. "Schon vorbei, weggeschwommen, die kommt nicht wieder."

"Ich glaube, ich kann es nicht durchhalten, Doktorchen."

Quaß lachte. "Das sagen alle Frauen, mein Kind, das hat Ihre Mutter gesagt und hat meine Mutter gesagt, das wird in fünfundzwanzig Jahren auch wieder Ernestine sagen, Ernestine Liebling, geborene Trillke, wenn das Enkelkind an der Reihe ist."

Sie eröffneten wieder die Promenade. Er spielte ihr wieder eine kleine sentimentale Sonate auf, um ihre Angst abzulenken. Sobald eine neue Wehenwelle kam, mußte sie sich wieder an ihn lehnen. Dann hielt er still, bis die Welle abgeklungen war. Es war die seltsame Umarmung, die auf der Liste der geheimnisvollen Liebesgesten ganz am Ende steht. So stützt im Urwald auch der melancholische Menschenaffe seine kleine Äffin, wenn sie mit wildem Brüllen sich zerspalten muß.

3

In den Fischen

Doktor Abba und Fräulein Doktor Otterloo waren unterdessen in Quaß' Zimmer übergesiedelt, weil hier der Schnaps und die Zigaretten und die besten Dinge aus der Schokoladenabteilung des Trillke-Konzerns aufgestellt waren. Außerdem war hier das Telephon, und Doktor Abba hatte noch zwölf Gespräche zu erledigen, ehe er an seine Arbeit gehen konnte.

"Sie sind ein geplagter Mann, Doktor Abba", sagte Fräulein Otterloo und streckte sich auf Quaß' Diwan aus.

"Ein geplagter Mann?" sagte Doktor Abba und rief eine neue Nummer an. "Das ist gar kein Wort für mich! Ich bin eine arme, alte Paradiesvogel, dem diese gottverlassene Europa seine letzten Federn ausgerupft hat – Hallo, also wenn die Chefredakteur nicht zu sprechen ist, dann geben Sie mir bitte die Nachtredakteur, oder wie das Schwein heißt. Jawohl, meine Fräulein Doktor, ich bin eine gerupfte Engel, und Ihre ordinäre Berlin reißt mir noch die allerletzten Federchen aus die kahle Flügel. Hallo, hier Doktor Louis Abba, jawohl, sagen Sie mir, Herr Exzellenz, ist Ihre Bericht über meine Vortrag auf die heutige Pressetee schon in Druck gegangen? Wie? Dann, bitte, sehen Sie mal nach, Herr Exzellenz, ich bleibe am Apparat. Wie heißen Sie mit Vornamen, Fräulein Otterloo?"

"Nelly."

"Wunderhübsche Name."

"Für Büffetdamen und Rassehunde!"

"Oh, Miß Nelly, I love you, je vous aime, Ichliebesie, Chliesiebiese von Herzen ... Hallo, noch nicht, dann bitte eine kleine Korrektur, Herr Direktor. Sie können es vielleicht im Kopf behalten, oder schreiben Sie es lieber auf, ich kenne ja Ihre Kopf nicht ... Der astrologische Frühlingspunkt der Sonne wird erst im Jahre 1961 nach Christi Geburt aus die Sternbild Fische in die Sternbild Wassermann übertreten. Ich habe heute in meine Vortrag aus Versehen die astronomische Punkt angegeben, die Jahr 1960, das war eine Irrtum, es muß nach meine Astrologie heißen: Die Sonne tritt im Frühlingspunkt 1961 in die Sternzeichen Wassermann – wie, jawohl ist das wichtig, sehr wichtig, das können Sie mir glauben. Wann die neue Reich anbricht, ist für viele Leser von Ihre Dreckblatt etwas wichtiger wie Ihre verknackste Politik und Ihre Hosenlatzfeuilleton und Ihre Busenhalterreklame – Wie bitte, allright, Herr Exzellenz, empfehle mich."

"Und was hat Exzellenz gesagt?"

"Mäbisch hat er gesagt, und das hat heute auch schon eine andere Redakteurbubi zu mir gesagt. Was ist Mäbisch?"

"Das hieß gewiß Nebbich!"

"Was ist das? Wie heißt das in Englisch oder Französisch oder Spanisch?"

"Läßt sich nicht übersetzen. Es ist der Schlachtruf der Ungläubigen, mein lieber Doktor Abba. Ein internationales Wort wie Prozent oder Snob oder Million."

"Prozent, Snob, Million, Mäbisch", zitierte er nachdenklich, "och, ich weiß schon, das ist eine merkurische Wort, das hört man sofort. Och, diese Riesenschwein Merkur! Seine Strahlen werden noch alles kaputt machen, meine kleine Miß Nelly, bis endlich die Sonne in die Wassermannsternchen marschiert."

"Erklären Sie mir, Doktor Abba, bitte, bitte, was macht der Merkur kaputt?"

"Das soll ich Ihnen erklären? Aber wenn ich Ihnen das erklären soll, meine kleine Miß Nelly, dann müssen Sie mir vorher sagen, ob Sie eine Katholik sind oder eine Protestant oder eine Hebräer oder eine Buddhist oder eine kleine blöde Atheist?"

"Was hat das mit dem Merkur zu tun?"

"Mit Merkur gar nix – aber mit meine Art und Weise, um Ihnen eine winzige Licht aufzustecken." Er trat bereitwillig zu ihr, um ihr eine kleine astrologische Gratisstunde zu geben. Dieser große Mode-Astrologe, der im vorigen Jahre New York und London abgegrast hatte und jetzt über Paris nach Berlin gekommen war, spielte nur am Vortragspult und in der öffentlichen Sprechstunde seine marmorne Autorität aus. Im Leben war er ein liebenswürdiges Tier, ein bizarres und hintergründiges und albernes Tier. Er setzte sich neben Miß Nelly auf den Diwan und umspannte prüfend mit seiner wunderbaren alten kaffeebraunen Tatze ihre Knie. Sie schob sofort seine Hand fort und zog ihre Beine unter den weißen Ärztemantel. Er lachte herzlich und sprang vom Diwan auf, um wieder im Zimmer auf und ab zu marschieren. "Eine Protestant! Stimmt? Jawohl stimmt das! Das ist auch eine Kunst von diese gute alte Doktor Abba, so etwas mit einem Griff an die kleine Knie zu diagnostizieren. Eine Katholik hätte die Knie ganz anders weggezogen, nicht gar so schroff. Eine Buddhist hätte sich überhaupt nicht gemuckst. Eine Hebräer hätte die Knie ein wenig dagegengestemmt und gleichzeitig auf meine Finger geschlagen. Und eine ganze Atheist hätte noch mehr Angst gehabt wie eine Protestant, was so viel ist wie eine halbe Atheist. Mein Gott, werden Sie doch nicht rot, Miß Nelly! Wie alt taxieren Sie mich denn?"

"Fünfzig", log Fräulein Otterloo. Sie schätzte ihn auf mindestens sechzig. Er brach in Gelächter aus.

"Wie alt?" fragte sie.

"Hundertelf! Auf Ehrenwort! Aber wenn Sie es glauben, schlage ich Sie auf die Stelle tot. Also wie alt?"

"Hundertelf!"

Er schnitt eine wilde Fratze und fauchte auf sie los. "Jetzt fresse ich auf die kleine Mäbisch!"

"Nebbich! Also nehmen Sie an, ich bin eine Nebbich und erklären Sie mir den Planeten Merkur, Doktor Abba!"

"Für eine Mäbisch gibt es keine Erklärung, wenn das eine richtige Kind von Merkur ist", sagte er ernst. "Eine richtige Kind von Merkur hat keine eigene Lebenssubstanz, das versteht alles und nichts, da läßt man am besten die Finger weg, auf eine Rechenmaschine kann man keine Musik machen. Aber Sie sind keine Kind von Merkur, Sie kleine halbe Atheist, Sie sind ein Kind aus die Himmelsraum Wassermann. Stimmt's?"

"Ich habe keine Ahnung. Ich kenne mein Horoskop nicht."

"Ohwehohweh, dann wissen Sie nicht einmal, was die Himmel für ein Gesicht gemacht hat in Ihrer Geburtsstunde?"

"Er wird wohl kein sehr schönes Gesicht gemacht haben. Vermutlich hat er überhaupt weggeguckt."

"Och, wie traurig! Haben Sie viele Schmerzen, Miß Nelly? Zerbrechen Sie sich mit viele unnötige Gedanken Ihre sanfte blonde Kalbsköpfchen? Aber Sie können mir glauben, die Himmel hat auch zu Ihrer Geburt nicht weggeguckt."

"Wer weiß!"

"Diese große Himmel macht zu jeder Sekunde dieser Welt seine eigene Gesicht. Da ist diese wunderhübsche kleine Erdenkugel und dreht sich rundum, und da ist die Mond und Venus und Merkur und Mars und Jupiter und Saturn und Uranus und Neptun, und drehen sich alle rundum, und da ist die Sonne und dreht sich auch rundum, und da sind die Fixsterne und drehen sich wiederum rundum: so ist das in unsere lustige kleine Karussell aus Ewigkeit. Das gibt doch ganz gewiß für jede Herzschlag auf diese Menschensternchen eine eigene und neue Gesicht. Ecco!"

"Und diese Himmelsgesichter schreibt der große Astrologe Doktor Louis Abba auf und schaut sie an und deutet sie, das ist die ganze Zauberei?"

"Jawohl, Kleinigkeit, machen Sie auch so. Vielleicht sind Sie morgen schon so berühmt wie die gute alte Doktor Louis Abba."

"Kann man viel Geld damit verdienen?"

"Och, es geht so, meine kleine Mäbisch! Sie müssen aber vorher noch ein wenig die höhere Mathematik und die moderne Astrologie studieren, Sie müssen die indische und die chinesische und die chaldäische und die europäische Erfahrung sammeln, Sie müssen auch ein wenig die alte afrikanische Neger-Astrologie verstehen."

"Wird gemacht."

"Und Sie müssen eine gute Ohr haben für die kleine Liederchen, was die einzelnen Himmelsgesichter so vor sich hinpfeifen."

"Und ein wenig Menschenkenntnis, nicht wahr? Das wird wohl die Hauptsache sein? Ich muß doch wissen, was die Menschen gern hören wollen."

"Selbstverständlich", sagte er gutmütig, völlig unberührt von ihrem Spott. "Sie zum Beispiel wollen gerne hören, ob in eine merkurische Zeitalter die keusche Venus noch Kraft und Herrlichkeit genug hat, um zu siegen über die schmutzige Venus von die Hunde auf der Straße. Das wollen Sie gern hören. Von die allerneueste Eleganz der Keuschheit soll ich etwas erzählen aus Ihre Horoskop. Och, ich kenne das ganz genau, was so eine kleine, keusche Venus in eine merkurische Zeitalter hören will. Ja ja, das stimmt, trotz Ihre dumme Maske aus Mäbisch!" Sie war still und schien getroffen. Er grinste. Er war das gewohnt. Er konnte blindlings seiner Witterung vertrauen. Es war so leicht, diese armen, kleinen, verknacksten Europäerinnen ins Herzchen zu treffen. "Ja, mein Kind, Sie liegen hier und lachen mich aus und sind doch auch nichts anderes wie eine kleine Photo von die Himmelsgesicht an Ihre Geburtstag." Da sie nicht antwortete, marschierte er im Zimmer auf und ab und pfiff sich eins, er schien die ganze Miß Nelly bereits vergessen zu haben.

"Was ist mit dem Merkur?" fragte sie nach einiger Zeit.

"Och, die Merkur ist eine ganz gute Kerl, wenn sie die Kraft zu die Strahlen von eine andere Planet abgibt und sich an eine andere Planet anlehnen kann. Dann ist die Merkurstrahl für uns kleine Himmelskinder sehr gut. Es ist die Strahlung für die rechnerische Verstand, für die Vermittlung, für die Geld und die Zahlen und die Worte, was alles zwischen die wirklichen Dinger herumspaziert. Das ist sehr gut, wenn diese Merkurstrahlen sich verbinden mit die Strahlen von die große Liebe und die große Kraft und die große Wut und die große Musik. Aber wenn diese ganze Vermittlung allein steht, was ist dann? Pfui Teufel, das gibt dann diese leergelaufene Hin und Her wie in unsere Zeit. Och Gott, auf eine Rechenmaschine kann man wirklich keine gute Musik machen."

"Und jetzt steht der Merkur ganz allein?"

"Du bist eine furchtbare Dummkopf, Miß Nelly. Wenn diese ganze fröhliche Karussell von unsere Planeten immer rundum geht, kann dann die Merkur allein stehenbleiben? Aus eine ganz andere Grund ist nach die Berechnung von unsere gute alte Doktor Louis Abba die Merkur die große Übeltäter für unsere Zeit." Er fiel plötzlich in den Ton des Vortragsredners. "Die Sonne dreht sich in achtundzwanzigtausend Jahren durch alle Tierkreiszeichen rundum. Der Frühlingspunkt der Sonne liegt jetzt noch in die Sternzeichen Fische, der Herbstpunkt in die Sternzeichen Jungfrau. Nach Doktor Louis Abbas Berechnung sind die Fische für unsere Epoche aber schon abgestrahlt, wir sind vom Herbstpunkt der Sonne beherrscht, von der Jungfrau. Und die Jungfrau ist das Haus von die Merkur, seine Villa, sein Home, seine Heimat, darum ist jetzt diese verdammte Merkur so stark. Verstanden?"

"Kein Wort. Und wenn auch, wer beweist mir, daß es so ist?"

"Das hat die Menschenwelt gefühlt und geglaubt und erfahren seit zehntausend Jährchen, bis eine kleine blonde Kalbskopf aus die geburtshilfliche Medizin gekommen ist und die Gegenteil bewiesen hat."

"Und das bleibt so, bis der Frühlingspunkt der Sonne im Sternbild des Wassermann liegt?"

"Ganz genau. Bis 1961. Das sind aber nur noch ein paar Jahrzehnte, nicht mehr viel, die Sonne muß nur noch zwanzig bis dreißigmal mit die Augendeckel klimpern, dann sind wir schon so weit."

"Und was kaufe ich mir von dieser Wissenschaft?"

Er wurde ernsthaft böse, weil sie sich schon wieder aus der Suggestion seiner "keuschen Venusdiagnose" befreit zu haben schien. "Ich bin nicht hier, um eine Mäbisch das zu erklären. Dafür zahlt mir Herr Trillke nicht diese Nacht. Sie sind doch nur eine kleine Mäbisch!" Er ging auf die Tür zu.

"Neb – bich!" korrigierte sie und sprang auf, um ihm den Weg zu versperren, als er gerade die Tür zum Orchideenzimmer öffnen wollte. "Seien Sie nicht böse, Doktor Abba, ich glaube alles, stellen Sie mir mein Himmelsgesicht." Sie gab ihm ihre Geburtsdaten. "Ich will wissen, von welchem Himmelsgesicht ich das Photo bin."

"Hm", sagte er, "wenn ich noch Zeit habe, gern. Jetzt muß ich erst für Herrn Trillke und seine kleine Brut die Himmelsgesicht studieren. Und ich will Ihnen etwas sagen, Miß Nelly, aber verraten Sie mich nicht: die Himmel steht heute nacht nicht gut für diese Geburt. Nehmen Sie bitte diese Brief, darin steht die Wahrheit. Wenn ein Unglück passiert, geben Sie es Herrn Trillke nach der Geburt. Ich will vorerst Herrn Trillke natürlich nur ein paar gute Dinger prophezeien. Wozu soll ich ihn unnötig aufregen? Abgemacht?"

Fräulein Otterloo nahm seinen Brief und steckte ihn in ihren Ärztemantel. Es war ein kleiner Briefumschlag, ohne Adresse, dickes Bütten. Auf einmal lachte sie hell auf. "Das machen Sie natürlich immer so, Doktor Abba, sie stellen immer ein gutes und ein schlechtes Zeugnis aus für die betreffende Himmelsstunde, das stimmt dann für alle Fälle."

"Selbstverständlich", sagte er und lachte sehr und schien sich nicht im geringsten über ihren Spott zu ärgern. "Das ist so. Die Himmel macht immer ein Doppelgesicht. Aber heute steht es wirklich nicht gut."

"Bitte, verraten Sie das nicht dem jungen Assistenten von Professor Lübbe, sonst verliert er noch ganz den Kopf."

"Das verrate ich nur die kleine keusche Venus, das ist doch klar. Ich habe doch meine Augen im Kopf, ich kenne meine Kinderchen."

"Wir wollen nämlich die Geburt allein machen, ohne den Professor, wir wollen Lübbe anschmieren. Der Assistent ist sowieso ein wenig ängstlich, setzen Sie ihm keine Rosinen in den Kopf! Aber das dürfen Sie nicht verraten, daß wir die Geburt ohne den Professor machen. Sonst verrate ich, daß Sie zu Ihrer Sicherung stets zwei Horoskope deponieren: dann ist Ihr ganzer Trick futsch, dann ist es aus mit Ihrem großen Ruhm."

Er lachte sehr. "Das ist kein Trick, mein Kind. Die Himmel ist so und die Menschenwelt ist so, wie ich sage. Mein Ruhm steht fest. Aber ich will nichts verraten, wenn du mir eine kleine Kuß gibst."

Sie küßte ohne Scheu den hundertelfjährigen Scharlatan auf die Stirn. Er schnalzte mit der Zunge und schleckte sich den Mund ab, als habe sie ihn auf den Mund geküßt. Dann ging er in das Zimmer mit dem Orchideenarrangement.

Sie legte sich auf den Diwan und wartete auf Quaß. Sie mußte das Geld für diese Geburt haben! Sie mußte diesen

Krebsherrn überreden, Lübbe anzuschmieren! Es mußte geschafft werden!

Nach fünf Minuten steckte der Neger den Kopf durch die Tür. "Ich habe nachgesehn, es stimmt: Sie sind ein Kind aus die Himmelsraum Wassermann. Und die Venus stand bei Ihrer Geburt in die Himmelsraum Fische."

"Ist das gut?" fragte Fräulein Otterloo. "Bringt das Geld?"

"Ich bin keine Kaffeesatz-Astrologe", sagte Doktor Abba, "ich prophezeie nichts von Geld. Die Venus in den Fischen, das ist nach die europäische Astrologie eine flatterhafte Venus, aber nach meine alte Neger-Astrologie ist es eine große und keusche Venus. Welche Astrologie wollen wir nehmen?"

"Die europäische, die flatterhafte!"

Er brach in Gelächter aus. "Wir nehmen die Neger-Astrologie, die große Venus, die keusche Venus in den Fischen! Ich erkläre dir das später, Miß Nelly. Ich muß jetzt für das Geld von Herrn Trillke ein wenig in die Sternchen gucken." Er ging in das Orchideenzimmer zurück.

Quatsch, dachte Fräulein Otterloo, alles Quatsch, die Hauptsache ist, daß Lübbe angeschmiert wird und daß dieser blöde Assistent funktioniert. Geld – Geld – Geld – Geld – Geld!

4

Der letzte Fimmel

Herr Trillke fand keinen Schlaf. Er hatte Quaß' Rat befolgt und lag im Bett, aber von Schlaf war keine Rede. Er wälzte sich eine Stunde lang hin und her, schließlich stand er wieder auf und kleidete sich wieder an. Er kleidete sich ganz langsam an; das nahm wenigstens eine halbe Stunde des schweren Wartepensums weg, das ihm für diese große Nacht seiner Vaterschaft auferlegt war. Das Hemd allein mit den beiden Manschettenknöpfen, den beiden Kragenknöpfen, dem Kragen und der Krawatte nahm ihm zehn Minuten ab, ließ zehn Minuten hinunterplumpsen in den schwarzen Sack der Vergangenheit.

Achtzehn Knöpfe waren an Hose und Weste und Jacke zu knöpfen. Und was hatte dagegen heutzutage eine Dame zu knöpfen oder überzuziehen, kalkulierte Herr Trillke. Zu knöpfen überhaupt nichts, wenn sie sich nach den Vorschriften der knopflosen Modeabteilung des Trillke-Konzerns kleidete. Und überzuziehen? Etwa acht einzelne Stücke. Und ein Herr? Die Schuhe mit den beiden Schnürsenkeln, die bei den Damen meist wegfielen; die Socken, mit den beiden Sockenhaltern, Trillkes Sockenhalter "Ideal", vorerst noch konkurrenzlos und nur bei Trillke zu haben; die Unterhosen, mit Knöpfen; das Hemd, mit dem kompletten Kragenapparat allein so viele Teile wie die ganze Damenausstattung; der Anzug, mit dem Gürtel und achtzehn Knöpfen, ein einziger ungeknöpfter Knopf konnte einen Herrn unmöglich machen. Also war das Verhältnis der einzelnen Teile und Handgriffe etwa acht zu fünfzig! Andererseits war im Trillke-Konzern das Verhältnis der Damenabteilung zu den Herrenabteilungen etwa fünfzig zu acht! Also genau umgekehrt. Was bedeutete das? Das war ein Problem, das war schon fast ein religiöses Problem!

Herr Trillke wanderte in die Bibliothek zurück. Ein kleiner Bummel durch das ganze Haus wäre jetzt nicht übel gewesen, aber die Dienstboten glotzten ihn ja heute an wie einen ausgepfiffenen Tenor, besten Dank. Am liebsten wäre er ins Geburtszimmer zurückgegangen, um sich bei seiner armen Partnerin ein wenig Trost und Ruhe auszupumpen. Aber er fühlte selbst, daß sein verstörtes Wesen dort nicht am Platze war. Außerdem würde ihn dieser kindische Wichtigtuer von Assistent vermutlich gar nicht mehr hereinlassen. Gibt man solchen Burschen eigentlich ein Trinkgeld? Oder besorgte das alles der gute alte Lübbe? Der alte Knacker gab ganz gewiß dem jungen Mann keine Extras. Wenn alles gut abgelaufen war, war da am taktvollsten eine Schachtel Luxuszigaretten, darin ein Bon, gültig zum Einkauf von x-beliebigen Waren des Trillke-Konzerns, bei einem Buben hundertfünfzig Mark, bei einem Mädel hundert Mark, das war wohl das Richtigste.

Goethes Liebesleben? Konnte ihm gestohlen bleiben! Was ging ihn eigentlich der olle Hemdenmatz mit seiner ganzen erotischen Abteilung an? Der Mann hatte sich offenbar niemals ernsthafte Gedanken über eine Geburt gemacht. Das war ja alles nur so eine Art klassischer Flirt gewesen, von den Folgen war wenig bekannt ... Arbeiten? Er steckte zwar mitten im Ultimo, aber der Ultimo konnte ihn jetzt ebensowenig erlösen wie der Olympier mit den hochgebildeten Flirts.

Nicht einmal die Abendzeitung schenkte ihm eine kleine Narkose. Ein richtiger Alpdruck war das. So war wohl den Malern zumute, auf deren unenträtselbares Geschmier er vor einigen Jahren hereingefallen war. Na, er hatte alles wieder mit Gewinn losgeschlagen, ehe die Konjunktur sich gedreht hatte ... Er las zweimal den Abendbericht über den Stand des Sechstagerennens, ohne die letzten Überrundungen in sich aufzunehmen oder verarbeiten zu können. Schließlich rief er seine Schwester Elfriede an, deren letzte vier Anrufe er verweigert hatte. Aber sie war schon schlafen gegangen, sagte der Portier seines Schwagers Meier, Firma "Meier & Pulver". Nein, nicht aufwecken, danke. Bezeichnend war das für die alte Jungfrau, die Frau Elfriede Meier-Trillke trotz ihrer zwanzigjährigen Ehe mit dem dicken Meier geworden war. Bezeichnend, zwanzigmal anzuklingeln und die lächerlichsten Ratschläge zu erteilen und dann im gegebenen Moment im Bett zu liegen, mit abgestelltem Bett-Telephon! Der dicke Meier sollte sich mal psychoanalysieren lassen, tatsächlich. Seine Frau wurde ja von Tag zu Tag altjüngferlicher; da waren ganz gewiß irgendwelche Verdrängungen vorhanden, Kinder hatten sie auch nicht, wußten überhaupt nichts vom Leben. Wenigstens erfuhr Herr

Trillke bei dieser Gelegenheit von dem Hausmädchen, das seine Telephonzentrale bediente, daß Doktor Louis Abba schon im Hause war. Er trabte sofort in das Zimmer mit dem Orchideenarrangement hinüber.

Frau Anna Trillke war wenige Monate vor Beginn ihrer Schwangerschaft bei der Astrologie gelandet. Es war sonst gegen ihre Natur, ein ganzes Jahr lang beim gleichen Glaubensbekenntnis auszuharren. Da aber ihr Geist in diesen Monaten ein wenig träge geworden war, war sie bis jetzt der Astrologie treu geblieben. Herr Trillke nannte die einzelnen Epochen im Geistesleben und Seelenleben seiner Frau entweder Spleen oder Sparren oder Fimmel, aber machte doch bereitwilligst mit. Er war zuweilen etwas ermüdet von dem schnellen Wechsel und zuweilen etwas böse, wenn unnötig viel Geld dabei verlorenging, wie bei dem letzten russischen "Verschwende-dich-sinnlos-Fimmel". Aber im großen und ganzen war er doch stolz, nach der mechanischen Arbeit im Geschäft die geistigen Strömungen einer Zeit in konzentrierter Form über sich ergießen lassen zu können.

Er selbst hatte sein Glück gemacht und seine Ehe mit der Tizianlady begründet während ihres "Tempo-Tempo-Fimmels". Die Art, wie er, der semmelblonde Puritaner, damals den Trillke-Konzern ausgebaut hatte, entsprach völlig dem "Tempo-Tempo-Ideal" der Tizianlady. Aber wie lange war das her! Sein Geschäft hatte zwar das Tempo durchgehalten, aber die Tizianlady hatte schon im zweiten Monat ihrer Ehe scharf gewechselt. Nach einem Besuch bei ihren angeheirateten Verwandten, die damals alle noch im Trillkeschen Stammhaus in Bremen saßen, alle so semmelblond wie Benno, aber alle ohne Bennos Tempo, war die Tizianlady auf sechs Wochen begeisterte Zionistin geworden. Erst als viel später der "Englische-Landhausstil-Fimmel" einsetzte, war die Harmonie mit den puritanischen Bremern wieder hergestellt.

Der "Englische-Landhausstil-Fimmel" war überhaupt einer der wohltuendsten Fimmel im Hause Trillke gewesen, denn er folgte direkt auf den "Dostojewski-Fimmel", unter dem Benno schwer gelitten hatte. Damals war "jene bewußte schreckliche Nacht" passiert, die den sonst so robusten Ehemann fast ins Sanatorium gebracht hätte. Das Ehepaar Trillke hatte sich nach dem Abendessen wahnsinnig gestritten und war ohne Gutenachtkuß zu Bett gegangen. Mitten in der Nacht war Herr Trillke erwacht, sah Licht brennen und sah seine Anna, in jener Epoche kurz Anjuschka genannt, mit haßverzerrten Zügen ganz nahe über sein Gesicht gebeugt. "Ja, Himmel, Donner und Doria, Schnuckelchen, was ist denn los?" hatte er gefragt. Anjuschka aber hatte nur den Kopf geschüttelt und war unter dauerndem Kopfschütteln zum Fenster gegangen und hatte das Fenster geöffnet. Er hatte sich plötzlich an den Streit vor dem Schlafengehen erinnert und daß sie erklärt hatte, ihre ganze bisherige Liebe sei nichts wie teuflische Bosheit gewesen. Mit einemmal fühlte er, daß sie sich jetzt aus dem Fenster stürzen wollte, sofort, auf der Stelle, unbedingt sofort. Er war zu ihr gesprungen und hatte sie festgehalten, als sie schon ein Bein auf dem Sims hatte. Und dann waren sie die ganze Nacht im Nachthemd auf und ab gewandert und hatten alles, alles, alles besprochen. Erst als er ihr geschworen hatte, daß jetzt eine neue Zeit, eine ganz neue Zeit kommen sollte und daß sie sich beide einen furchtbaren Schnupfen holen würden, war sie wieder ins Bett geschlüpft.

Kurz darauf kam der englische Fimmel, und das Leben war wieder im Schuß. Sie sprachen Englisch, sie pfiffen auf alle Probleme, sie aßen vor dem ersten Frühstück Fruit-salt, die literarischen Seelsorger und Kostgänger des Hauses Trillke hatten keine leichte Zeit: sie durften zwar die Füße auf den Tisch legen, aber sie mußten ihre sämtlichen umwälzenden Ideen für sich behalten; schließlich wurden sie wochenlang überhaupt nicht mehr geladen, weil sie zu geistig waren und nicht Bridge spielten.

Auch der "Bodenständige Fimmel" war Herrn Trillke sehr angenehm. Die Tizianlady entdeckte Deutschland, sie sagte statt Autofahren und Flirten nur noch Kraftfahren und Zündeln, aber sie fuhr in jener Zeit gar nicht Kraft und zündelte auch nicht: sie machte mit ihrem Gatten eine Sommerreise nach Bayern, es war ein sehr netter Fimmel. Das Unglück wollte nur, daß in den Bergen eine Prozession von weißgekleideten Kindern und schwarzgekleideten alten Frauen am Ehepaar Trillke vorbeizog, unter Singen und Trompeten, durch die duftenden Wiesen dahin, mit viel bunten Kerzen und wächsernen Beinen und Armen für die Mutter Maria. Die Tizianlady war auf der Stelle katholisch geworden. Aber Benno Trillke hatte nicht mitgemacht, er hatte sein puritanisches Element verteidigt und hatte gestreikt, es war zu einem schweren Krach gekommen. Erst als sie zur Nachkur von Bayern nach Italien gekommen waren, war die Harmonie wieder hergestellt worden durch die gemeinsame Entdeckung: "Mussolini ist schon ein Kerl!" und durch den gemeinsamen Fascistenfimmel.

Auch beim "Kommunistischen Fimmel" hatte Benno Trillke gestreikt, das war er seiner Stellung im öffentlichen Leben der Stadt schuldig. Der chinesische und buddhistische Fimmel war durch zahlreiche Ankäufe von Pagoden und Buddhas und Seiden sehr teuer geworden, aber er war erträglich; zum Schluß allerdings war das schreckliche Geschimpfe auf Europa, auf den dieser Fimmel letzten Endes hinauslief, auf die Nerven gegangen. Annas Wandervogelbewegung war vor Trillkes Ehe gefallen, ebenso der Heldensocken-Fimmel, das begeisterte Fähnchen-auf-dem-Kriegsschauplatz-Stecken und der endgültige Anbruch der neuen Zeit. Dagegen hatte im vorigen Jahre der Fimmel der allerneuesten Sachlichkeit und der allerjüngsten Generation viel Kummer und Scherereien bereitet: die literarischen Seelsorger und Kostgänger des Hauses waren damals unerträglich geworden und hatten alle Menschen wie Schweine behandelt. Daher hatte Herr Trillke den astrologischen Fimmel begrüßt, der jenen Zeitabschnitt abgelöst hatte. Und der astrologische Fimmel hatte durchgehalten. Hier stand man jetzt. Hier war vielleicht der ewige Halt zu finden.

"Mein lieber Doktor Abba", sagte Herr Trillke, "wirklich reizend, daß Sie schon gekommen sind! Hoffentlich fühlen Sie sich wohl in meinem kleinen Kral. Mein Personal hat natürlich wieder versäumt, mich rechtzeitig zu informieren, ich hatte keine Ahnung, daß Sie schon im Hause sind. Es steht natürlich alles auf dem Kopf bei uns, wir sind ja schon mittenmang – Do you prefer to speak English?"

"Sprechen Sie Deutsch", sagte Doktor Abba, "ich verstehe alles, Herr Trillke."

"Hoffentlich haben wir Sie nicht zu bald bemüht, aber man weiß ja nie, besser zu früh als zu spät, nicht wahr? Würde mir schrecklich leid tun, wenn Sie jetzt Ihre ganze Zeit umsonst absitzen, aber ich hoffe doch –"

"Oh, bitte, Herr Trillke, kann ja arbeiten hier, ich arbeite jede Nacht, ich versäume nichts bis morgen mittag –"

"Das Schiff wird natürlich erst gegen Morgen vom Stapel laufen. Frühestens, sagte der Arzt. Hoffentlich sind Sie mit Ihrem Zimmer zufrieden? Ich habe dieses Zimmer gewählt, weil hier der Balkon ist. Es ist ja sternenklar heute. Ich weiß zwar nicht, ob Sie Wert darauf legen; aber Sie müssen nur hier auf den Knopf drücken, sehen Sie, und Sie können hinausspazieren unter Ihre geliebten Sterne."

"Sie sind sehr freundlich, Herr Trillke." Doktor Abba sprach jetzt sehr ernst und abgemessen, ganz anders als zuvor mit dem jungen Krebstheoretiker und der Kontrollgans. Er war jetzt im Amt. Auf dem Schreibtisch waren Sternkarten ausgebreitet, viele geheimnisvolle Tabellen und Ephemeriden, große Schreibblöcke, zierliche silberne Zirkel, ein alter, zerlesener Lederband, feine kleine elfenbeinerne Winkelhaken und Dreiecke und Transporteure.

Herr Trillke war ziemlich verschüchtert. Er glaubte nicht im geringsten an diesen Schwindel, aber er war in seiner jetzigen Stimmung doch recht stark beeindruckt von dem weißhaarigen Neger mit dem großen Modenamen. "Sind Sie schon bei der Arbeit?" fragte er. "Kann ich irgendwie dienen?"

"Besten Dank, Herr Trillke, ich habe alles."

Doktor Abba ließ ein schnelles, nervöses Zucken über seine Mundwinkel laufen. Zweimal. Nervöse Arbeitsüberlastung war gut für Berlin, das wußte er. Dann war er wieder schwarzer Marmor, herabgefallen aus dem Himmelsraum des heiligen Aberglaubens. "Ich habe Ihre und Ihrer Gattin Horoskope bereits kontrolliert, Herr Trillke. Ich habe auch schon Ihre beiden Jahreshoroskope für diese Jahr und Monatshoroskope für diese Monat in Arbeit. Ich möchte nur bitten, diese Stoppuhr an die Wärterin zu übergeben oder an die junge Arzt. Es soll auf diese kleine Knopf gedrückt werden, in die gleiche Sekunde, wann die Nabelschnur durchschnitten wird."

Herr Trillke übernahm die kleine silberne Stoppuhr. Keine Sekunde lang glaubte er an dieses Theater. Aber für die Tizianlady war es eine großartige Überraschung. Vorerst durfte sie ja nicht wissen, daß Doktor Abba im Hause war. Seine Schwester Elfriede hatte ihm das Ehrenwort abgenommen, daß seine Frau "diesen ganzen Skandal" vor der Geburt nicht erfahren dürfte. "Und wenn du es ihr überhaupt vor dem fünften Tag des Wochenbettes verrätst, bist du ein verantwortungsloser Narr." Aber über diesen Termin hatte Herr Trillke kein Ehrenwort abgegeben. Wenn es gut ging, konnte er schon am ersten Tag nach der Geburt der armen Wöchnerin den ganzen Dreh mitteilen. Freude konnte nicht schaden. Und bei ihrem gegenwärtigen Sternenfimmel war es die größte Freude für sie, zu hören, daß Doktor Abba selbst im Hause war und das Himmelsgesicht ihres Kindes auf die Sekunde der Geburt gestellt hatte – daß es bei dieser Geburt zugegangen war wie bei der Geburt in einem mittelalterlichen Königshaus, wo die Hofastrologen im Turmzimmer saßen und die Sterne abtasteten – genau wie bei den Naturvölkern, wo die Verbindung mit den himmlischen Kräften noch nicht verlorengegangen war – genau wie bei Krugmanns, die in der vorigen Woche die gleiche Sensation erlebt hatten. Elfriede hatte Herrn Trillke beschworen, diese ganze verrückte Mode überhaupt fallen zu lassen und den berühmten Neger nicht ins Haus zu lassen. "Apartität in Ehren, aber das ist einfach unappetitlich." Von diesem Standpunkt ließ sie sich auch nicht abbringen, als ihr Herr Trillke ein spaltenlanges Interview in der Abendzeitung zeigte: der Leiter der Sternwarte, ein grimmiger Feind der Astrologie, und drei anerkannte Journalisten, drei reale und hartgesottene Kerle, hatten Doktor Abba nach zwei Stunden Fragen und Antworten als "das schwarze Sternenwunder" beglaubigt. Aber Elfriede war eben eine unerlösbare Puritanerin, eine alte Jungfrau ohne jeden Sinn für das Übernatürliche. Herr Trillke glaubte ja selbst nicht an diesen Hokuspokus, aber er freute sich doch wenigstens "rein künstlerisch" und für seine Tizianlady über diese lebendige Verbindung mit den Sternen, der Spaß war seine paar hundert Mark wert.

"Wir bekommen doch die Horoskope und den Lebenslauf meines Kindes auf Elfenbein? Genau wie Sie es in der vorigen Woche bei meinem Freunde Krugmann ausgeführt haben, mein Lieber Doktor Abba?"

"Selbstverständlich. Allerdings ist dieses Material noch nicht in die vereinbarte Preis einbegriffen."

"Das ist ja klar. Und wie steht eigentlich die ganze Sache für heute nacht oder morgen früh, was macht der Himmel für ein Gesicht, wenn ich fragen darf?"

"Oh, bitte, ich spreche nicht gerne darüber vorher – aber ich kann Ihnen jetzt schon eine kleine Wort sagen, Herr Trillke: Die Himmel macht eine großartige Gesicht heute nacht."

Herr Trillke strahlte.

"Wirklich gut", sagte Doktor Abba. "Die Stellungen sind auf jeden Fall sehr bedeutend. Der Jupiter marschiert gerade in diese Tage wieder über die gleiche Stelle, wo er zu Ihrer Geburt gestanden ist, Herr Trillke. Man nennt das eine Transit. Das ist wundervoll, das ist eine deutliche Zeichen, daß die Baby wird wie die Papa. Auch sonst alles gut. Sie können ganz beruhigt sein. Keine böse Stellungen in die Nähe, keine Oppositionen, keine Quadrate zwischen die Planeten in diese Tage."

Doktor Abba hatte sein Honorar für diese Nacht bereits verdient.

"Wie gefällt Ihnen Berlin?" fragte Herr Trillke fröhlich.

"Wundervoll. Es tut sich was."

"Es tut sich was! Sie sprechen fabelhaft Deutsch, Doktor Abba!"

"Ja, aber ich verstehe doch diese Ausdruck nicht ganz. Ich höre das überall, darum spreche ich es nach wie eine Papagei. Was bedeutet es eigentlich: es tut sich was? Was tut sich da?"

Herr Trillke lachte sehr. "Alles tut sich."

"Es tut sich was", wiederholte Doktor Abba freundlich. Er ließ es klingen: "Äsduzikwas." Er wußte auch ohne Herrn Trillke, was dieses Äsduzikwas bedeutete. Äsduzikwas war ein Strahl des Merkur, Äsduzikwas schüttelte diese armen Gespenster in den Großstädten so lange durcheinander, bis kein anderer Planet mehr Kraft über sie besaß, kein Strahl der silbernen Venus und des grünen Jupiter und des blauen Uranus. Äsduzikwas läuft durch die Straßen, lauft, lauft, fallt nieder vor Äsduzikwas und betet ihn an.

"Sie kommen aus Paris, Doktor Abba? Und wo waren Sie zuvor?"

"London."

"Und zuvor?"

"New York."

"Und zuvor?"

"Zwei Jahre astronomische Studien. Auf dem Mount Wilson Observatory, Pasadena, Los Angeles, Kalifornien. Muß zuweilen meine höhere Mathematik wieder auffrischen, das gehört zum Handwerk, ich bin ja kein Kaffeesatz-Astrologe."

"Sie sind ein Universalgenie – und wo waren Sie zuvor?"

"Ein wenig spazieren in diese kleine Welt."

"Wie kamen Sie eigentlich auf diese Branche?"

"Ich glaube, Sie haben das in die Zeitungen gelesen, Herr Trillke? Ich war zuerst Theologe, ich habe studiert in eine Jesuitenkloster, in Santa Maria in Dixieland, aber ich bin nicht lange Zeit in die Priesterrock gesteckt, ich bin abtrünnig, wie das so heißt."

Herr Trillke hatte das gelesen, aber es hörte sich doch sehr interessant von dem berühmten Gauner persönlich an. "Richtig, das habe ich gelesen – und Ihr Vater soll ja ein sehr berühmter Sänger gewesen sein, stand das nicht dabei? Muß ja wundervolle Niggersongs gesungen und schweres Geld verdient haben. Haben Sie gar nichts von seinem Talent geerbt?"

"Eine kleine Zipfelchen, aber nur, wenn ich allein bin", erwiderte Doktor Abba freundlich und vollführte gleichzeitig eine nicht mißzuverstehende Verbeugung: die Audienz war zu Ende, Herrn Trillkes Nerven waren besänftigt, der Astrologe mußte an die Arbeit gehen, die Sterne riefen.

"Will nicht länger stören", sagte Herr Trillke. "Wenn Ihnen Tee und Sandwichs nicht zu profane Genüsse bei Ihrer heiligen Arbeit sind: hier ist die Klingel für das Hausmädchen." Er trollte ab und war wieder sich selbst überlassen.

Es war Mitternacht geworden. Doktor Abba setzte sich an das Pult und zog langsam aus der kleinen Mysterienbühne, die er dort aufgebaut hatte, einen gewöhnlichen Notizblock zu sich heran. Er teilte das Papier mit einem schnellen Bleistiftstrich in zwei Spalten und begann zu rechnen. Auf der einen Seite stand plus, auf der anderen minus. Auf der Plus-Seite stand: Honorar für den Vortrag beim Pressetee, Honorar für zwei schriftliche Schnellhoroskope, Honorar für eine zweistündige persönliche Beratung, Honorar für eine astrologische Besprechung des nächsten Jahres in einer Mittagszeitung, Honorar Trillke, Überschuß an den Materialkosten der Elfenbeinausführung Trillke. Auf der Minus-Seite stand: Hotel, Garage, Chauffeur, Trinkgelder, eine dunkelgrünseidene Krawatte, Dinner, zwanzig Mark für einen kriegsblinden Bettler und seinen Hund, Dampfbad und Massage, kleine vergessene Extras. Es gab ein gutes Plus. Er drückte auf den Knopf, den man ihm gezeigt hatte, und spazierte auf den Balkon.

Was über ihn in den Zeitungen stand und was er soeben Herrn Trillke wiederholt hatte, war alles wahr. Pure Wahrheit. Sein Großvater ein Plantagenknecht in Dixieland, sein Vater der beste Negersänger seiner Zeit, er selbst ein katholischer Priester a. D., ein Mathematiker, ein Astronom, ein astrologischer Rund-um-die-Welt. Pure Wahrheit – und schon so oft erzählt und beschrieben, daß es zur puren Lüge geworden war, zum Ekel jeder Satz aus dieser ewigen Reklamegeschichte. Es tat gut, ein wenig in die Sterne zu sehen, ohne Maske, ohne Autorität, ohne Äsduzikwas.

Kein Planet zu sehen. Auf freier Ebene konnte man jetzt den roten Mars untergehen sehen. Er mußte noch am Horizont zu sehen sein. Er stand im Krebs in dieser Nacht, im Himmelsraum der Weiber und der Tränen. Dort wanderte ihm nach, gerade noch zu sehen, der Löwe. Man konnte noch den zitternden Stern der Löwentatze sehen, in dessen Nähe der Neptun zu finden war in dieser Nacht. Jetzt könnte man ihn abtasten, den Neptun, mit dem Riesenfernrohr des Mount Wilson Observatory, in der klaren kalifornischen Nacht. Den fernen Neptun, Abbas Stern, den Stern der Magier, den Stern der Musikanten und Rebellen. Sonst nichts zu sehen, was

Doktor Abba singen machen konnte. Die hämische Jungfrau im Zenit, die Heimat des Merkur, bekam nur einen kurzen, bösen Blick. Auch keine kleine Sternschnuppe fiel nieder zur guten Kunde für die Dame dieses Hauses.

5

Die Kontrollgans

Zwei Stunden nach Mitternacht kam die Geburt in Gang. Es kamen starke Wehenwellen in gesundem Rhythmus. Vielleicht kamen sie durch die freundliche Predigt des Assistenten und durch seine blendende gymnastische Methode, vielleicht kamen sie durch das sportliche Training der gnädigen Frau und durch die gute Stellung ihrer Planeten. Jedenfalls war Quaß zufrieden und konnte Madame bis zum Eintritt der Preßwehen der stillen, erfahrenen, alten Wärterin überlassen, nicht um zu rasten, sondern um nicht zu stören: denn in dieser Phase ging es erfahrungsgemäß besser vorwärts, wenn die Frauen unter sich blieben, ohne das Männchen, das in diesen Stunden doch nur ein Ignorant des wahren Erdenschmerzes ist.

Quaß bestellte sich beim Hausmädchen eine Tasse Kaffee und schickte Herrn Trillke ein Billetdoux in die Bibliothek: "Peter-Ernestine nach glänzendem Start eintreffen vermutlich schon gegen Morgengrauen." Aber Herr Trillke war in sein Schlafzimmer gegangen und hatte nach Doktor Abbas günstiger Sternendiagnose ein wenig Schlaf gefunden. Quaß' Zettel blieb ungelesen zwischen Goethes Liebesleben und dem Liebesleben der Ameisen liegen.

Quaß prüfte noch einmal alles Material und alle Instrumente im Badezimmmer und prüfte auch die angewärmte Wiege im Kinderzimmer. Bei dieser Gelegenheit wurde er von der zweiten Wärterin über die Bestimmung des Orchideenzimmers aufgeklärt, über die astrale Konkurrenz und über den letzten Fimmel des Hauses Trillke. Als er in sein Zimmer kam, saß die Kontrollgans auf seinem Diwan und nickte ihm freundlich zu. Sie hatte schon einen Imbiß zurechtgestellt und starken Kaffee eingeschenkt. "Müde?" fragte sie teilnahmsvoll und gab ihm viel zu viel Zucker in die Tasse. "Es geht", sagte er leichthin und trank die Tasse mit einem Zuge leer. Sie schenkte sofort nach und verriet ihm, welcher Brotbelag der beste war und welche Zigarette aus dem reichhaltigen Sortiment der Trillkeschen Rauchwarenabteilung die würzigste. Luderchen, dachte Quaß, armseliges Luderchen, gibt den Kampf nicht auf, will es à la fürsorgende Gattin versuchen, richtige kleine Hochstaplerin, wird auf Granit beißen, die Gute.

"Darf ich Sie nicht ablösen?" fragte sie nach einiger Zeit.

"Wo, warum, wieso?" sagte Quaß und goß einen Schnaps in den antialkoholischen Schlund.

"Bei Madame. Vorerst kann ich ja nichts verpatzen. Wozu sollen Sie sich vor der Zeit müde machen?"

"Besten Dank, die Wärterin ist zuverlässig, vorerst ist nichts zu tun."

"Natürlich nicht. Auch Sie sind völlig überflüssig hier, darüber sind wir uns doch klar. Den Eintritt der Preßwehen kann ja auch die Wärterin an Lübbe telephonieren. Vermutlich leitet die Wärterin die ganze Geburt so gut wie wir alle drei zusammen, Lübbe und Sie und ich. Aber vielleicht gestatten Sie mir aus Kollegialität, mich ein wenig wichtig zu machen und auf eine halbe Stunde in Madames Zimmer zu gehen, um ein wenig zu helfen oder wenigstens doch so zu tun, als ob? Ich habe bisher nur die Desinfektion der Stuben und Madames erstes Bad geleitet, dafür kann ich nicht hundert Mark Honorar verlangen."

"Gewiß können Sie das. Sagen Sie Herrn Trillke, Sie hätten mich kontrolliert und bei fünf bis zehn schweren Kunstfehlern erwischt. Auf diese Weise haben Sie Madame das Leben gerettet und können zweihundert Mark Spitzelhonorar verlangen."

"Ich bin nicht hier, um Ihre schlechten Witze anzuhören", sagte die Kontrollgans. "Außerdem ist mein Tarif bereits auf hundert Mark festgelegt. Soll ich das Geburtszimmer überhaupt nicht betreten?"

"Halte ich nicht für nötig."

"Wollen Sie mich hier zur lächerlichen Figur machen?"

"Im Gegenteil", sagte Quaß, "die lächerliche Figur hier bin ich, weil ich mich plage, ohne einen Pfennig Geld zu bekommen. Sie sind als Spitzel zugezogen und können auf jeden Fall Ihr Spitzelhonorar einstecken; wer Geld verdient, ist niemals lächerlich."

"Ich kann nichts einkassieren, wenn mir der Eintritt ins Geburtszimmer von einem blödsinnigen Mediziner versperrt wird. Keinen Pfennig Honorar verlange ich, wenn ich hier untätig sitzen bleiben soll, bis alles vorüber ist."

"Das tut mir leid. Aber vorerst trage ich die volle Verantwortung für die Geburt und muß Sie bitten, hier sitzen zu bleiben. Vielleicht zieht Lübbe Sie zu? Ich muß übrigens Lübbes Nachtschwester telephonieren."

Er ging ans Telephon. Die Kontrollgans sprang auf und stellte sich vor den Apparat. Das war die Höhe, wollte sie ihn wirklich kontrollieren? Keine Rede von Kontrolle, aber was zu telephonieren wäre, wollte sie wissen. Daß die Geburt etwas früher zu erwarten wäre, das war doch klar. Wann? Sechs Uhr ungefähr. Dann war Lübbe um vier Uhr oder fünf Uhr hier? Ungefähr, jawohl, basta – er nahm den Hörer auf.

"Ich bitte Sie dringend, telephonieren Sie nicht, hören Sie mich an!" Sie sprach in so verzweifeltem Ton, daß Quaß den Hörer wieder ablegte und sie bei der Hand nahm und zum Diwan zurückführte. "Soviel Angst vor Lübbe? Aber unser alter Gorilla beißt doch nicht?" Sie entzog ihm schroff ihre Hand und starrte vor sich hin. Offenbar hatte sie wirklich gewaltige

Angst vor Lübbe, offenbar hatte ihr Lübbe nach jener Kritik an seiner Zangentechnik mit irgendeiner schlimmen Sache gedroht, mit Anzeige beim Standesgericht natürlich. Das Standesgericht war gegen sie, man kannte ja diese Bonzen, diese Art von unlauterem Wettbewerb war zurzeit besonders verfemt. "Wirklich", sagte Quaß, "Sie hätten sich diesmal mit Lübbe verständigen oder diesen Posten ablehnen müssen. Was machen wir jetzt?"

"Telephonieren Sie doch Ihrem Gorilla", sagte sie verstockt, "ich habe nicht die geringste Angst."

"Dann ist ja alles gut –"

"Ich brauche das Geld, das Honorar, das ganze Honorar, das Honorar für die ganze Geburt! Ich brauche dreihundert Mark bis heute mittag zwölf Uhr!"

"Das ist ausgeschlossen – selbst wenn wir Lübbe anschmieren, was leider ebenso ausgeschlossen ist. Sie können doch erst in einigen Wochen die Rechnung stellen, keinesfalls bis heute mittag zwölf Uhr."

"Wenn wir beide ohne Lübbe arbeiten, will ich es schon auf mich nehmen, nach der Geburt zu Herrn Trillke zu gehen und ihm meine Lage zu schildern und ihn um sofortige Auszahlung zu bitten. Auf diese Schweinerei kommt es dann auch nicht mehr an."

"Das können Sie auch so versuchen, mit Ihren hundert Mark Kontrolltarif."

"Auf diese hundert Mark pfeife ich, ich brauche dreihundert Mark oder gar nichts."

Schlimme Sache. Konnte er ihr helfen? Aber er wartete selbst mit Schmerzen auf sein nächstes Monatsgehalt. Er zog seine Brieftasche und zählte seinen Barbestand, aber es waren nur noch siebenunddreißig Mark. "Wenn Ihnen damit gedient ist, wirklich gern."

Sie warf einen kleinen, bösen Blick auf die paar schmutzigen Scheine, die er ihr entgegenhielt. "Besten Dank", sagte sie und schob seine Hand zurück. "Ich will Sie wirklich nicht anpumpen." Sie wollte nicht pumpen, das Geld mußte offenbar auf ehrliche Weise mittels einer richtiggehenden Gaunerei an Lübbe herbeigeschafft werden. Plötzlich sprang sie auf und warf den Ärztemantel ab: "Besten Dank, ich gehe, leben Sie wohl."

Quaß stellte sich vor die Tür und versperrte ihr den Ausgang. Er hatte in dem kleinen Kampf gegen die kleine Gaunerin gesiegt, er war der Sieger, der verantwortungsfreudige und pflichtbewußte junge Mann, der Statthalter des großen Chefs – aber die verstockte Art, mit der sie plötzlich den Kampf aufgab, war nicht angenehm. Der Ärztemantel hatte ihre Figur gedrückt und ihre Weiblichkeit neutralisiert. Jetzt stand plötzlich statt der kleinen Kontrollgans aus dem Frauenstaat eine richtiggehende junge Dame in Grün vor ihm. Kleider machen Leute. Wenn er jetzt den Zaubermantel abgeworfen hätte, wäre der abgeschabte Hinterteil einer alten Arbeitshose zum Vorschein gekommen. "Machen Sie keine Dummheiten", sagte er eindringlich, "bleiben Sie! Vielleicht läßt sich doch noch helfen. Wozu benötigen Sie bis zwölf Uhr die dreihundert Mark?"

Sie schien noch einmal ihre Chancen abzuwägen und prüfte Quaß' Gesicht mit einem kurzen und trotzigen Blick, ehe sie in lautem und bösem Tone loslegte: "Ich will Ihnen diese schmutzige Geschichte erzählen – vermutlich werden Sie danach als strenger Mann der Wissenschaft erst recht nicht mehr auf meinen Vorschlag eingehen. – Ich habe bei einer armen Frau einen sogenannten strafbaren Eingriff gemacht –"

Quaß erwiderte kein Wort, als sie ihn herausfordernd ansah. Was war da zu erwidern? Dieses klare Geständnis wog nach den bestehenden Gesetzen mehrere Jahre Gefängnis, aber was hatte das mit Peter-Ernestine Trillke und mit Lübbe und mit dem Honorar für die Geburt zu tun?

"Glotzen Sie doch nicht so dumm!" schrie sie ihn an. "Wissen Sie nicht, was ein strafbarer Eingriff ist? Verbrechen gegen das keimende Leben, Paragraph soundsoviel?"

"Bitte, schreien Sie nicht so", sagte Quaß und deutete auf die Tür zum Orchideenzimmer.

"Doktor Abba verrät mich nicht, Doktor Abba kann alles hören, Doktor Abba kennt mich ganz genau – "

"Pscht! Erzählen Sie, aber, bitte, so leise wie möglich. Was Sie da getan haben, kommt alle Tage vor. Man muß es nur nicht in solchem Ton ausposaunen."

"Es geschah aus Selbstherrlichkeit", sagte sie. "Mein Vater nennt es die weibliche Selbstherrlichkeit. Verstehen Sie das? Natürlich verstehen Sie das nicht. Seitdem ihr Männer alle zu Bubis und zu Trotteln und zu Geschäftemachern und zu Statistikern herabgesunken seid, werden wir in diese Selbstherrlichkeit hineingetrieben, ob wir wollen oder nicht!"

Quaß lachte. Man mußte diese Sache von der komischen Seite nehmen, um die wilde Bekennerin des Frauenstaates zu beruhigen und um den drohenden hysterischen Ausbruch zu dämpfen. "Ihr – wir", sagte er. "Seitdem ihr selbstherrlich geworden seid, sinken wir zu Geschäftemachern und Bubis herab. So ist die Sache."

"So ist es durchaus nicht! Schreiben Sie Ihren Krebsquatsch, aber sprechen Sie nicht über Dinge, von denen Sie nichts wissen. Außerdem ist es mir gleichgültig, ob Sie meine Motive achten oder nicht. Ich jedenfalls habe nur aus Verzweiflung über die mausetote Männerwelt diese weibliche Selbstherrlichkeit auf mich genommen." Dabei gab sie dem weißen Ärztemantel, der am Boden lag, einen kleinen symbolischen Tritt.

Quaß lachte und hob den Mantel auf. Der Mantel war natürlich nicht mehr brauchbar, aber es lagen ja zwanzig ausgekochte Reservemäntel im Badezimmer, es waren im Hause Trillke alle Möglichkeiten vorgesehen. Also doch nur eine kleine medizinische Kontrollgans? Schade um die reale junge Dame in Grün, die vorhin vor ihm aufgetaucht war.

"Aus Selbstherrlichkeit habe ich studiert", sagte sie, "aus Selbstherrlichkeit lief ich von zu Hause fort, aus Selbstherrlichkeit habe ich mich auch auf jene schmutzige Sache eingelassen."

"Für Geld?"

"Was Geld! Aus Mitleid natürlich! Alle großen Dummheiten geschehen aus Mitleid, wissen Sie das noch nicht?"

Das war richtig, daß wußte er, das entsprach ganz seinen eigenen Erfahrungen – Kontrollgans oder Dame in Grün?

"Ich kenne diese Frau Bede von der Straße her", fuhr sie fort, "sie hat mich auf der Straße angebettelt, mit einem skrofulösen Baby auf dem Arm. Dann habe ich sie öfters besucht und habe ihr meine alten Kleider gebracht und habe ihren drei Kindern Bonbons und Puppen gebracht, ich war damals noch sehr reich und sehr sozial. Dann ist sie mir so lange in den Ohren gelegen, bis ich sie von ihrem vierten Kind erlöst habe. Selbstherrlichkeit! Sie konnte ja schon ihre drei lebenden Kinder nur per Skrofulose großziehen."

"Ganz in Ordnung", sagte Quaß, "wenn kein Kunstfehler passiert ist."

"Keine Rede von Kunstfehler, es ging ohne weiteres, aber ich hatte damals den Vater dieser – vier Kinder noch nicht gekannt, Herrn Bede, ehemals Zigarrenreisender, jetzt stellungslos und Erpresser von Beruf: seit vier Monaten lebt dieser Herr von Erpressungen, die er an mir vollzieht. Seit vier Monaten droht er mir mit Anzeige. Dabei hat er damals Frau Bede selbst angestiftet, mich so lange anzubetteln, bis ich nachgab."

"Was sagt denn die Frau zu dieser Scheußlichkeit?"

"Sie ist ganz auf meiner Seite, sie ist verzweifelt, sie ist zu jedem Meineid für mich bereit, sie ist völlig schuldlos."

"Es wird ein purer Bluff von Herrn Bede sein. Er wird ganz stille sein, wenn Sie sich nicht mehr um ihn kümmern."

"Sie kennen ihn nicht. Er hat schon von meinem Vater Geld erpreßt. Er ist schuld, daß ich auf der Straße sitze. Übrigens waren da auch noch andere Gründe, warum ich meiner Familie davongelaufen bin: mein Vater ist ein sehr bedeutender Professor der Philosophie."

Quaß lachte, die Philosophieprofessur des Vaters als Grund zum Bruch mit der ganzen Familie leuchtete ihm ein.

"Herr Bede ist auch schuld, daß ich diese Spitzelposten in reichen Häusern annehmen muß, ich bringe auf ehrliche Weise das Geld für ihn nicht auf. Und bis heute mittag zwölf Uhr muß ich dreihundert Mark für ihn haben."

"Infam!"

"Weibliche Selbstherrlichkeit, was wollen Sie!" Sie lächelte, Dame in Grün, kein Zweifel.

"Hören Sie zu", sagte Quaß und fühlte nun seinerseits, was männliche Selbstherrlichkeit ist. "Übergeben Sie mir diesen Fall. Ich war im Krieg, ich war Schiffsarzt, ich war Armenarzt, ich war ein Jahr lang arbeitslos, ich habe schon vielen Menschen geholfen, ich habe schon fünf Hochschulprofessoren öffentlich beleidigt, ich habe schon einmal wegen eines kleinen Straßenköters – aber ich will nicht prahlen, sehen Sie sich die Hose an, das sagt alles, so weit habe ich es jetzt mit meiner epochalen Krebstheorie gebracht. Sehen Sie nichts? Um so besser! Hat auch gar nichts mit Herrn Bede zu tun. Sagen Sie mir erstens, wer weiß von dieser ganzen Geschichte?"

"Mein Vater und das Ehepaar Bede. Ich war noch nie so bedrängt wie heute, Sie sind der erste –"

"Großartig! Ihr Vater wird Sie nicht anzeigen, nehme ich an! Und Frau Bede ist auf Ihrer Seite, sagen Sie? Wir gehen heute mittag zu Frau Bede, wir beide, und sprechen mit ihr. Wir können nämlich beschwören, Frau Bede und Sie und ich, daß ich vor vier Monaten Frau Bede untersucht habe, daß ich einen schweren Lungenspitzenkatarrh festgestellt habe, daß wir beide uns im ehrbaren ärztlichen Kolloquium nach dieser Lungendiagnose zu dem Eingriff entschließen mußten. Das ist das erste, das gibt uns für alle Fälle Sicherheit. Zweitens gehe ich heute mit Ihnen zu dem Rendezvous mit Herrn Bede, und Sie können mir glauben, Sie werden diesen Liebling zum letztenmal in Ihrem Leben gesehen haben, wenn ich ihm eine kleine Liebeserklärung verabreicht habe."

"Sie unterschätzen die Gefahr. Herr Bede ist zurzeit völlig verhungert und verzweifelt, mit Grobheit ist hier nichts auszurichten. Ich bin auch nicht von Samt, wenn ich mit ihm verhandle. Aber ich habe ihn jetzt wochenlang hingehalten, weil ich selbst kein Geld hatte, und heute ist letzter Termin. Er hat eine Stellung in Aussicht, er kann sie nicht antreten, weil er keinen heilen Anzug hat, das stimmt, das habe ich nachgeprüft. Ich habe auch genug Instinkt für diesen Menschen, um ihm zu glauben, daß er nach dieser letzten Abfindungssumme Ruhe geben wird. Er hat das beschworen, und Frau Bede hat es beschworen, und Frau Bede wird ihn mit der Axt im Schlaf erschlagen, wenn er seinen Schwur nicht hält. Aber zuvor muß ich noch einmal die ganze Familie sich sattfressen lassen und ausstaffieren, damit der Mann seine neue Stellung antreten kann. Ich habe ihm diese Abfindungssumme von dreihundert Mark hoch und heilig versprochen, ich kann nicht riskieren, daß er heute mittag zwölf Uhr wahnsinnig wird und zur Polizei läuft."

"Ich werde mit Ihnen gehen", sagte Quaß. Diese armselige Geschichte begeisterte ihn immer mehr. "Es kann nichts passieren. Vor der Polizei sind Sie durch mich gedeckt, mit Herrn Bede werde ich sprechen – und seine dreihundert Mark Abfindungssumme soll er auch haben, damit Sie zur Ruhe kommen. Es ist ja wirklich nur ein Spaß für mich, meinen alten Gorilla anzuschmieren, gerade bei dieser pikfeinen und wichtigen Kundschaft ist das sehr amüsant. Wenn die Wehen in diesem Tempo weitergehen, ist hinterher nicht mehr zu kontrollieren, ob es nicht eine rapide Endgeburt nach einer längeren Wehenschwäche war. Wir werden den großen Chef ein wenig zu spät kommen lassen." Er ging sofort ans Telephon und forderte Lübbes Nummer. Die Dame in Grün wollte ihm den Hörer wegnehmen, aber er stieß sie sanft zurück. "Halloh – Schwester Martha, hier Quaß – schläft Papi schon? Lassen Sie ihn schlafen, es geht sehr langsam, große Pause, vorerst gar keine Aussicht, Wehen ausgesetzt, ich rufe zur rechten Zeit wieder an."

Er hängte an und lief sofort aus dem Zimmer, ehe die Dame in Grün sich bedanken konnte. Nach einigen Minuten kam er mit dem Billetdoux zurück, das noch ungelesen in der Bibliothek gelegen hatte. Er ließ sie lesen und zerriß dann den Zettel in kleine Fetzen. "Wenn es im jetzigen Tempo weitergeht, und wenn wir nicht in den Tag kommen, und wenn wir hübsch diskret sind, dann drehen wir das Ding. Dann verkünde ich Lübbe eine unerwartet schnelle Endgeburt und lasse ihn eine halbe Stunde zu spät kommen. Dann können Sie das Honorar für die selbständige Geburt sofort einkassieren. Frau Trillke ist ja bei uns beiden besser aufgehoben als bei unserem alten Gorilla, es ist wirklich nur ein Spaß." Und da sie jetzt ihrerseits von ihrem schnellen Siege bedrückt schien, fügte er lächelnd hinzu: "Männliche Selbstherrlichkeit, was wollen Sie!"

Sie trat zu ihm und gab ihm einen Kuß. Doch das schien ihm nicht zu schmecken, er drängte sie ziemlich rüpelhaft zurück und ging aus dem Zimmer. "Ich muß zu Madame", sagte er, als ob nichts gewesen wäre.

Aber er wollte die Tizianlady nicht bei ihrer schweren Arbeit stören. Er ging ins Badezimmer und hantierte ein wenig mit seinen Instrumenten, um sich weiteren Dankesbezeigungen zu entziehen. Wenn die Geburt noch in die Nacht fiel, war dieser kleine Betrug an Lübbe leicht auszuführen, völlig ungefährlich, keine große Sache, kein großes Gekusse wert. Da waren noch andere Dinge zu leisten in diesem Leben, gewaltigere Dinge in diesem wunderbaren und trotz allem Dreck so magischen Leben.

Die Kontrollgans lag auf dem Diwan und glotzte in die Luft. Das war der zweite Kuß dieser Nacht gewesen. Den Neger auf die Stirn, den Krebsmann auf den Mund, eine heitere Nacht. Was nicht alles auf das Konto "Bede" ging! Oder auf das Konto "Weibliche Selbstherrlichkeit". Oder auf das Konto "Küß-mich-und-die-Welt-ist-mein" und "Kiss-me-again".

Aber das Konto "Küß-mich-und-die-Welt-ist-mein" und "Kiss-me-again" stand ja viel niedriger, als man nach dieser fünfundzwanzigjährigen Selbstherrlichkeit geraten hätte. Lächerlich niedrig stand dieses Konto. Es stand auf sieben, wenn man den philosophischen Papa und die verfetteten Onkels und die albernen Vettern subtrahierte. Ein scheuer Gymnasiast, auf einer gefühlvollen Landpartie, im kitschigen Vollmondglanz; ein schmieriger Wozzek, am Bühnenausgang, mit seinem unappetitlichen Theaterkuß, zum Dank für die schwärmerischen Veilchen; ein struppiger Führer in Tirol, als er nach dem wilden Gletschergang das Seil von ihren Hüften löste; ihr Beinah-Bräutigam und Tennistrainer Otto Nebelong, herausgeflogen wegen allzu großer Sachlichkeit; der siebzehnjährige Amputierte im Lazarett mit seinen vielen Kindertränen; und da war Doktor Abba, Doktor Quaß.

6

An der Reling

Vor dem Umbau des Trillkeschen Parterres war das jetzige Musikzimmer ein sehr beliebter Disputiersalon gewesen. Statt der kahlen Betonschachtel ein schwüles Kabinettchen, mit vielen Polstern und Kissen und Beleuchtungseffekten, mit patenten Gelegenheiten, die Beine von sich zu strecken und zu philosophieren und die üppigen Mahlzeiten des gastfreien Hauses richtig zu verdauen. Hier hatte eines Abends, als die unanständigen Anekdoten zu versiegen drohten, der literarische Seelsorger und Kostgänger Manfred Mannesmann die gemütliche Rundfrage aufgeworfen: "Welches war der größte Schmerz Ihres Lebens?"

Rundfragen werden fast immer von der Koketterie beantwortet, ob nach dem Erfolg einer Zahnpasta oder nach der Zukunft der menschlichen Rasse gefragt ist. So auch hier. Oder sollte man glauben, daß die reizende kleine Steffie Pulver keinen größeren Schmerz in ihrem Leben erlitten hatte als die Augen eines alten, ausrangierten Droschkengauls? Der größte Schmerz ihres Lebens war natürlich ganz gewöhnliches Bauchweh gewesen. Manfred Mannesmann selbst gab den englischen Fimmel des Hauses Trillke als größten Schmerz seines Lebens an, weil er damals als Fanatiker des Ostens monatelang von der Tizianlady geschnitten worden war. In Wahrheit war seine schwierige Figur und sein schwieriger Teint der größte Schmerz seines Lebens. Fräulein Else Redderhuus, eine alte Freundin Elfriedens und zum erstenmal verirrt in diesen noblen Kreis, verkündete den endgültigen Verlust ihres Menschheitsglaubens als größten Schmerz ihres Lebens. Sie fühlte sich in ihrer soliden Bremer Abendtracht sehr eingeengt inmitten der Modelle Babylons und wollte die ganze Gesellschaft beleidigen, indem sie ihre traurige Einsicht in die allgemeine Nichtsnutzigkeit der Menschheit als sehr naheliegend bezeichnete. Aber niemand merkte die Spitze der jungfräulichen Dulderin, nicht einmal ihre alte Freundin Elfriede, die den größten Schmerz dieser jungfräulichen Dulderin ganz genau kannte.

Die Tizianlady gab damals als größten Schmerz ihres Lebens das Zahnweh der vorhergehenden Woche an. Es war ein Jux und blieb doch die einzige Wahrheit inmitten aller seelischen Märchen dieses Abends. Denn für die meisten Menschen sind die körperlichen Schmerzen die wahren Schmerzen dieses Lebens. Und wie die Religion den meisten Kindern Gottes nichts weiter bedeutet als blühendes Rankwerk oder halbverdorrtes oder ganz verdorrtes Rankwerk um unseren körperlichen Tod, so auch die Melancholie, wenn sie das plumpe Knurren unseres Magens und das Verkalken unseres roten Herzchens mit appetitlicheren Schmerzen als Kadaverschmerzen überranken will.

Jedoch das ehrliche Zahnweh, das die Dame des Hauses seinerzeit in die Waagschale des Leids geworfen hatte – zu Steffie Pulvers Droschkengaul und Else Redderhuus' Untergangsvision, zu Manfred Mannesmanns Boykott und Herrn Trillkes Enttäuschung über einen untreuen Dienstboten, zu dem schwärzesten Börsentag des dicken Meier und zu dem neckischen Kindheitserlebnis der sechzigjährigen Frau Sardowitz – sie hatte als neunjährige ihren Papa bei einer Lüge ertappt – jenes ehrliche Zahnweh der Tizianlady war nichts gewesen im Vergleich mit den ehrlichen Preßwehen, die schon vier Stunden nach Mitternacht einsetzten.

Niemand dachte jetzt mehr an Professor Lübbe, der überraschend schnelle Fortgang der Geburt begünstigte die Verschwörung gegen den großen Chef. Niemand dachte mehr an Herrn Trillke, man ließ ihn schlafen, der gewaltige Jammer des Endspurts drang nicht mehr zu ihm. Niemand dachte mehr an Doktor Abba, mochten doch die Sterne stehen, wie sie wollten. Jetzt war der Kampf entbrannt, der schwere Kampf, der Kampf für die Erhaltung ewigen Lebens, der Kampf der Hirschkuh, der Kampf der Füchsin und der Äffin und der tibetanischen Hirtin und der Tizianlady, der Kampf der heiligen Nacht, der Kampf der Mütter aller Priester, Krüppel, Tänzerinnen, Arbeitslosen und Athleten. Quaß leitete den Kampf, und Fräulein Dr. Otterloo assistierte:

Es geht zu schnell, Vorsicht, mehr Ruhe, gnädige Frau, ja, schreien Sie nur, macht nichts, so ist es gut, die Hände halten,

Fräulein Otterloo, ach keine Rede noch von Chloroform, mein armes Kind, sehr gut, zu wild, sehr gut, zu stark, zu schnell, still, stille, stille, stille, stille, mein lieber Quaß, es darf dir nichts passieren, auch nicht die kleinste Kleinigkeit, mein lieber Herr Professor Lübbe, es ging ja viel zu schnell, von Telephon war keine Rede mehr, es war wie eine richtige Sturzgeburt, sehr interessant, sehr sehenswert, verdammter Gorilla, da gibt's nichts zu mucksen, die Dame in Grün ist deinen kleinen Ärger wert, die Hände halten, Fräulein Otterloo, nein, nein, ich mache nichts, nur keine Angst, alles normal, wir sind noch nicht so weit, sehr tapfer ist die gnädige Frau, ja, die anderen Frauen auch, die wenigsten Frauen sind so tapfer wie unsere liebe, gnädige Frau, ganz gewiß, kleine Pause, zehn Minuten Pause, sän Minüten Pausäää, gegen zwanzig Pfennig Nachzahlung können jetzt die Ställe besichtigt werden, zu den Ställen geradeaus, oui monsieur, Bonbons, Pfefferminz, Schokolade, Bier, warme Würstchen, zu den Ställen geradeaus, sieh mal das kleine Giraffenbaby an und die große Giraffenmama, süß, vor zwei Tagen geboren, und wie lieb sie schon das Kindchen hat, o weh, das waren aber keine zehn Minuten Pause, meine liebe, gnädige Frau, festhalten, Fräulein Otterloo, Tupfer und Watte zu mir, Wärterin, die Sublimatschüssel zu mir, Wärterin, so, halt, haaalt, bitte, bitte, nicht so wild, Vorsicht, übernehmen Sie die Hände, Wärterin, ein paar Tropfen Chloroform, Fräulein Otterloo, Vorsicht, genug, Achtung, Quaß, sie schießen auf dich, duck den Kopf, kein Spaß, verfluchter Krieg, war wirklich kein Spaß, Achtung, Mann, dies hier ist auch kein Spaß, es darf nichts passieren, volle Verantwortung, ist das Gesicht zu rot, ist das Gesicht gedunsen, sind das Krämpfe, keine Rede, Unsinn, ganz wunderschön sind die kastanienbraunen Haare dieser Frau, lebt das Kind noch, selbstverständlich, hast du alle Möglichkeiten im Kopf, mein lieber Quaß, und wenn alles ganz anders liegt, Falschdiagnose, große Überraschungen, Wasserkopf, Drillinge, Monstrum, Blutung,

Zerreißung, was ist dann, Achtung, Mann, Vorsicht, Ruhe, alles Unsinn, weg mit dem Chloroform, ja ja ja, ich weiß, Darling, soll auch gar keine Narkose sein, jetzt, zurück, jetzt, zurück, jetzt, jetzt, jetzt, jetzt, Schere, zurück, Schere weg, Watte, Tupfer, Sublimat, schnell, halt, nicht so wild, ruhig schreien lassen, kein Chloroform mehr, nein, keinen Tropfen mehr, jawohl, nur fest schreien, gleich vorbei, da, Wärterin, los, Fräulein Otterloo, der Kopf uhaha, verdammt, die Nabelschnur ist verschlungen, das geht um Sekunden, schnell, so, und so, gut, sehr gut, heilige Wissenschaft, bravo, Quaß, Quaß for ever, Achtung, die Schultern, vordere Schulter, hintere Schulter, da, dadadadadadadahuha, Ernestine.

Ernestine und ein kleiner Schrei, Ernestine und ein kleiner, kläglicher Schrei: ein kleiner Schrei, ein kleiner, kläglicher Schrei ist unser erster Gruß. –

Der schönste Frühling des Planeten ist in Grönland. Die kleine Grasblume, die aus einer zehnmonatlichen Schneedekke ans Licht drängt, besiegt an Duft und Form und Farbe alle ihre üppigen Schwestern in den Tropen. So auch die Schale voll gewöhnlicher Kuhmilch, welche Quaß als letzte Handreichung dieser Nacht der Tizianlady kredenzte. Es war der Pommery aus dem Stall von Bethlehem.

Jetzt war es vorüber, jetzt konnten sie abspannen, jetzt konnten sie ruhen, jetzt war der Dienst an dem Rätselhaften zu Ende. Jetzt durfte sie wieder hinübergleiten in den Alltag ihres Großstadtlebens und in die große Pause, aus der des Menschenlebens größter Teil besteht. Wenn jetzt noch ein patent geleitetes Wochenbett und Wochentraining dafür sorgte, daß die Figur nicht Schaden litt, war die Begegnung mit dem Rätselhaften schnell vergessen.

So auch Herr Trillke, der Papa. Die Nachricht wurde ihm von Fräulein Otterloo gebracht. Ohne jede Rücksicht auf die englische Haltung sprang er mit beiden Beinen aus dem Bett und hörte im Pyjama den Bericht der jungen Dame an. Dann rannte er ins Kinderzimmer, weil ihm der Eintritt in das Allerheiligste vorerst noch verboten war. Er starrte voll Entzücken in die angewärmte Mahagoniwiege, auf das verrunzelte und grämliche und wahrhaft mißvergnügte Angesicht des Neugeborenen. Hier stand er fünf Minuten lang ganz still und fühlte jenes Rätselhafte, auch er: Die weite Landschaft und das bizarre Panorama unseres gewaltigen Erdenwallens. Dann aber war er schon am Telephon. Es war vorüber, er durfte abspannen, er durfte wieder der alte Benno Trillke sein. Und die drei Könige aus dem Morgenlande, denen er telephonierte, waren: Elfriede und der dicke Meier und Familie Pulver und Familie Sardowitz, sein erster Prokurist Anton Geschwege und die Annoncenabteilung der Mittagszeitung, dazu noch Bremen 37891.

Und so das ganze Haus, es war vorüber, man spannte ab. Die Dienstboten tunkten die frischen Brötchen in den Kaffee und klatschten über die Wichtigtuerei der importierten Wärterinnen. Die Kinderfrau vollzog mechanisch ihren Dienst an Ernestine und legte sich danach zur Ruhe, es war vorerst nichts mehr zu tun, das Kind schlief ein. Die Wochenwärterin saß neben ihrer schlummernden Wöchnerin und glotzte melancholisch vor sich hin. Und so auch Quaß, es war vorüber, es waren keine Komplikationen mehr zu fürchten. Er wusch sich und wechselte den Zaubermantel, er schaute übernächtig in den Spiegel und nickte sich befriedigt zu, er telephonierte Lübbe seinen Schwindel und warf sich auf den Diwan, neugierig auf das Donnerwetter des Gorillas. Dann schlief auch er ein wenig ein. Nur in dem Orchideenzimmer war man noch wach und noch nicht in die große Pause eingelaufen.

"Bitte, lästern Sie nicht", sagte Doktor Abba, als ihm Fräulein Otterloo mit ironischer Grandezza die kleine silberne Stoppuhr und das Kuvert mit der bösen Sternendiagnose überreichte. Er zerriß das Kuvert in kleine Fetzchen und verstreute sie über das Orchideenarrangement.

"Vielleicht war Ihre Angst richtig, Doktor Abba, es war sehr schwer und sehr gefährlich, die Nabelschnur war schrecklich verschlungen. Aber Doktor Quaß hat es gegen alle bösen Sterne geschafft. Ich sah noch keinen Arzt mit solcher Sicherheit arbeiten. Der junge Mann besitzt eine seltsame Mischung von Mitleid und Brutalität, von priesterlicher und wissenschaftlicher Medizin."

"Haben Sie sich verliebt?" fragte Doktor Abba und beugte sich über seinen Schreibtisch, um die genaue Zeit der Stoppuhr zu notieren.

"Bitte, lästern Sie nicht", äffte sie. Aber sie fühlte plötzlich, daß ihr schwarzer Freund sehr ernst war. Sie setzte sich auf den Diwan und beobachtete ihn, während er an seiner Mysterienbühne arbeitete. Sein weißes Haar glänzte wie Firnschnee unter der Milchglaslampe. Ob er Haarglättwasser nahm? Oder war diese bereifte Krone von Natur aus so glatt wie die bereifte Krone eines greisen europäischen Snob? Und warum plötzlich dieser Ernst? Pose? Oder Ärger über die böse Sternendiagnose und den guten Ausgang? Ach was, sie hatte Lübbe angeschmiert, sie hatte Bedes Sündengeld verdient, sie war die wahre Siegerin dieser Nacht, mochte Doktor Abba ruhig ein wenig verärgert sein über seine kleine Blamage, die Medizin hatte geklappt. Was jetzt kam, war alles nur noch Vergnügen: der gute alte Onkel Abba und der böse alte Onkel Lübbe und das Frühstück mit Doktor Quaß, wenn das Honorar ausbezahlt war und die Aprilspatzen zwitscherten im Grunewald.

"Ich habe mit Ihnen zu sprechen, Miß Nelly", sagte Doktor Abba und trat aus dem Schein der Lampe in die dunkle Ecke des Zimmers. "Ich habe Ihre ganze Gespräch mit Doktor Quaß belauscht, jede Wort – bitte, runzeln Sie nicht so dumm die Stirn, ich habe in London fair play gelernt, und ich habe in meine Jesuitenschule in Dixieland die andere Musik des Lebens gelernt, ich scheue mich nicht, zu lauschen, wenn nötig, und ich weiß fair play zu machen, wenn nötig; ich kenne die beiden Seiten von unsere kleine Notenblatt, ich weiß ganz genau, wann die eine Melodie und wann die andere Melodie an die Reihe ist, davon versteht solch eine kleine Ketzer mit gerunzelte Stirnchen gar nix. Ich habe jede Wort gehört und bin sehr böse, weil Sie diese schmutzige Geld für die Erpressung nicht von mir gepumpt haben, Miß Nelly, das ist Numero eins." Er schenkte zwei Gläser Sekt ein. Herr Trillke hatte nicht vergessen, vor seinen langatmigen Telephonaten in allen fünf Zimmern seiner kleinen Wochenstube Sekt auffahren zu lassen. "Zum Wohl auf Numero zwei", sagte Doktor Abba und kredenzte ihr. Aber sie nippte nur ein wenig und stellte das Glas beiseite, sie war ziemlich verschüchtert durch seinen eindringlichen Ton.

"Numero zwei ist die ehrenwerteste Antrag, den eine alte schwarze Teufel eine kleine verknackste Europäerin stellen kann. Ersparen Sie mir eine große Introduktion. Ich habe gehört, daß Sie Ihre Vaterhaus verlassen haben und daß Sie in die Geldklemme sitzen, ich habe auch schon Ihre Horoskop angeschaut, ich bin hundertelf Jahre alt: ich bitte Sie, werden Sie meine kleine Tochter, lassen Sie sich von mir adoptieren, meine kleine verknackste Europäerin."

Die kleine verknackste Europäerin brach in Gelächter aus. Gott sei Dank, da war wieder der alte Clown.

"Abgemacht, Doktor Abba! Mein Name ist von heute ab Miß Nelly Abba. Ein sehr schöner Name. Wieviel Taschengeld setzt du mir aus, Papa? Du bist doch reich, Papa? Du bist doch einverstanden, Papi, daß ich mir heute noch zehn bis zwanzig neue Frühjahrskleidchen bestelle –"

Sie brach ab und fühlte plötzlich, daß ein schreckliches Mißverständnis geschehen war. Er stand vor ihr, stand still wie eine Statue, starrte sie mit melancholischen Augen an. Er hatte im Ernst gesprochen. Die Selbstverständlichkeit, mit der sie seinen Antrag als Witz nahm, mußte ihn schwer verletzen.

Und plötzlich ahnte sie das ganze Leid dieses magischen Tieres, das sich aus seinem dämmernden Urwald in die grelle Stadt verirrt hatte. Was half ihm die Zivilisation, mit der schon sein Urgroßvater und sein Großvater und sein Vater beschenkt worden waren? Was half ihm der gute Schnitt seiner Hose? Was half ihm die demokratische Milde, mit der in seiner Generation die Rassenfrage behandelt wurde? Was half es ihm, daß er auf dem Trottoir gehen durfte und gute Krawatten und weiße Frauen kaufen konnte? Er war verirrt, er war verirrt und blieb verirrt. "Verzeihen Sie, Doktor Abba", sagte sie sanft, "ich bin sehr dumm, ich verstehe nichts von diesen Dingen."

"Bitte, bitte", sagte Doktor Abba, "es war nur eine kleine Spleen, wir wollen nicht weiter darüber sprechen, es ist schon vorbei." Er setzte sich an seinen Schreibtisch. "Es war nur so eine Mondschein, eine kleine blöde Mondschein, nichts weiter. Eine hundertelfjährige Sohn von die ferne Neptun soll sich schämen, durch eine kleine blöde Mondschein Dummheiten zu schwatzen." Er begann zu arbeiten.

"Wir wollen darüber reden, Doktor Abba –"

"Worüber? Es war wirklich nur Mondschein. Bleiben wir bei die große süße Abenteuer von unsere Einsamkeit, Miß Nelly bei ihre keusche Venus in den Fischen und Louis Abba bei seine ferne Neptun und basta." Er arbeitete und schien sie nicht weiter zu beachten. Sie blieb still auf ihrem Diwan sitzen und sah ihm zu. Er zog einen Kreis auf einem großen Bogen Pergamentpapier und teilte den Kreis in zwölf Segmente. Dann zeichnete er mechanisch die zwölf Tierkreiszeichen ein, den Stand der Sonne und des Mondes, den Stand der sieben Planeten, wie es sich nach seinen astronomischen Tabellen für die Sekunde der Geburt ergab. Dann schob er die Tabellen beiseite und lehnte sich zurück und fixierte das fertige Horoskop, Ernestines Himmelsgesicht. Plötzlich wandte er sich wieder nach Nelly um und lachte. "Steht die Merkur im zweiten Haus – So bringt es dir viel Geld ins Haus. Eine verdammte Schwindel, nicht wahr?"

"Ich weiß es nicht", sagte sie leise.

"Ganz gewiß ist das Schwindel! Ehrenwort! Sehen Sie diese Horoskop an, Miß Nelly. Es sagt mir gar nix. Ich kann es deuten nach die kleine Vernunft, und ich kann es deuten nach die große Vernunft. Aber nach die große Vernunft sehe ich bei Ernestine gar nix. Also muß ich es deuten nach die kleine Vernunft. Steht die Sonne im Aszendent – Hat Ernestine Glück bis ans Lebensend – Mars und Saturn in Opposition – Gibt eine Blinddarmoperation – Jupiter und Mond ganz nah – Die Fräulein wird wie die Papa. Ist das nicht Schwindel? Schwindel und Lästerung ist das, pfui Teufel!"

"Sie glauben nicht an Ihre eigene Sache?"

"Oh, Miß Nelly, ich glaube daran, ich glaube an die Sterne, ich glaube an die große Vernunft. Aber ich muß money maken mit die kleine Vernunft, so ist das." Er wandte sich wieder seiner Arbeit zu und pfiff leise vor sich hin, während er Ernestines Mondknoten und Glückspunkte einzeichnete, die Aspekte ihrer einzelnen Planeten, die Oppositionen und Quadrate und Trigone, von deren regelrechter Deutung die Astrologie der kleinen Vernunft seit Jahrtausenden lebt.

"Wir sind alle eingeklemmt zwischen der kleinen Vernunft und der großen Vernunft", sagte Fräulein Otterloo, aber er pfiff weiter, als habe er sie nicht gehört. Sollte sie gehen? Er blätterte in seinen Ephemeriden und rechnete und pfiff sich eins. Offenbar war das Gespräch zu Ende. Was hielt sie noch? Die kleine oder große Vernunft? Die kleine Vernunft war in diesem Fall die gute Sitte, vor dem Abgang noch ein paar Schmeichelworte oder Trostworte zurückzulassen, wenn man einen alten Herrn versehentlich gekränkt hat. Und die große Vernunft? War es die Neugier, noch mehr von der seltsamen Musik dieses seltsamen Musikanten zu hören? Wie kam er auf den tollen Gedanken, sie adoptieren zu wollen? Er war sehr einsam, das war klar, aber warum heiratete er nicht, wenn ihn seine Einsamkeit bedrückte? Er war vielleicht halb so alt, als er angab, er war reich und scharmant, er würde schon noch eine Frau finden, eine elegante Schiffbrüchige oder eine hübsche Sensationslüsterne, es war ja Überfluß daran zwischen den Betonwänden der Großstädte. "Sind Sie verheiratet, Doktor Abba?" fragte sie, und die große und die kleine Vernunft waren in dieser Frage gemixt.

Er lachte ein herzhaftes Lachen, scheinbar schien ihm diese Frage ebenso blöde wie ihr sein Adoptionsantrag. "Ich bin ein Sohn des Neptun, Miß Nelly, ich kann mich nicht durch eine Weiberschoß erlösen. Glauben Sie, ich bin zum Abtrünnigen geworden an die große katholische Kirche, um in die schwarze Fleisch oder in die weiße Fleisch zu beißen? Och nein, so ist das nicht. Die Liebe und die Ehe ist schon längst unter die kleine Vernunft gegangen, da ist nix mehr zu maxen für eine arme alte Mann, was nach die große Vernunft leben will."

"Und die Adoption ist doch noch weniger, das ist doch ganz kleine Vernunft."

"Glauben Sie?" Er schob seine Papiere und Tabellen weit zurück und schwang beide Beine auf seine leere Mysterienbühne. Sein massiver Oberkörper sank tief in den Sessel zurück. Es war vom Diwan aus nur noch eine kleiner Streifen seines weißen Scheitels über der Sessellehne zu sehen. "Es ist jetzt fünf Uhr früh", sagte er. "Haben Sie schon einmal das Meer um fünf Uhr früh gesehen, Miß Nelly?" Da keine Antwort aus der fernen Diwanecke kam, fuhr er fort: "Kennen Sie das nicht? Wenn die ganze Schiff noch schläft? In die Hängematten von die Zwischendeck, in die Flirtbetten von die Luxuskabinen? Kurz bevor das Deck geschrubbt wird? Aber jetzt ist es noch ganz leer auf Deck, und das Meer ist noch kalt, und die Sonne ist noch nicht da – kennen Sie das?"

Keine Antwort.

"Nun gut, ich will Ihnen erzählen, wie das ist, damit Sie lernen, was die kleine und was die große Vernunft ist. Und damit Sie nicht falsches Zeug denken über eine arme alte Drehorgelmann mit die viele falsche Quietschtöne auf seine abgespielte Instrument. Wollen Sie hören?"

Keine Antwort aus der Diwanecke. Und auch der weiße Scheitel war jetzt unter der Sessellehne verschwunden. Es war nichts mehr zu sehen als ein Paar schmale Lackschuhe auf der Schreibtischplatte. Sie ruhten wie zwei müde Tänzer auf der Mysterienbühne.

"Ja ja, das Meer ist noch kalt, und ganz leer auf Deck, und nur der alte Nigger steht schon an die Reling. Er kommt aus die Kabine von eine schöne Frau, er hat in die weiße Fleisch gebissen, was ist dabei. Und jetzt soll er in seine Kabine zurückschleichen wie eine kleine Katze, bevor die Stewards mit die Augendeckeln blinzeln, damit die Trinkgeld ein wenig besser wird. Jetzt soll er noch ein wenig schlafen und träumen von seine wunderbare Triumph. Aber da bleibt er an die Reling stehn und schaut auf die kalte Flut. Und in diese kalte Flut sind Millionen Fische. Und alle diese Fische sind keusch. Ja, so ist das, eine männliche Fisch sucht niemals nach eine weibliche Fisch, ob das nun eine große oder eine kleine Fisch ist, schwarz oder weiß oder blau oder rot oder grün. Eine männliche Fisch lauert nur auf die Eierchen, die in diese große kalte Flut gelegt sind von die weibliche Fische: er kennt nicht einmal die Mutter von diese Eierchen, die er befruchtet. So ist das in diese große kalte Meer, denkt sich die alte Nigger, so ist das mit diese Milliarden keusche Fische, schwarz und weiß und blau und rot und grün. Aber die Menschen sagen, daß die Fische ohne Vernunft sind, und wie ist das? Nun, die alte Nigger spuckt ein wenig über die Reling und denkt sich, vielleicht ist in diese kalte Meer und bei diese Milliarden keusche Fische doch die große Vernunft – und in die Luxuskabine bei jene wollüstige Frau die kleine Vernunft? Vielleicht ist bei die

Eierchen, von denen die männliche Fisch nicht einmal die Mutter kennt, doch die große Vernunft und bei jene verblühende Menschenfleisch die kleine Vernunft? So ist das, meine Dame, wenn die Sonne noch nicht da ist, um fünf Uhr früh auf die kalte Meeresflut, so ist es mit die kleine und mit die große Vernunft, mit die weiße Fleisch und mit die ewig unbekannte Eierchen. Wissen Sie jetzt, was die kleine und was die große Vernunft ist?"

Aber es kam noch immer keine Antwort aus der Diwanekke. Auch er blieb still. Die müden Tänzer auf der Mysterienbühne waren dahingesunken und schliefen. Durch die Gardinen drang der erste Morgenschein gegen die Milchglaslampen an.

"Nun, es ist keine große Sache. Ich meine, es ist keine große Sache, wenn eine hundertelf Jahre alte Baby sich zu die keusche Fische bekehrt. Aber da ist noch eine andere Sache. Eine männliche Fisch verliert alle seine Farbe, wenn er keine Eierchen findet, manche männliche Fisch verreckt sogar, wenn er keine ewigen unbekannten Eierchen finden kann. Und jetzt versteht Miß Nelly vielleicht diese ganze Spleen, was eine Sohn vom Neptun zuweilen befällt, wenn er bei eine Geburt zugegen ist und jene süße kleine erste Schrei von Ernestine gehört hat, und wenn die Teufel will, daß gerade eine Venus in die Fische im Hause ist, was von seine alte Vaterhaus davongelaufen ist und selbstherrlich sein will und die Stirnchen runzelt zu alle diese alte abgespielte Drehorgelmusik mit die viele falsche Quietschtöne." Er schwang die Beine über den Tisch und sprang mit einem weiten Satze hoch: "Halloh, Miß Nelly, eingeschlafen?"

"Nein, Doktor Abba."

"Spreche ich die Wahrheit? Ist nicht die große Vernunft in jene kalte Ozean?"

"Ganz gewiß, Doktor Abba."

"Ist die große Vernunft beim Fischmännchen, was krepiert, wenn es keine ewigen Eierchen finden kann – oder beim Ehemännchen, was sich mit die Browning ins Maul schießt, weil seine Eheweibchen bei eine fette Tenor geschlafen hat?"

"Beim Fischmännchen, Doktor Abba."

"Ist die große Vernunft beim Fischweibchen, was alle seine Eierchen und all sein Leben ganz einfach an jede erste beste strömende Welle hingibt – oder bei eine Kalbsköpfchen, wenn es vor jede neue Gefühl erst einmal die Stirnfalten runzelt?"

"Beim Kalbsköpfchen, Doktor Abba."

"Oh, Miß Nelly, ich liebe Sie, ich liebe Sie von Herzen! Werfen wir die dumme Frage von diese Adoption über Bord, werfen wir sie in die kalte Meer! Aber bleiben Sie noch ein wenig in Freundschaft bei mir, laufen Sie mir nicht schon wieder davon, gehen Sie noch ein wenig mit mir spazieren."

"Gern, Doktor Abba."

"Passen Sie auf, Miß Nelly, ich verrate Ihnen eine alte Lieblingsplan. Ich möchte eine medizinisch-astrologische Sanatorium gründen, ich habe Geld, und ich habe Geldleute für diese alte Lieblingsidee. Wir machen das auf, wo Sie wollen, in London oder Paris oder Berlin. Ich brauche eine leitende Arzt, eine Facharzt als Reklameschild und für die Polizei, weil ich selbst keine Mediziner bin. Machen Sie die leitende Arzt in meine medizinisch-astrologische Institut, und wir wollen Geld verdienen soviel wir wollen!"

"Mit der kleinen oder mit der großen Vernunft?"

"Nur mit die kleine Vernunft, wie denn sonst! Ich werde mich hüten, mit die große Vernunft Geld verdienen zu wollen! Sie sehen ja, man kann mit die große Vernunft nicht einmal eine kleine Kalbskopf adoptieren. Machen Sie die leitende Arzt in meine astrologisch-medizinische Goldgrube? Abgemacht?"

"Wir sprechen noch darüber", sagte sie schnell, während Herr Trillke ins Zimmer trat.

"Professor Lübbe ist soeben eingetroffen", sagte Herr Trillke.

"Ich habe Herrn Doktor Abba nur die Stoppuhr gebracht", sagte Fräulein Otterloo und ging zur Tür.

"Wunderbar, Herr Trillke", hörte sie Doktor Abba sagen, während sie aus dem Zimmer schlich, "ich gratuliere, Herr Trillke. Hier ist die Horoskop von Ernestine, nur die Skizze, so kommt es auf Elfenbein –"

"Na, was sagen Sie?" fragte Herr Trillke siegesbewußt.

"Selten schön. Die Sonne steht im Aszendent –"

Fräulein Otterloo schloß behutsam die Tür hinter sich, um nicht die feierliche Enthüllung von Ernestines Himmelsgesicht zu stören. Die kleine Vernunft war wieder an der Reihe.

7

Die gebackenen Seezungen

Der große Chef stand im Badezimmer und wusch seine Hände. Doktor Quaß assistierte. Er reichte die Bürsten und Handtücher, er goß frische Lösungen in die Desinfektionsbecken, er stellte den Dampfkasten mit den Gummihandschuhen bereit. Es war lächerlich. Lübbe hatte schweigend den Bericht angehört und tat jetzt, als ob die Geburt noch einmal stattfinden sollte. Wozu diese großartigen Vorbereitungen? Es war nichts mehr zu tun, von Untersuchung war keine Rede mehr. Aber schließlich war der Ärger ja verständlich, der Ärger des großen Chefs über die "unerwartete Art Sturzgeburt" gerade bei dieser wertvollen Kundschaft. Es mußte noch ein wenig Hokuspokus gemacht werden, vielleicht ließ sich die angekratzte Goldschicht auf der Rechnung des Hauses Trillke noch ein wenig ausbessern.

Als das Bürsten und Nägelreinigen und Spiegelgucken kein Ende nahm, erwachte in Quaß das Schuljungenelement, das in jedem gesunden Menschen bis ans Lebensende steckt: er ließ sich der Länge nach auf dem "Lübbeschen Gebärstuhl für alle Komplikationen" nieder, um den Gang der Dinge in bequemer Lage abzuwarten.

Lübbe warf einen bösen Blick auf sein unbenutztes Patent. "Sie haben im Bett entbinden lassen, Doktor Quaß?" fragte er, während er den Alkohol von seinen dünnen Greisenfingern abtropfen ließ und zum Sublimat überging.

"Selbstverständlich", sagte Quaß, "es ging zu schnell."

Der Gorilla wandte den Kopf und sah gerade noch das Schuljungengrinsen auf dem Angesicht seines Assistenten. Aber er sagte kein Wort und beendigte seine sinnlose Prozedur. Dann ließ er sich in den Zaubermantel helfen und schritt in ausgekochter Majestät ins Allerheiligste.

Er war einer jener falschen Magier, die die Welt regieren. Sie stehen Kopf an Kopf und Schulter an Schulter im öffentlichen Leben einer Zeit, die ihre wahre Magie noch nicht gefunden hat. Sie stehen festgegründet und finden immer neuen Nachwuchs. Sie stehen wie eine unbezwingbare Mauer vor dem Paradies der großen Vernunft. Sie stehen in allen Lagern. Und wenn auch nur ein kleiner Funke Wahrheit glimmte in Doktor Abbas Glaube an das neue zweitausendjährige Reich, das mit dem Übertritt des astronomischen Frühlingspunktes in den Himmelsraum des Wassermann anbrechen sollte: hier war das große Bollwerk vor dem Jahre 1961, bei den falschen Magiern.

"Sie können warten", sagte Lübbe, als ihm Quaß die Tür zu Madame öffnete.

Quaß wollte ins Badezimmer zurück. Die Freude über den gelungenen Streich ging allmählich in Wut über. Warum mußte er warten? Er hatte die Geburt geleitet, er stand wie ein Lakai vor der Tür und durfte warten, bis der sinnlose Hokuspokus des Chefs vorüber war. Was wollte der Chef so lange bei der abgekämpften Wöchnerin? Man sollte sie schlafen lassen.

Forschte er vielleicht nach, ob die Endgeburt wirklich so unerwartet schnell verlaufen war, daß kein Telephonat mehr möglich war?

Quaß ließ sich wieder auf dem Gebärstuhl für alle Komplikationen nieder und döste vor sich hin. "Natürlich war es noch möglich, Herrn Professor zu benachrichtigen, aber ich dachte mir, Herr Professor sind zu alt und zu verkalkt für solch eine schwere Nabelschnurkomplikation." Wahrhaftig, der Ärger über die angekratzte Goldschicht des Honorars konnte noch ein wenig gesteigert werden, Herr Gorilla, die Eitelkeit konnte noch ein wenig gekitzelt werden. "Ich dachte mir, Herr Professor sind zu alt und zu verkalkt." Das wäre die richtige Antwort für den falschen Magier. Nichts kränkt den falschen Magier mehr als so ein kleiner Hinweis auf sein Alter. Denn da die falschen Magier niemals jung gewesen sind, befällt sie nach den Wechseljahren eine übertriebene Jugendlichkeit. In jungen Jahren sind sie Simili-Rebellen, im Mannesalter ist es Geld und Macht, als Greise schleppen sie die rostige Pflugschar ihres Lebens durch die Sahara ihrer Eitelkeit. Was war zu tun? Quaß zog zum zweiten Male in dieser Nacht die Brieftasche und zählte sein Geld. Es waren immer noch siebenunddreißig Mark, es war kein Wunder geschehen, es war nichts zu machen. Die Assistentenposten waren rar zurzeit, man saß auf der Straße beim geringsten Mucks. Freundlich sein, wenn der Chef zurückkam; die abgeschabte Arbeitshose verstecken, so gut es ging; den süßen Betrug für die Dame in Grün zu Ende führen und den Gorilla versöhnen ...

"Die gnädige Frau ist entzückt von Ihnen, Doktor Quaß", sagte Lübbe, als er endlich zurückkam und den Zaubermantel ablegte. "Sie hat mir das Versprechen abgenommen, Ihnen heute dienstfrei zu geben. Sie wünscht, daß Sie heute noch im Hause bleiben, es ist bereits ein Zimmer für Sie eingerichtet. Schlafen Sie ein paar Stunden, Sie werden müde sein." Die gute Tizianlady! Sie hatte trotz ihrer Schwäche Quaß' Loblied gesungen, sehr eindringlich offenbar, der Wunsch der kostbaren Kundschaft war dem großen Chef Befehl. Merci, Madame!

"Es ist alles in Ordnung", sagte Lübbe, während er sich durch das Kinderzimmer ins Ärztezimmer geleiten ließ. Er warf nur einen kurzen bösen Blick auf Ernestine, die nicht von ihm selbst hervorgezaubert worden war. "Das nächste Mal wünsche ich allerdings präzisere Berichte über den Stand der Geburt. Ich bin überzeugt, daß die Eröffnung nicht so rapide vor sich ging, wie Sie glauben. Sie haben sich von Ihrer eigenen Nervosität überrumpeln lassen, Sie sind nicht gewohnt, in besseren Häusern zu arbeiten, Sie eignen sich mehr für die Armenpraxis. Na, es ist ja gut abgegangen, Sie können von Glück sagen, daß Sie Frau Trillkes Herz gewonnen haben."

Quaß antwortete nicht. Um Gottes willen keine Widerrede. Um Gottes willen jetzt dem Gorilla nicht den Schädel einschlagen. Tableau. Die Tizianlady hatte es geschafft. Es war vorbei. Wenn sich nur die Dame in Grün jetzt nicht vor dem Chef blicken ließ – –

Da saß sie, mit dem Neger, am prunkvoll beladenen Frühstückstisch im Ärztezimmer und nickte dem Chef freundlich zu. Der Teufel soll Sie holen, meine Dame, verdammtes Biest, kannst du dich nicht zehn Minuten lang verkriechen! Herr Trillke hatte für Professor Lübbe, Doktor Quaß, Doktor Abba und Fräulein Otterloo im Ärztezimmer auftischen lassen, der Teufel sollte Herrn Trillke und sein ganzes Frühstück holen. Er selbst frühstückte mit seiner Schwester Elfriede und seinem Prokuristen in der Bibliothek. Dort war das Telephon mit seiner Geheimnummer, es klingelte jetzt dauernd an. Er war auch schon auf eine Minute im Allerheiligsten gewesen, um einen kleinen Kuß auf die Stirn der Tizianlady zu hauchen. Es war Tag geworden, und die Aprilspatzen zwitscherten im Grunewald.

Lübbe winkte ab, als Quaß den Neger und Fräulein Otterloo vorstellen wollte. Man kannte sich von der Krugmannschen Geburt her. Aber Lübbe hatte keine Lust, mit einem schwarzen Charlatan und einer grünen Studentin am gleichen Frühstückstisch zu sitzen. Obgleich ein nettes kleines Frühstück aufgetragen war: Grapefruits, kalifornische Rosinen, Tee, Toast, kalte Küken, Portwein, gebackene Seezungen.

"Bitte, sich nicht stören zu lassen", sagte Lübbe, und man hörte deutlich seinen Ärger, weil man sich tatsächlich durch seine Ankunft nicht stören ließ. Doktor Abba biß herzhaft in sein kaltes Küken, Fräulein Otterloo war gerade zu den gebakkenen Seezungen übergegangen. "Bitte, sich nicht stören zu lassen", wiederholte der große Chef eindringlich, "ich habe leider schon gefrühstückt. Aber nehmen Sie Platz, Doktor Quaß, greifen Sie zu."

Quaß setzte sich verlegen neben die Dame in Grün.

"Und wie steht das Horoskop unserer kleinen Mitbürgerin?" fragte Lübbe. Er blieb noch eine Minute an der Tür stehen, um nicht als der böse Wauwau abzugehen.

Quaß hatte unterdessen Fräulein Otterloo mit dem Knie angestoßen, und Fräulein Otterloo hatte das Zeichen mit einem kleinen Fußtritt an Doktor Abbas Schienbein weitergegeben. "Wunderbar", sagte Doktor Abba sofort und schob sein kaltes Küken zurück. "Eine wunderbare Horoskop, Herr Professor. Aber wenn die Herr Professor zu stolz ist, um mit eine arme alte schwarze Gauner von die astrale Fakultät zu frühstücken, werde ich kein Wort von Ernestines Horoskop verraten."

Professor Lübbe gab ein dämliches Lachen von sich und trat näher. Quaß atmete auf. Es hatte Rebellion in der Luft gelegen, aber man hatte sein Zeichen verstanden, man bemühte sich ihm zuliebe, seinen Chef nicht noch mehr zu verärgern. Doktor Abba legte sofort los, als der Professor näher trat, und erzählte in seiner bunten Manier von Ernestine. Er rollte ihr ganzes Leben ab. Lübbe hörte mit überlegenem Lächeln zu, schließlich setzte er sich sogar an den Tisch und frühstückte richtiggehend mit. Quaß war dem schwarzen Herkules sehr dankbar.

Als Abba auf Ernestines Venus zu sprechen kam und behauptete, das fünfpfündige Stückchen Fleisch in der angewärmten Mahagoniwiege sei ein wenig schmutzig veranlagt, unterbrach ihn Fräulein Otterloo: "Sie sind sehr indiskret, Doktor Abba."

"Mein Gott ja", sagte Abba und schlug sich mit der flachen Hand auf den Mund, "was denkt die berühmte Professor von mir! Bitte um Verzeihung. Aber wir sind ja unter uns Kollegen, nicht wahr? Außerdem ist kein Wort wahr, was ich spreche."

"Bin überzeugt davon", sagte Lübbe und führte das Portweinglas an seine blutlosen Lippen.

"Och, ganz so dumm, wie die Herr Professor meint, sind meine kleine Sternchen am Himmelszelt nicht."

"Die Sterne nicht", sagte Lübbe, "aber die Menschen, die daran glauben. Mich wenigstens werden Sie nicht überzeugen, Herr Kollege."

"Ganz gewiß nicht", sagte Abba, "das habe ich sofort gesehen, wie du ins Zimmer getreten bist, und das ist sehr gut so." Der Professor aß seine gebackenen Seezungen und antwortete nicht.

"Ein Spezialist ist ein Spezialist", sagte Abba, "und eine Mensch ist eine Mensch. Eine große Spezialist hat heutzutage die verdammte Pflicht, eine große Dummkopf zu sein."

Quaß stieß heftig an Fräulein Otterloos Knie, und Fräulein Otterloo gab auch das Zeichen mit mehreren kräftigen Fußtritten an Abbas Schienbein weiter. Aber es war schon zu spät. Das schwarze Genie war plötzlich aufs äußerste gereizt und ließ sich nicht mehr aufhalten. Irgend etwas am falschen Magier hatte ihn gereizt, der hämische Blick, das überlegene Lächeln, die gespreizte Haltung, weiß Gott was, ganz gewiß nicht der kleine Angriff auf seine astrologische Kunst. "Schade, daß auch Sie eine Spezialist werden wollen", wandte er sich an Quaß. "Sie haben eine gute Stern, ich glaube, Sie haben eine starke Jupiterstellung, Sie sind zu schade für eine Spezialist."

Quaß wußte nicht, was da zu antworten war. Aber Lübbe rettete selbst die Situation, indem er die Beleidigungen des berühmten Negers überhörte und sich auf seine großherzige demokratische Weltanschauung besann: "Sie sehen den Menschen vom Gesicht ab, unter welchem Stern sie geboren sind, Doktor Abba, habe ich gehört? Ich bin durchaus nicht so ungläubig, wie Sie annehmen. Ich kann mir denken, daß gewisse Beziehungen zwischen uns und dem Sternensystem bestehen. Man hat ja in letzter Zeit tatsächlich körperliche Fixsternstrahlen aufgefangen, nicht wahr?"

Das war doch gewiß sehr nett, dachte Quaß, jetzt wird der Neger Ruhe geben. Aber er hatte sich getäuscht. "Das fehlt gerade noch", sagte Abba, "daß Sie so etwas sagen, Herr!"

"Was denn?" fragte Lübbe. Er war jetzt wirklich perplex.

Die beiden jungen Leute waren mäuschenstill. Die beiden Greise starrten sich haßerfüllt an.

"Das fehlt gerade noch, daß Sie anfangen, an meine Sternchen zu glauben", sagte der schwarze Greis. "Als meine Feind sind Sie mir willkommen. Dann steht auf die eine Seite die spezialistische Wissenschaft, und auf die andere Seite stehen die Kinderchen Gottes. Da kann man herüber und hinüber spucken, das ist ganz nett. Aber jetzt modernisieren sich die Herren Professoren in Europa und Amerika und entdecken plötzlich ihre weite Herzchen, so wird das ganz schlimm. So spucken die wahren Kinderchen Gottes gegen die leere Wind. Nein, Herr Kollege, glauben Sie, bitte, nicht an meine kleine Sternchen, und bleiben Sie ganz genau so, wie Sie sind. Damit man nämlich noch weiß, wo die Hammer und wo die Amboß ist in diese verdammte Betonwelt."

"Wie Sie wünschen", sagte der weiße Greis.

Dann herrschte Schweigen. Aber Lübbe schwieg mit einer penetranten Milde und lächelte seinem interessanten schwarzen Patienten mit penetrantem Lächeln zu. Es war dicke Luft. Doktor Quaß und Fräulein Otterloo hatten aufgehört, sich ans Schienbein zu stoßen, es war vorerst nichts mehr zu signalisieren.

"Och, ich habe eine so dumme Nase, das ist alles", sagte Abba endlich, als er mit seinen gebackenen Seezungen zu Ende war. "Ich bin nämlich eine alte Löwe, das ist meine ganze Unglück. Wäre ich eine alte Hyäne, so wäre das viel besser, Herr Professor. Eine alte Hyäne freut sich, wenn sie eine Aas riecht. Aber eine alte Löwe wird traurig, wenn sie eine Aas riecht, das ist die Geschichte." Nach diesen Worten erhob er sich mit freundlichem Lächeln und vollführte eine unnachahmlich elegante Verbeugung. "Bitte um Verzeihung, wenn ich ein wenig zu liebenswürdig gewesen bin für meine geistige Verhältnisse."

Er ging ins Orchideenzimmer.

"Das hat man davon, Doktor Quaß", sagte Lübbe, nachdem sein Feind außer Sicht war. "Das hat man von seiner sogenannten Großherzigkeit. Ich wollte diesem Herrn doch nicht sagen, daß ein Nigger von den magischen Dingen des Lebens ganz gewiß noch weniger versteht als wir Europäer." Er schimpfte noch eine Zeitlang über seine eigene Großmut, aber er schien wenig Anklang zu finden. Doktor Quaß und Fräulein Otterloo aßen ihre gebackenen Seezungen, ohne aufzublicken. "Übrigens bin ich nicht gerade entzückt, Sie hier zu sehen, Fräulein Doktor Otterloo", sagte Lübbe, nachdem er die schwarze Gefahr verarbeitet hatte. "Ich glaube, ich habe Sie vor einiger Zeit gewarnt, diese sogenannten Kontrollposten ohne mein vorheriges Wissen bei meiner Klientel anzutreten, war das nicht so?" Fräulein Otterloo schwieg. Sie schwieg Quaß zuliebe. Aber Lübbe mußte seinem mißhandelten Herzchen noch ein wenig Luft machen. "Ich hoffe wenigstens, Sie waren nicht bei der Geburt zugegen?"

"Nein", sagte Quaß schnell.

"Nein, nein", sagte Fräulein Otterloo, "ich habe nur das erste Bad besorgt, als Doktor Quaß noch gar nicht im Hause war."

"Sie kennen ja die Bestimmungen des Standesgerichts", sagte Lübbe in mildem Ton.

"Jawohl", sagte Fräulein Otterloo in einem Schulmädchenton.

"Man nennt Ihr Geschäft unlauteren Wettbewerb", sagte Lübbe.

Sein milder Ton machte Quaß vollends wütig. Er war selbst der Ansicht, daß Fräulein Otterloo unlauteren Wettbewerb betrieb, aber die Feigheit, mit der der falsche Magier jetzt, nachdem sein Widersacher abgegangen war, über die wehrlose Dame in Grün herfiel, erbitterte ihn maßlos. "Fräulein Otterloo hat ihre Sache sehr gut gemacht", sagte er patzig und bekam sofort einen heftigen Stoß ans Schienbein, jetzt warnte die Dame in Grün.

"Welche Sache?" fragte Lübbe.

"Alles", sagte Quaß, "Fräulein Otterloo hat assistiert – stundenlang –"

"Stundenlang assistiert", fragte Lübbe ruhig, "das nennen Sie eine unerwartet schnelle Endgeburt?"

Quaß bekam einen Fußtritt nach dem anderen unterm Tisch. Aber jetzt war der faszinierende Wind aus Afrika schon einmal durch das Zimmer gegangen; Quaß war plötzlich begeistert für Doktor Abbas große Offenheit. Er legte wie ein Trunkener seine volle Wahrheit auf den Tisch des Hauses: "Ich dachte mir, Herr Professor sind zu alt und zu verkalkt für dieses bessere Haus, eignen sich mehr für Armenpraxis –"

Lübbe glotzte ihn nur zwei Sekunden lang verständnislos an, dann hatte er seinen milden Patiententon schon wiedergefunden. "Schade um Sie, Quaß. Sie sind fristlos entlassen, Doktor Elbing wird Sie hier vertreten. Adieu."

"Adieu", sagte Quaß, ohne aufzustehen.

Lübbe erhob sich, ging ans Telephon und rief seine eigene Nummer an. Er ordnete an, daß Doktor Elbing, der Lieblingsschüler des falschen Magiers, nach Haus Trillke kommen solle. Dann schritt er ungebeugt aus dem Zimmer, ohne die beiden jungen Leute noch eines Blickes zu würdigen.

"Mein Gott", sagte Fräulein Otterloo.

"Großartig", sagte Quaß.

"Großartig sind Sie hinausgeflogen", sagte Fräulein Otterloo. "Es ist meine Schuld. Jetzt sind Sie tatsächlich von einer Dame des Frauenstaates aufgefressen worden."

"Unsinn", sagte Quaß, "Doktor Abba ist schuld. Der Mensch hat mich besoffen gemacht mit seiner großartigen Hemmungslosigkeit."

"Jetzt sitzen Sie auf der Straße", sagte Fräulein Otterloo.

"Das ist richtig", sagte Quaß, "es ist nicht das erste Mal."

"Machen Sie den leitenden Arzt in Doktor Abbas medizinisch-astrologischem Institut", sagte Fräulein Otterloo. "Er sucht einen Arzt, er hat Geld, er hat einen riesigen Anhang, er will ein Sanatorium bauen, er wird Sie nehmen, ich habe schon mit ihm gesprochen."

Aber Quaß hatte kein Zutrauen in diesen Plan, er war ein reiner Wissenschaftler, er mußte sich auf seine eigene Art durchfressen.

"Maken money", sagte Fräulein Otterloo, "Geld – Geld – Geld – Geld – Geld! Ohne Geld gibt es keine weibliche Selbstherrlichkeit und keine männliche Wissenschaft! Sprechen wir mit Doktor Abba, kommen Sie, er weiß gewiß irgendeinen Rat."

Nein, Quaß war zwar begeistert vom afrikanischen Wind, aber er glaubte nicht, daß das schwarze Genie irgendeinen guten Rat für ihn wüßte. Aber eine Stunde später saß er doch mit Fräulein Otterloo in Abbas Auto und fuhr mit ihm zu einer Vorbesprechung in sein Hotel. Er hatte eine ohnmächtige Wut auf Lübbe, er pfiff auf Abbas phantastische Pläne - aber er hatte nur noch siebenunddreißig Mark in der Tasche, die Dame in Grün saß an seiner Seite, mochten die Dinge ihren Lauf nehmen, seine wissenschaftliche Laufbahn war vorerst unterbrochen. Lübbe würde dafür sorgen, daß es viele Schwierigkeiten gab, rachsüchtig sind die falschen Magier dieser Welt.

Aber der falsche Magier hatte Quaß bereits vergessen. Er saß bei Herrn Trillke und frühstückte zum drittenmal. Er dachte nur daran, die angekratzte Goldschicht seines Honorars zu reparieren. Die Tizianlady schlief, und Ernestine schlief. Das Kreuzspinnenweibchen auf der weißen Zyklame des Wintergartens wiegte sich in fröhlicher Trächtigkeit auf seinem Liebesnetz in der Morgensonne.

Zweiter Teil

1

Zwei Fragen und eine Antwort

Doktor Abba war in jener Aprilnacht ausgezogen, um sein übliches Honorar zu verdienen. Es war nichts weiter im Hause Trillke zu erwarten. Das Leben ist eintönig, wenn der große Ruf erst einmal begründet ist. Der große Chirurg schneidet zum tausendsten Male seinen berühmten Blinddarmschnitt, der große Schauspieler bricht zum tausendsten Male in sein berühmtes Hohngelächter aus, der Modeastrologe wirft zum tausendsten Male seine schillernden Netze in das Sternenmeer des Aberglaubens. Wie kam es, daß in jener Nacht außer dem üblichen Honorar noch zwei echte europäische Seelchen in Abbas Netze gingen? Alles hat seinen Preis, sagen die alten Leute. Nichts wird uns geschenkt, sagen die alten Leute. Welches war der Preis, den Abba für seine neue Seligkeit zahlen mußte, für die Unterbrechung seiner jahrzehntelangen Einsamkeit und den kostbaren Fang dieser beiden schlanken jungen Seelchen?

Vorerst zahlte er in barer Münze. Es wurde ein regelrechter Vertrag aufgesetzt, wonach Fräulein Otterloo und Doktor Quaß die ärztliche Leitung in Abbas neuer medizinisch-astrologischer Heilanstalt zu übernehmen hatten: für die Dauer eines Jahres, ohne eigene Einlage und eigenes Risiko, aber unter prozentualer Beteiligung am Reingewinn. Es wurde ein angemessenes Wartegeld vereinbart, das bis zur Eröffnung der neuen Heilanstalt an die ärztliche Leitung vorzuschießen war. Es wurden aus dem Gründungsfonds allerlei Dinge angeschafft, die zur Hebung der gemeinsamen Schaffensfreude unbedingt notwendig schienen: ein kleiner Zweisitzer für die leitende Ärztin, ein neuer Smoking für den leitenden Arzt, viele

Blumen für die leitende Ärztin, eine altvenezianische Zigarettendose für den leitenden Arzt, ein kleiner Traum aus Zobel und Batist für die leitende Ärztin, ein seltenes Pergamentexemplar von Lilys "Medical Astrology" für den leitenden Arzt. Das alles kostete Geld. Doch es war ja kein echtes Geld, es war nur Betriebskapital. Jede Gründung frißt ihre Spesen.

Aber waren Abbas beide "Kinderchen" wirklich gegen bar käuflich? Zwar saßen beide auf der Straße, nachdem das Trillkesche Honorar an Herrn Bede abgeführt war. Zwar gerieten beide in die Klemme, als Professor Lübbe wirklich wegen unlauteren Wettbewerbs beim Standesgericht klagte. Zwar entstammten beide einer Generation, deren sämtliches Zubehör von den Kaufleuten des Marktes gegen bar gehandelt wird. Aber gehörten sie nicht beide zu jener neuen Truppe ihrer Generation, die die große Käuflichkeit bereits durchschaut hat und vom großen Ekel wachgerüttelt ist? Gehörten sie nicht beide zu jener neuen Truppe ihrer Generation, die zwar noch keine Fahne hat und noch zerstreut in alle Winde ist, die aber trotzdem noch nicht haltlos genug geworden ist, um zu verzweifeln und um sich zu verkaufen auf dieser sonnenbestrahlten Kugel Erde? Welches also war der wahre Preis, den Abba für die Freundschaft dieser beiden jungen Europäer zahlen mußte?

Es war der Preis, den Europa für jede neue Gemeinschaft fordert: "Zielstrebigkeit" heißt das häßliche Wort, das diesen Preis bezeichnet. "Abba ist ein Wundertier, ich glaube an sein Genie, aber er hat kein Zielstreben!" Das war die harte Formel, die Quaß nach den ersten Vorbesprechungen für seinen neuen Freund und Brotherrn prägte; und Fräulein Otterloo stimmte dem bei.

Der Säulenheilige, der von seinem einsamen Sockel steigt und sich in das Gewühl der Stadt begibt, der Musikant ohne gebundene Melodie, der Vagabund mit der Äolsharfe: sie sinken alle in die Gosse der Stadt, wenn sie sich nicht der allgemeinen "Zielstrebigkeit" der Stadt anschließen. Und der fröhliche Rebell des Neptun wird zu mancherlei Zugeständnissen gezwungen, wenn er eine Gemeinschaft mit Europa eingehen will, wenn er sich niederlassen will, des Alleinseins müde, am Quell aller Durstenden, am Quell der Liebe. Dann müssen die lustigen und nebulosen Ideen, mit denen man bisher nur jongliert hat, wirklich verkörpert werden, dann muß die schwärmerische Heilanstalt wirklich begründet werden.

Es war Fräulein Otterloos Aufgabe, den Gegensatz zwischen Abbas Überschwang und Quaß' Zielstreben auszugleichen. Das war keine leichte Aufgabe, es gab ungeahnte Schwierigkeiten. Aber Quaß war kein Pedant, und Abba begann sich zu fügen. Fräulein Otterloo steuerte das Schiffchen dieser seltsamen Arbeitsgemeinschaft an allen Klippen des Alltags vorbei. Sie fühlte ihre Milchzeit versinken und den Typ der neuen weiblichen Selbstherrlichkeit wirklich in sich wachsen. Der abweisende Ausdruck ihres Blumengesichts erhellte sich deutlich in jenen Tagen.

Der Prospekt, den Quaß für Abbas Heilanstalt entwarf, hatte folgenden Wortlaut:

> Die Heilkunst wendet sich wieder der Konstitution des einzelnen Menschen zu. Man mißtraut immer stärker einer materialistischen Medizin, die ihre chemischen und physikalischen Formeln nur noch nach der Schablone handhabt. Die besten zeitgenössischen Ärzte gestehen bereits den Bankrott der Schulmedizin ein. Man ruft nach einer priesterlichen Medizin, die zwar alle Methoden der Schulmedizin beherrscht, die aber dennoch jeden einzelnen Patienten nach seinem einmaligen seelischen und körperlichen Dasein zu nehmen weiß.
>
> Abbas Sanatorium für Nervenleiden und innere Medizin ist auf diesen neuen Prinzipien der Heilkunst aufgebaut. Die ärztliche Leitung untersteht zwei

namhaften deutschen Fachärzten: so daß jeder Patient nach den Methoden der Schulmedizin behandelt werden kann. Aber jeder Patient wird auch konstitutionell und individuell behandelt: durch Doktor Louis Abba, den besten lebenden Spezialisten der medizinischen Astrologie. Die fachärztliche Behandlung der einzelnen Leiden geschieht in Zusammenarbeit mit Doktor Abbas berühmter medizinisch-astrologischer Kunst.

Abba brach in wildes Gelächter aus, als ihm Quaß diesen Prospekt vorlegte. "Kinderchen, wollen wir money-maken oder wollen wir in die Nase bohren? Wollen wir eine große Haufen Geld hervorzaubern, oder wollen wir drei alte Professoren werden? Quaß, Mensch, Sie müssen erstmal viele brave Geldscheinchen in die Tasche stecken, dann können Sie hundert Jahre lang ungestört Ihre alte Krebspredigt halten." Sein Prospekt lautete:

Medizinisch-astrologische Heilanstalt für alle Krankheiten.
Horoskopie: Dr. Louis Abba.
Ärztliche Leitung: Dr. Quaß, Dr. Otterloo.
Bad und Telephon in allen Zimmern.
Liegehallen und Tennisplätze.
Eigene Sternwarte, eigene Jazzkapelle.

Schließlich wurde Fräulein Otterloos Entwurf gebilligt: von Abba aus Gutmütigkeit – von Quaß nach einigen schweren Großkampftagen - aber mit großer Bereitwilligkeit von den Geldleuten, die Abba allmählich aufgetrieben hatte und unter denen sich auch Herr Trillke befand. Dieser Prospekt lautete:

Sind Sie so glücklich wie der Höhlenmensch der Urzeit?
Nein!

Wie wurde der kranke Höhlenmensch von seinen
Leiden befreit?
Durch das Heilkraut seiner Kräuterweiber und durch die
Magie seiner Priester.
Und Sie?
Nur durch die Kräuter Ihrer wissenschaftlichen
Kräuterweiber!
Warum?
Weil kein Magier mehr seine magischen Kreise um Ihr
Schmerzenslager zieht!
Weil kein Sternkundiger mehr Ihre guten und
schlechten Stunden erkennt!

Abbas Sanatorium
vereinigt die Kräuterkunst der gesamten modernen Medizin
mit der der uralten Magie der medizinischen Astrologie.
Nerven, Herz, innere Medizin
Tägliche Horoskopie für alle Insassen
Medizinisch-astrologische Sprechstunde für Auswärtige
Gesellschaftsräume, Liegehallen, Sportplätze
Bad und Telephon in allen Gaststuben
Eigene Sternwarte.

Nachdem die Maximen des Hauses auf diese Weise festgelegt waren, erhob sich die Frage, wo die neue Heilanstalt erstehen sollte. Abba liebte Paris und achtete London, er war beheimatet zwischen den Betonwänden New Yorks, er war ein entfernter Blutsverwandter Leningrads, er ehrte die Schweiz als die große Luxuszentrale Europas – und er haßte Berlin, obwohl er deutlich fühlte, daß hier das Herzchen Europas schlug, wenn es noch schlug. Aber er hatte keine große Wahl. Seine beiden Kinderchen fühlten sich bereits entwurzelt in der neuen Bahn des Money-makens, er durfte sie nicht noch mehr entwurzeln durch Übersiedlung in ein fremdes Land. Seine beiden Kinderchen fühlten sich in dieser Stadt beheimatet, obwohl sie beide zugezogen waren, Doktor Quaß aus Tirol und Fräulein Otterloo vom Kurischen Haff. Seine beiden Kinderchen fühlten in dieser Stadt noch Boden unter ihren Füßen, obwohl sie beide ohne Sippe waren, Doktor Quaß war verwaist, und Fräulein Otterloo war mit ihrer ganzen Sippe entzweit. So schlug Abba selbst Berlin vor.

Unter den Kaufobjekten, die sich im Laufe des Sommers anboten, fielen drei in engere Wahl. Eine verkrachte Nervenheilanstalt im Westen der Stadt: günstige Lage, bisher unter Leitung eines Psychoanalytikers aus der Wiener Schule, bankrottgegangen durch die kniefreie Mode und den Sport und viele andere Konkurrenzen, welche schließlich die sexuellen Knackse, von denen dieses Institut gelebt hatte, nicht mehr aufkommen ließen und die Verdrängungen verdrängten. Zweitens ein Hotel am Wannsee: diskrete Lage, Seeufer, als Absteigequartier nobler Liebespaare lange Jahre sehr im Schwung, bankrottgegangen durch das Auto, dessen Konkurrenz als Absteigequartier nobler Liebespaare nicht mehr zu schlagen war. Drittens ein alter Landsitz der Königin Luise, nahe bei Dorf Kanditz gelegen: eine halbe Stunde Autofahrt vom Zentrum der Stadt aus, ein kleiner und dicht arrondierter Komplex mit Herrenhaus, Molkerei, Dienerschaftsgebäude und Gästehaus, bankrottgegangen durch den Bankrott mehrerer Generationen, zuletzt eines Busenhalterfabrikanten, der sich an Reklame übernommen hatte.

Quaß war für die Heilanstalt im Westen, und Fräulein Otterloo war für den Wannsee. Aber diesmal siegte ohne große Mühe Abba: das Schloß der Königin Luise, der Sommersitz des bankrotten Busenhalterfabrikanten. Die freie Lage, der Garten, die repräsentative Freitreppe, die großen Nebengebäude, die Wiese, von der aus man in die Sterne sehen konnte, das billige Angebot, die unübertreffliche Reklame, welche der alte historische Sitz einer Königin in einer modernen Republik bedeutete: es war kein Wort darüber zu verlieren. Man griff zu.

Abba regelte den Kauf und die Verträge mit seinen Geldleuten und Hypothekengläubigern. Quaß übernahm die Einrichtung der medizinischen Abteilung, die im ersten Stock des Herrenhauses untergebracht war. Fräulein Otterloo baute die frühere Molkerei und das frühere Gästehaus um und richtete dreißig hübsche Gaststuben ein.

Im Parterre war wenig umzubauen. Hier befanden sich die Gesellschaftsräume und Abbas großes astrologisches Sprechzimmer mit Vorzimmer. Im zweiten Stock waren die Wohnstuben für Doktor Abba und Doktor Quaß und Fräulein Otterloo sowie ein kleines Extrazimmer für Quaß' privates "Zielstreben", eine kleine Bibliothek mit einem kleinen Laboratorium. Küche und Personal waren im früheren Dienerschaftsgebäude einquartiert. Abbas neuer Diener Gidding, ein verunglückter englischer Trapezkünstler, und Frau Anna Sedde, die Hausdame, bewohnten zwei kleine Zimmer im Dachgeschoß des Herrenhauses.

Die Eröffnung erfolgte in aller Stille. Das Eröffnungsfest sollte erst gefeiert werden, wenn alle Gaststuben besetzt waren und das Unternehmen angekurbelt war. Dann allerdings mit Pomp und Feuerwerk. Denn es galt vor allem außer den Pensionären des Instituts auch noch ein größeres Publikum zur ambulatorischen Behandlung heranzuziehen. Die "Weekend-Sprechstunden" mußten gefüllt werden mit den kranken Sterngläubigen aus den Büros und Konferenzzimmern jenes großen Steinhaufens, den man an klaren Tagen von Schloß Kanditz aus am Horizont dünsten sah.

Ende August zog man ein, Mitte September konnte schon die Eröffnungsfeier angesagt werden. Gerade ein halbes Jahr nach Ernestines Geburt. Gerade an jenem Tage, da der Jupiter in den Himmelsraum der Fische wandelte – der grüne Jupiter, Quaß' Stern, der Stern der Familie, der weise Stern, der

Stern des kleinen und des großen Zielstrebens, der Stern des kleinen und des großen Gentleman, der Stern der kleinen und der großen Gemeinschaft.

Sämtliche Gaststuben in der Molkerei der Königin Luise waren an diesem Tage festlich erleuchtet. Die Insassen des Sanatoriums machten schon seit der Teestunde große Toilette für das Fest. Es waren bisher nur leichte Fälle eingelaufen, sie durften alle zur Eröffnungsfeier kommen; vornehme Neurasthenien und Depressionen, ein paar hübsche Hysterien, ein alter Alkoholiker und eine nikotinvergiftete junge Dame auf Entwöhnungskur, einige mittelmäßige chirurgische Rekonvaleszenten, einige Luxusgäste, denen gar nichts fehlte. Nur George Frazer, der alte Gefrierfleischmann aus Chicago, der mit seiner ganzen Familie den ersten Stock des früheren Gästehauses bewohnte, war von Doktor Abba von der Teilnahme am Eröffnungsfest ausgeschlossen worden. Herr Frazer hatte in dieser Nacht einen Mars-Transit: der Mars wandelte gerade über die gleiche Himmelsstelle, an der er zu Herrn Frazers Geburt gestanden hatte. Und da ihm sein Mars sowieso böse Herzattacken bereitete, gegen die er schon alle Spezialitäten der neuen und der alten Welt erfolglos mobilisiert hatte, war er von Doktor Abba für vierundzwanzig Stunden ins Bett befohlen worden. Tatsächlich kam keine Herzattacke über ihn in dieser Nacht, er fühlte sich am anderen Tage frischer als zuvor, der Mars war um sein Opfer betrogen. Aber das Fest mußte er versäumen – und seine Familie mit ihm, denn Herr Frazer war ein eigensinniger Patient und verlangte strengste Solidarität von seiner Familie: von seiner Frau, einer pausbäkkigen alten Dame, und von seinen Töchtern, den gesunden dreißigjährigen Zwillingen Joy und Freedom.

Die zwanzig geladenen Gäste aus der Stadt waren erst in einer Stunde zu erwarten, als Doktor Abba, bereits im Frack, sich auf den Pyrotechniker stürzte, der soeben per Motorrad eintraf. Endlich! Abba freute sich kindisch auf das Feuerwerk, es war eine klare Nacht – ein Regenguß, und er hätte auf die ganze Eröffnung seines Institutes gepfiffen. Um diese Zeit klopfte Quaß an Fräulein Otterloos Tür. "Wer ist's?" – "Quaß." – "Eine Minute." – Quaß blieb vor der Tür stehen und wartete. Er hörte sie im Zimmer auf und nieder gehen, er hörte unbekannte Dinge klappern und unbekannte Stoffe rauschen. Es war sehr nett, im dämmrigen Gang der Königin Luise zu stehen und zu lauschen. Natürlich wurden zehn Minuten aus der einen, doch das machte nichts. Wie schön sind die Geheimnisse der Welt! Wie albern jene sogenannte Freiheit seiner eigenen Generation! Die drei, vier Frauen, mit denen er bisher so gut Freund wie mit Fräulein Otterloo gewesen war, hätten jetzt schnell "Entrez, Monsieur!" gerufen, auch wenn die Toilette noch nicht ganz beendet war. Was fehlte wohl noch viel? Die Strümpfe und die Schuhe vielleicht? Die Frisur? Aber die keusche Venus in den Fischen würde erst "Entrez, Monsieur!" befehlen, wenn ihre letzte Spange saß, wenn alle Schranktüren wieder abgeschlossen, wenn alle Dosen auf dem Toilettentisch wieder geordnet waren. Und das war lächerlich? Dies Vor-der-Tür-Stehen war lächerlich? Entrez, Monsieur, was ist dabei? Wir wissen alle, daß die Weiber Unterwäsche tragen. Wir sind ein aufgeklärtes Volk, dies ist mein Knie und dies mein Kamm und dies mein Strumpfband – was ist dabei? Nichts ist dabei, wahrhaftig nichts, ein kleiner Kitzel, nichts. Nur daß die unbekannten Dinge nicht mehr sind; daß das Geheimnis in die Binsen geht; und das Geheimnis ist das Salz der Erde, meine Damen; dies Vor-der-Tür-Stehen wiegt mehr als alle eure hastigen Liebesnächte, das Rauschen fremder Dinge wird von euren raffiniertesten Combinations nicht erreicht, und keine eurer freiheitlichen Gesten wirkt so stark wie diese dunkle Tür.

"Entrez, Monsieur!" rief Fräulein Otterloo, und Quaß trat ein.

"Lampenfieber?" fragte sie. Sie sah ihn zum erstenmal im Gesellschaftsanzug. Sie war ein wenig enttäuscht. Es war alles zu neu, was er trug: der Frack, die Wäsche, die Schuhe, die Krawatte. Sie war gewohnt, ihn in zerbeulteren Dingen zu sehen. Sie fand, daß ihm das Zerbeulte besser stand als das Funkelnagelneue. So sah die Welt zu Pfingsten aus, zur Promenade in den frischgekauften Sommerkleidern. Ein wenig lächerlich sah alle Welt zu Pfingsten aus.

Er fand, daß ihr das schlichte Kleid aus lavendelblauer Seide vortrefflich stand, obwohl es ebenso neu war wie sein Frack. Nur die Schultern waren etwas magerer, als er erwartet hatte. Er hatte sie noch nie im Dekolleté gesehen. Die armen Schultern! Wie bei einem Schulkind, das die böse Schule nicht verträgt. Sie trug das dicke Armband aus Dukatengold, das Abba ihr zum Einzug geschenkt hatte, sonst keinen Schmuck, patent.

"Wieso denn Lampenfieber?" fragte er brummig.

"Es ist ja noch eine Menge Zeit, nehmen Sie Platz, rauchen Sie eine Zigarette."

Sie setzten sich in die dunkle Nische, die nach dem dämmernden Garten ging, und rauchten.

"Wissen Sie eigentlich", sagte Quaß nach einigen stillen Minuten, "daß wir auf dem besten Weg sind, richtiggehende Schufte zu werden?"

Das war ein Überfall. "Wer wir?" fragte Fräulein Otterloo kühl.

"Wir beide."

"Das ist mir neu. Wovon sprechen Sie?"

"Sie wissen ganz genau, wovon ich spreche", sagte Quaß ärgerlich. Die hübsche Boudoirstimmung war wie weggeblasen. Es gab ein Thema, dem Fräulein Otterloo dauernd auswich. Er nannte es "den sittlichen Grund und Boden jeder Existenz", sie nannte es "den moralischen Knacks aus Mitteleuropa". Sie waren beide in ihre neue Stellung hineingeschleudert, durch den Krach mit Lübbe, durch die gemeinsame Geldklemme, fasziniert von Abbas zauberhaftem Wesen und gebunden durch Abbas Liebe. Und letzten Endes standen sie auch beide ein wenig im Bann von Abbas astrologischer Kunst, an die sie beide in gewissem Grade glaubten oder glauben wollten, wenn auch in vagerem Sinne als Abbas Hörige in der Molkerei der Königin Luise. Das aber war es eben. Glaubten sie an ihre eigene Sache? Ja oder nein? War diese Heilanstalt ein aufgelegter Schwindel, ein Klimbim zum puren Money-maken? Oder war doch ein Körnchen Wahrheit dran, das ihre Zusammenarbeit mit dem Neger rechtfertigte?

Fräulein Otterloo wich diesen Fragen aus. Sämtliche Vorarbeiten wurden unter der stillen Vereinbarung geführt, daß Abbas Heilanstalt ein gutes Unternehmen war, so gut wie andere Heilanstalten, so gut wie Wassertreten, Höhensonne, Radieschenfressen, Psychoanalyse, Coué, so gut wie alle Mittelchen der chemischen Industrie, die die verknackste Menschheit waggonweise fraß. Was aber hieß das viel? Ein Mann wie Quaß, ein Bauer aus Tirol, das stochert auf den Grund der Dinge. Von Abba selbst war kein realer Grundsatz zu erwarten: der glaubte an die Sterne und verhöhnte gleichzeitig seine eigene Deutung, der mixte unbekümmert seine große und seine kleine Vernunft durcheinander und schwamm in Seligkeit über seine neue kleine Familie. Und Fräulein Otterloo wich offenbar den Fragen nach dem klaren Ja und Nein des Lebens aus – mit jener unbefangenen Geschicklichkeit, mit welcher nur die Weiber den unbequemen Fragen des Lebens auszuweichen wissen. Die Weiber sind in diesen Dingen wie Tintenfische: sie fabrizieren tintenschwarze Nacht um sich herum, so oft es ihnen paßt.

"Ich will Ihnen etwas erzählen", sagte Quaß. Er hatte sich vorgenommen, diesmal nicht lockerzulassen. "Sie kennen den schwammigen Herrn auf Nummer vier meiner Station, Herrn Benedek? Heute früh nimmt mich Abba nach der Visite beiseite und zeigt mir das Jahreshoroskop dieses Herrn fürs nächste Jahr. Abba behauptet, Herr Benedek stirbt im nächsten Jahr. Nun weiß ich ganz genau, was ich von diesen Jahreshoroskopen halten muß. Abba hat eine seltene Witterung für die Menschen und ihre Schicksale und riecht mit einer Urwaldnase Dinge, an denen wir mit unseren abgestumpften Witterungsorganen unbeeindruckt vorübergehn. Daß er dann seine Witterung an dem Stand der Sterne aufweist, ist für den Endeffekt nebensächlich, das Kind muß schließlich einen Namen haben. Jedenfalls habe ich Herrn Benedek daraufhin peinlich untersucht und habe Abbas Nase und Abbas Sterne, wie Sie wollen, nachgeprüft. Und die Sache stimmt. Herr Benedek steckt im ersten Stadium einer bösen Paralyse, kein Arzt der Erde wäre ohne Hinweis darauf gekommen, Herr Benedek torkelt seit Monaten unerkannt durch unsere besten Sanatorien."

"Fabelhaft", sagte Fräulein Otterloo.

"Fabelhaft", äffte Quaß zornig. "Ich erzähle Ihnen diesen Fall nicht zu Ihrer Entschuldigung, sondern um Ihnen zu beweisen, daß wir richtiggehende Schufte sind, wir beide. Es gibt hier nur zwei Möglichkeiten: entweder wir vertrauen auf Abbas Witterung und Sterne oder nicht. Glauben wir daran, so verdienen wir hier die Gage zweier kleiner Assistenten, vermutlich nur die Gage eines Sanitätsgehilfen oder einer Krankenschwester, und nicht ein Dritteil aus dem ungeheuren Reingewinn. Denn dann wird Abbas Kunst hier gegen bares Geld verkauft, nicht unser bißchen Aspirin und Jod. Dann sind wir hier zwei ausgehaltene Puppen eines Negers, weiter nichts, zwei richtige Schufte. Oder wir glauben nicht an Abbas Sterne, wir nehmen alles für Humbug und Klamauk, um unser Haus mit abergläubischen Luxuspuppen zu füllen – was ist dann? Dann ist Abba der Popanz für uns, das ganze Haus glaubt an ihn, nur wir beide nicht, dann sind wir wieder Schufte. Also!"

"Und welche Schufterei ziehen wir nun vor?" fragte Fräulein Otterloo sachlich. "Wollen wir ernsthaft an die Sterne glauben und unser Dritteil am Reingewinn als Geschenk des genialen Meisters in die Tasche stecken – als zwei ausgehaltene Puppen, wie Sie es zu nennen belieben? Oder wollen wir nicht an Abbas Kunst glauben und unser Dritteil als richtiges Schweigegeld und Sündengeld einkassieren? Ich finde den Unterschied zwischen diesen beiden Schuftereien nicht sehr groß."

"Das ist ein offenes Wort."

"Die offenen Worte hören sich nicht gut an, Herr Wahrheitsfanatiker – aber was soll ich tun, wenn Sie mir immer wieder damit kommen?"

"Ich ziehe es im allgemeinen vor, ganz ohne Schufterei zu leben."

"Mein lieber Herr, Geld ist *ein* Ding, und ohne Schufterei zu leben ist ein *andres* Ding. Sie wollen doch in diesem Etablissement einen dicken Batzen Geld verdienen, soviel ich weiß? Sie können nicht verlangen, daß man Sie für Ihren moralischen Knacks aus Mitteleuropa und für Ihren Wahrheitsfanatismus mit Geld bezahlt."

Quaß schwieg. Die kleine Kontrollgans mit dem kleinen Weibergehirn war bewußter als der große Wissenschaftler mit der großen Krebstheorie. Er glaubte immer noch, die Begründung einer neuen medizinischen Magie mit diesem verdammten Money-maken vereinigen zu können. Er hatte die Brücken zur ehrlichen Arbeit noch nicht abgebrochen, er hatte sich noch einige Notausgänge zur Wahrheit offengelassen. Der Bankrott der Schulmedizin, der Fall Benedek, die Ausdeutung seines eigenen Horoskops und noch ein großer Pack anderer magischer Erkenntnisse, die ihm Doktor Abba in diesen Monaten vermittelt hatte; es waren viele Dinge, die ihn an eine neue medizinische Heilkunst glauben ließen. Die kleine Kontrollgans nahm die Sterne als Melkkühe und nahm Abba als guten Großpapa, aus dessen Liebe Geld herauszuschlagen war, fertig.

Im Garten ging eine Rakete hoch. Sie ging mit einem dikken Knall los und fauchte ganz nahe am Fenster vorbei. Es war ein Gruß von Abba an seine beiden Kinderchen. Fräulein Otterloo stand auf und riß das Fenster auf. Patsch! "Schnell, sehen Sie, blau, grün, rot!" Aber Quaß trat nicht ans Fenster, er blieb auf seinem Stuhl sitzen und brütete vor sich hin.

Sie trat ins Zimmer und knipste sämtliche Lampen an. "Ich will Ihnen mein Patent verraten", sagte sie, als die böse Dämmerung aus dem Zimmer verscheucht war. "Sie lassen doch nicht locker, ehe alles in blanken Worten ausgesprochen ist, Sie Bauer aus Tirol. Sie stellen sich nämlich das Leben ein wenig zu einfach vor, mein Herr. Sie glauben, das menschliche Leben besteht aus einer Bitte und einer Erfüllung, aus einer Sehnsucht und aus einem klippklaren Ja oder Nein, aus einer Frage und einer Antwort. Das war einmal, mein Herr. Als Gott noch einen Vollbart trug und in Tirol spazierenging, war das so, heutzutage können Sie nicht mehr verlangen, mittels Ihrer mitteleuropäischen Seele einen großen Batzen Geld zu verdienen. Heutzutage ist Geld *ein* Ding und ohne Schufterei zu leben ein *andres* Ding. Heutzutage wird sauberste Scheidung verlangt, wenn weder der Körper noch die Seele vor die Hunde gehen sollen. Heutzutage stellt man an das Leben zwei Fragen, zwei sauber getrennte Fragen, eine Frage nach dem Körper und nach dem Geld, eine andere Frage nach der Seele."

Quaß lachte. "Das ist Ihr Patent? Und eine gemeinsame Antwort auf diese beiden getrennten Fragen des Lebens gibt es nicht?"

"Nein", sagte sie bestimmt. "Zwei Fragen und immer nur eine Antwort, die eine oder die andere. Zwei Bitten und immer nur eine Erfüllung, die körperliche oder die seelische. Wer es nicht kapiert, wird sein Leben nicht mehr einzuteilen verstehen. Und wer es kapiert, wird erst die eine Frage des Lebens zu beantworten suchen und dann die andere. Weil er weiß, daß heutzutage jene beiden Fragen des Lebens getrennt beantwortet werden müssen – warum grinsen Sie denn so unverschämt?"

"Weil Sie eine schreckliche Gans sind", sagte Quaß.

"Jawohl ist das so!" rief sie zornig. "Sie verstehen nichts davon, Sie Bauer!"

Er lachte sehr über ihren ungezogenen Ton. "Wir wollen zur Eröffnungsfeier nicht streiten. Jedenfalls sehe ich, daß Sie die Konsequenzen gezogen haben und auf die beiden Fragen des Lebens nur die körperliche Antwort erwarten, das Geld, die Schufterei."

"Gott sei Dank", sagte sie, verstockt wie ein ausgescholtenes Schulkind.

"Vielleicht haben Sie recht. Es ist ja mit der Liebe ebenso. Zwei Fragen, eine nach dem Körper und eine nach der Seele – und immer nur die eine Antwort. Wirklich patent! Also erst mal money-maken und sich umarmen und vorerst keine zweite Antwort erwarten!"

"Doch", sagte sie leise. "Aber nichts durcheinanderbringen. Nicht mit einem Schlag die beiden großen Fragen des Lebens lösen wollen." Sie trat an das Cembalo, das mit dem alten Inventar übernommen worden war, und tippte wie zur Demonstration ihrer Lebensweisheit Schumanns letzte Melodie, zu der er selbst im Wahnsinn hingekritzelt hatte: "Ich höre die Engel singen, zwei Fragen und eine Antwort."

"Wissen Sie was?" unterbrach Quaß ihr Spiel. "Gehen Sie zur Heilsarmee, wenn Sie Ihre ersten hunderttausend Mark in diesem Haus bei aufgelegter Schufterei verdient haben. Ihre reinliche Scheidung zwischen Körper und Seele ist ja großartig. Ich will versuchen, Ihr Patent nachzuahmen. Ein Jahr lang Börsianer und ein Jahr lang Mönch. Ein Jahr lang Hure und ein Jahr lang Madonna. Ein Wirtschaftsjahr und ein religiöses

Jahr. Sie haben sämtliche sozialen Probleme gelöst. Nur muß man auf einen fröhlichen Tod achten und seine Lebensjahre so einteilen, daß das seelische Jahr in das Todesjahr fällt. Oder haben Sie sich einen anderen Rhythmus zurechtgelegt, in Monaten vielleicht oder in Jahrzehnten?"

Sie schwieg. Sie hatte ihm den Rücken zugewandt und tippte einzelne zusammenhanglose Töne auf dem Cembalo. Er sah nur ihre Schulmädchenschultern.

"Mein Gott", sagte er nach einer Weile, "jetzt habe ich die ganze Gänseleberpastete Ihrer Weltanschauung umgeschmissen? Das tut mir leid."

"Ich finde meinen Weg richtig", sagte sie, ohne sich zu wenden. "Sie können mich gar nicht davon abbringen. Ich will in den nächsten Jahren soviel Geld wie möglich verdienen, ganz egal wie. Ich weiß, was Geld bedeutet, seitdem ich von zu Hause fortgelaufen bin. Ich werde schon bei der Antwort auf die schuftige Frage des Lebens die andere Frage des Lebens nicht vergessen."

"Gut, ich will Ihr Patent versuchen. Ich will versuchen, mich nicht mehr über meine Schwindelexistenz zu täuschen. Ich will aus unserem Sternenpapa soviel Kapital wie möglich herausschlagen. Ich will nicht mehr nach der Wissenschaft schielen und an eine neue medizinische Magie glauben, bevor nicht ein Riesenbatzen Geld zusammengescharrt ist. Vor allem aber will ich versuchen, vorerst nicht mehr von ganzer Seele an die keusche Venus in den Fischen zu glauben, sondern –"

Er brach ab. Da sie ihm immer noch den Rücken zuwandte, konnte er nicht sehen, wie sie seine rüpelhafte Liebeserklärung aufnahm. Was war das für ein Sondern, das jetzt kommen mußte? Sondern jetzt zu diesem selbstherrlichen Persönchen an das Cembalo zu treten und das Jubeljahr ihrer "vorerst-nichts-als-körperlichen Existenz" kräftig auszunutzen – die seelische Antwort auf diese Frage hatte ja Zeit bis nächstes

Jahr!? Da sie stillstand, erwartete sie es offenbar? Zuerst den Leib, dann "le déluge" und dann, so Gott will, auch die Seele?

Aber er rührte sich nicht. Der ungewohnte Frack heftete ihn auf dem Stuhl fest. Vielleicht wäre er jetzt zu ihr getreten und hätte sie an sich gerissen, wenn er seine alte Jacke getragen hätte. Aber es kam ihm zu romanhaft vor, sich abzuknutschen, sobald man sich zum erstenmal im Gesellschaftsanzug sah.

Als das Schweigen unerträglich wurde, stürmte glücklicherweise Abba ins Zimmer, um seine beiden Kinderchen zum Fest zu holen. Natürlich witterte er sofort, daß dicke Luft im Zimmer war – aber um so lauter warf er sich auf seine beiden Seelchen und zog sie mit sich.

2

Die Treppe

Es war noch Zeit bis zum Empfang der Gäste. Der schwarze Sohn des Neptun führte seine beiden bleichen Kinderchen die Freitreppe der Königin Luise hinab. Er wollte ihnen den Aufbau des Feuerwerks zeigen. Er brauchte auch ihren Rat. Er konnte sich trotz seines Sprachgenies nicht mit dem Pyrotechniker verständigen. Der Mann sprach das reine Platt seiner Stadt, er bewegte sich fast nur in den Wortwitzen und Schlagertexten der letzten vier Wochen. Daß die Raketen Tanten hießen, "Tanten-mit" und "Tanten-ohne", hatte Abba schon herausbekommen. "Mit" hieß mit Knall, und "ohne" hieß ohne Knall. Auch das hatte Abba herausgefunden, daß die Kanonenschläge "Popocatepetel" genannt wurden und die Feuerräder "Ewje Liebe", "Ewje-Liebe-mit" und "Ewje-Liebe-ohne". Was aber sollte er sich vorstellen unter dem gemachten und dem ungemachten Witwenbett, unter dem Dussel mit dem Lippenstift, unter der Paula mit dem Kurzschluß? Außerdem war der Feuerwerker eigensinnig und wollte sein bei den feinsten Herrschaften bewährtes Programm von Abba nicht mehr umstoßen lassen. Abba wünschte zum Beginn zwei stille blaue Tanten; er wünschte überhaupt möglichst viele Farben und möglichst wenig Getöse. Der Feuerwerker legte das Hauptgewicht auf den großen Popocatepetel, auf die "Ewje-Liebe-mit", auf die Paula mit dem Kurzschluß, er war offenbar mehr aufs Ohr als aufs Auge eingestellt. Doktor Quaß und Fräulein Otterloo mußten vermitteln und den Herrn mit den vielen Schlagertexten überreden, nur seine stillen bunten Kugeln in den Nachthimmel aufsteigen zu lassen und sein bei den feinsten Herrschaften bewährtes Krachmaterial wieder einzupacken.

Während dieser Konferenz mit dem Sachverständigen standen auf der Freitreppe der Königin Luise zwei Menschen, an denen der Sohn des Neptun und seine beiden Kinder vorübergeschritten waren, ohne sie zu sehen. Es dunkelte schon, der Bodennebel der Nacht stieg hoch, die Hexen und die Füchse badeten schon auf den abgemähten Wiesen vor dem Herrenhaus. So war Doktor Abba an diesen beiden Menschen vorübergeschritten, ohne sie zu sehen. Und vielleicht war es gut so. Vielleicht hätte ihm seine scharfe Witterung etwas zugetragen, was nicht in seine festliche Stimmung paßte, während er die Stufen der Freitreppe hinunterwippte, gelöst wie im Tanz, Arm in Arm mit seiner Familie, strahlend, wie nur ein alter Rebell strahlen kann, wenn er sich sagen darf: Hier bleibe ich, hier ist es schön.

Er hatte weder Frau Sedde gesehen, die Hausdame seines Instituts, noch seinen Diener Gidding. Aber Frau Sedde und Gidding hatten die verschlungenen Drei gesehen, die Lichter ihrer Gesichter, den alten und den neuen Frack und das lavendelblaue Kleidchen, um das Abba vor dem Gang in den Garten einen spanischen Fransenschal gelegt hatte. Es war Frau Sedde und Herrn Gidding nicht entgangen. Jetzt standen sie noch immer an der Empore und schauten in den Garten und machten sich ihre Gedanken, jeder auf seine Weise, denn das waren zwei sehr verschiedene Menschen.

Frau Anna Sedde war eine vornehme alte Dame, eine einsame Witwe aus dem verarmten Zweig des Hauses Trillke. Sie war mit Herrn Trillkes erster Hypothek und mit dem von der Tizianlady gestifteten Teleskop in das Schloß der Königin Luise eingewandert. Selbstverständlich hätte Fräulein Otterloo, die die Oberaufsicht über das Hauswesen führte, lieber eine Hausdame nach eigener Wahl eingestellt. Aber man konnte den ersten Geldmann des Instituts nicht vor den Kopf stoßen und mußte die empfohlene Cousine zweiten Grades unbesehen akzeptieren.

Nach dem ersten Schrecken über Frau Seddes Exterieur – sie war eine ausgesprochene Häßlichkeit – stellte sich heraus, daß man auch in freier Wahl keinen besseren Griff hätte tun können. Frau Seddes grauer Scheitel war dünn, und Frau Seddes Kommandoton war spitz, aber das Hauswesen kam unter ihrer Leitung in Schwung, ihr Personal sprang, ihr englischer Küchenzettel klappte, ihre Rede war Ja, ja und Nein, nein. Vor allem Fräulein Otterloo konnte sich nicht beklagen. Sie war bald zu Frau Seddes ausgesprochenem Liebling avanciert. Und das wollte etwas heißen, Frau Sedde verschleuderte ihre Liebe nicht, das Leben hatte sie mißtrauisch gemacht, die Enttäuschungen waren zahlreich gewesen.

Der frühe Witwenstand war ihr kleinster Schicksalsschlag. Ihre Ehe mit dem Generalkonsul von Panama war sehr unglücklich verlaufen. Auch ihre Häßlichkeit hatte sie nie als großes Unglück empfunden. Wer sich nicht die Mühe machen wollte, über ihren plumpen Wuchs und ihre plumpen Gesichtszüge hinwegzusehen und bis in das klare Graublau ihrer Augen vorzudringen, sollte es bleiben lassen. Schlimmer schon war es, verarmt zu sein inmitten einer großen Verwandtschaft, die reich geblieben war. Denn die Armut inmitten einer reichen Sippe ist viel bitterer als die Armut der Armen mit der armen Sippe. Aber auch das war nicht das große Leid in Frau Seddes Leben. Daß man ihr einziges Baby, das sie mit Ekel empfangen und mit Schmerzen geboren hatte, das sie mit allen Freuden der Welt genährt und gebadet hatte, krabbeln gelehrt, laufen gelehrt, in die Schule, zum Militär, in den Krieg geschickt hatte, das sie dann als Flieger hatte aufsteigen sehen in die Luft ihres Vaterlandes, ein Vogel Phönix und ein wahrhaftes Gegenbild ihres eigenen erdverquälten Daseins – daß man mit einem sinnlosen Zufallstreffer gerade ihr einziges süßes Baby aus der Luft herabgeschossen hatte, das war eine alte Geschichte und brach doch Frau Seddes Herz endgültig entzwei.

Das eine Bruchstück dieses gebrochenen Herzens gehörte seitdem sämtlichen Säuglingen der Welt. Frau Sedde war das, was man eine Kindernärrin nennt. Sie war bis ins Mark überzeugt von der Minderwertigkeit der menschlichen Rasse und von der Notwendigkeit einer neuen Sintflut, aber das Lächeln eines zahnlosen Mäulchens konnte sie zum Weinen bringen. Sie nannte die Erwachsenen bösartige Affen, und ihre Devise war die schauerliche Devise des Ödipus auf Colonos: "Nie geboren zu sein, welcher Wunsch steht höher?" – aber vor einer Wiege konnte man Worte von ihr hören, die zusammengesetzt waren wie das Sonntagsmenu in einem verwunschenen Schloß, aus Gold und Äpfeln und Herzblut und kleinen Mäusen.

Das andere Bruchstück dieses gebrochenen Herzens gehörte stets irgendeinem Wesen, das Frau Anna Sedde mit scharfen Augen aus dem Walde der bösartigen Affen auserkor, um es vor der Sintflut zu schützen und in ihre Spezialarche zu ziehen, an ihr Herz oder vielmehr an das von den Babies freigelassene Bruchteil ihres Herzens. Frau Sedde hatte immer ihr "Wesen". Eine Zeitlang war es ein junger Maler gewesen, den sie überreden wollte, der Raffael seiner Zeit zu werden, der aber eines Tages ihrem Einfluß völlig entglitten war und mit den Bildern tuberkulöser Dirnen sein Glück gemacht hatte.

Ein Jahr lang war es eine alte Schulfreundin gewesen, die gelähmt war und zum Sterben bereit, deren drei Angorakatzen Frau Sedde täglich die Fischreste ihres ganzen Bekanntenkreises zutrug, bis der Todesengel gerauscht kam und die drei Katzen nach dem letzten Willen der großen Dulderin mit Strychnin vergiftet werden mußten. Dann war es eine Zeitlang leer um Frau Sedde, und der Schäferhund Gully war ihr einziges Wesen. Er war treuer als alle Menschen, wenn er an den langen Winterabenden den Kopf in ihren Schoß legte und sagte: "Gib mir deine heiße Liebe und die Hälfte von deinem kalten Aufschnitt." Aber Gully war schon längst überfahren und zermalmt worden, von dem Auto eines Filmregisseurs, der in rasender Fahrt zu einer Massenszene seines neuen Films "Die Stadt des Erbarmens" durch Frau Seddes Straße und Frau Seddes Leben gerauscht war. So war es gekommen, daß sie sich jetzt anschickte, in Fräulein Otterloo ihr neues "Wesen" zu finden.

Es gab ihr einen Stich ins Herz, als sie ihr neues Wesen an Abbas Arm die Freitreppe hinunterwallen sah. Irgend etwas gefiel ihr nicht. Irgend etwas beunruhigte sie und machte sie traurig. Aber was? Was stimmte hier nicht? Darüber sann Frau Sedde nach, während sie dem engverschlungenen Trio nachblickte.

Nicht, daß sie Doktor Abba mißtraute. Im Gegenteil. Er hatte ihr Horoskop gestellt und ihr Dinge gesagt, die sie im höchsten Maße überrascht hatten. Er hatte ihre anfängliche Skepsis schnell besiegt und sie ganz zu seiner Kunst und zu seinen Sternen bekehrt. Wenn Abba es darauf anlegte, konnte er stärkere Europäerinnen als Frau Sedde für sich gewinnen. Er ließ dann die Planeten Pfötchen geben und durchstöberte mit sicherem Griff die geheimsten Gemächer der betreffenden Seelen: ihre verriegelten Liebesboudoire und Trauerkabinette, ihre zornigen Zimmer und gekränkten Kämmerchen, vor allem den großen Speicher ihrer unerfüllten Wünsche. Es gab dann nur wenige Menschen, bei denen seine Witterung und seine wohldressierten Sterne versagten. Frau Sedde jedenfalls achtete ihn und seine Kunst seitdem. Also an dem Arm-in-Arm mit Doktor Abba lag es nicht. Sie hegte keine hitzigen Sittlichkeitsgedanken, Doktor Abba war ein weiser Greis in ihren Augen, sie war auch keine Rassenfanatikerin, sonst wäre sie nicht in Doktor Abbas Dienst getreten. Auch gegen Doktor Quaß hatte sie nichts. Sie hielt ihn für einen lieben Bauernjungen, der sich noch die Hörner seines Ehrgeizes abschleifen würde. Von dieser Seite aus drohte ihrem "Wesen" keine Gefahr. Woher kam der Stich in das für Fräulein Otterloo reservierte Bruchstück ihres Herzens?

Es lag an Fräulein Otterloo selbst, an ihrem Schritt, an ihrem Lachen, an ihrem Mienenspiel. Das Kind überspannte sich irgendwie. Sie hing so entschlossen an dem Arm des Negers, sie starrte so entschlossen in den Bodennebel, der bis zu den letzten Treppenstufen herangekrochen kam, es war da irgend etwas nicht in richtigem Gleise. Irgendein Zuviel des Wollens, irgendein Sichübernehmen, irgendeine falsche Contenance hatte Frau Sedde hier geschaut. Und da sie ihr vages Angstgefühl nicht näher bestimmen konnte, tat sie, was alle Menschen tun, wenn der Instinkt zwar ein Quivive gibt, aber doch gebrochen ist und nicht die volle Klarheit bietet. Sie rettete sich in die Konvention ihrer Gesellschaftsklasse und reagierte ihr dumpfes Angstgefühl an Abba und an Quaß ab. "Der Nigger und der Bauer verschleppen die zarte Prinzessin!" – das war die Quintessenz, die sie aus ihrer vagen Schau zog, als die verschränkten Drei im Nebelgarten untertauchten.

Ganz anders Abbas Diener Gidding, der neben ihr stand und in den Garten starrte. Das war ein mittelgroßer Mann von knapp hundert Pfund Lebendgewicht, mit einem ausgemergelten Artistengesicht, darin zwei große schwarze Augen brannten, die zwei letzten Kohlen eines ausgebrannten Freudenfeuers. Dieser Mann war nicht wie Frau Sedde und wie der größte

Teil des übrigen Personals durch die Empfehlung irgendeines einflußreichen Geldmannes in das Schloß der Königin Luise gekommen. Abba hatte ihn in irgendeinem kleinen Café gesehen, als er gerade ohne Partner und ohne Lust eine wunderbare Partie Billard vor sich hinspielte. Abba hatte ihn angesprochen und schon nach zehn Sätzen als seinen Diener engagiert. Gidding glaubte nicht im geringsten an Abbas Sterne und an diese ganze Heilanstalt. Er hatte einfach gelacht, als ihm sein neuer Herr den Sternenstand seines fünfzigjährigen Lebens erklären wollte. Und Abba hatte mit ihm gelacht und hatte gefühlt, daß er diesen Menschen nicht mittels seiner Sternenkunst an sich zu fesseln brauchte. Hier waren engere Bande, Gidding war ihm durch direkte Blutsverwandtschaft verfallen.

Gidding war der Sohn eines zweitrangigen englischen Exzentrik-Clowns und einer zweitrangigen jüdischen Tänzerin aus dem Ghetto von Odessa. Gidding war geboren in Quebec und war aufgewachsen in den zweitrangigen Vergnügungsetablissements aller fünf Erdteile. Mit sieben Jahren sprang er bereits den freien Saltomortale und die Girette von Trapez zu Trapez. Damals begann sein Vater zu saufen und zu verzweifeln, und seine Mutter wurde fett und fand nur noch schwer ein Engagement. Damals beschloß der kleine Gidding zwei Dinge. Obwohl er seine Mutter liebte und seinen Vater haßte, beschloß er, der Rasse seines Vaters nachzufahren und die Rasse seiner Mutter in sich zu unterdrücken; denn er fühlte schon in jener Zeit, daß die dunklen Strömungen seines Mutterbluts ihm hinderlich werden könnten bei seiner geplanten Laufbahn. Er hatte nämlich zweitens beschlossen, der größte Luftakt der Welt zu werden.

Mit dreißig Jahren war er nicht der größte Luftakt der Welt, aber ganz gewiß einer der zehn besten Trapezkünstler der Welt, was auch schon etwas hieß. Damals fand der zweite Kampf statt, den er zwischen dem Blut seiner längst verstorbenen Mutter und dem Blut seines verschollenen und verkommenen Vaters auszukämpfen hatte. Ein Pariser Clown, allererste Nummer, wollte ihn zum Partner für einen grotesken Akt gewinnen. Gidding hatte eine ausgesprochene exzentrische Begabung, die ganz brach lag. Er arbeitete gerade mit zwei Deutschen im Cirque Médrano, und es war jammerschade, wie schlecht sein Luftakt placiert war: als letzte Nummer, wenn das Publikum schon zum Ausgang strömte und die Musik schon den Schlußmarsch spielte, als "Garderobennummer", wie die Artisten sagen. Und sein Freund, der Clown Porto, der ihn zum exzentrischen Fach überreden wollte und ihm seine große Compagnie anbot, hatte vollständig recht: Porto und Gidding hätten eine ganz große Exzentriknummer abgegeben. Und eine bequeme Nummer, mit der das zehnfache Geld zu verdienen war als mit Giddings reiner Artistik. Aber in Gidding brannte der Ehrgeiz des Mischlings. Er zog es vor, eine sportlich reine Garderobennummer zu bleiben, als durch die Verzerrung seiner Artistik eine große komische Kanone zu werden. Er schlug Portos Angebot aus und begann in jener Zeit mit dem Training zum dreifachen Salto von Trapez zu Trapez. Nun gerade! Obwohl er die dunklen Strömungen fühlte, die ihn in Portos Arme trieben, weg von dem stählernen Training und der leichteren und besser bezahlten Exzentrik zu.

Der dreifache Salto gelang. Gidding war auch so eine Kanone geworden. Er arbeitete mit einem Brasilianer als Untermann und nannte sich "Ikarus, das Wunder der menschlichen Willenskraft". Die dunklen Stömungen seines Mutterblutes waren besiegt. Bis er eines Tages auf eine lächerliche Weise zu spüren bekam, daß die dunklen Strömungen des Blutes durch kein Training der Welt bezwungen werden.

Es war in Madrid. Gidding arbeite im Trianon und wohnte in einem mittleren Hotel an der Puerta del Sol. Dort sah er am Nachmittag des ersten Osterfeiertags, als ganz Madrid bei der Corrida war und die Straßen und die Hotels wie ausgestorben lagen, eine alte Dame im Vestibül seines Hotels sitzen, die ihn begeisterte. Er vergaffte sich sofort in diese alte Dame. Sie saß in ihrem Sessel und starrte vor sich hin, irgend etwas in ihrer Haltung und in ihrem Blick begeisterte ihn maßlos. Er machte sich am Zeitungsständer zu tun und beobachtete sie. Das war eine Fürstin, kein Zweifel. Eine wahrhafte Fürstin, die sich weiß Gott wieso in dieses mittlere Hotel verirrt hatte. Und eine melancholische Fürstin. Wie melancholisch starrte sie vor sich hin, ohne ihn zu beachten.

Diese alte Dame erhob Gidding, er wußte selbst nicht wie. Er wünschte, sie wäre seine Mutter, seine Freundin, seine Heimat, irgend etwas, was zu ihm gehörte. Aber was war zu tun? Auch Ikarus, das Wunder der menschlichen Willenskraft, konnte es nicht wagen, diese schöne alte Fürstin ohne weiteres anzusprechen und ihr sein Herz auszuschütten.

Da kam Gidding eine tolle Idee. Das Vestibül war leer, und die alte Dame schien noch stundenlang in dieser melancholischen Haltung in ihrem Sessel sitzenbleiben zu wollen. Gidding wollte sie erheitern. Gidding wollte sich ihr vorstellen als das, was er war. Sie sollte lachen und Bravo rufen und klatschen. Und zehn Minuten später würde er ihr alles erzählt haben, sein Leben, seine Liebe und würde in den Armen dieser Mutter ruhen.

Gidding trat einige Schritte zurück, verbeugte sich vor der alten Dame, die erstaunt den Kopf hob, und sprang im schiefen Clown-Salto über den Klubsessel, der gegenüber der alten Dame stand.

Eine Sekunde darauf schrie die alte Dame auf und tappte auf das Stöhnen zu, das von dem freien Klubsessel her an ihr Ohr drang. Sie war blind, die blinde Mutter eines reichen Bostoner Möbelfabrikanten, der sie in frommer Pietät auf seine Europareise mitgeschleppt hatte, obwohl sie nur die Geräusche Europas hören konnte. Sie konnte sich den Krach, den sie gehört hatte, und das Stöhnen, das aus der anderen Ecke des Vestibüls klang, nicht erklären. Was war? Sie tastete sich zur Tür und klingelte dem Portier.

Neben dem Klubsessel lag Ikarus, das Wunder der menschlichen Willenskraft. Er hatte nicht gesehen, daß hinter dem Klubsessel ein kleiner Hocker stand, er war bei seinem exzentrischen Salto auf den Hocker aufgeschlagen, er hatte sich den Unterschenkel zerschmettert, es war aus. Sein englischer Vater, wenn er es je bis zum dreifachen Salto gebracht hätte, wäre nicht an dieser lächerlichen Sentimentalität zugrunde gegangen. Seitdem war er immer tiefer hinabgerutscht, bis ihn Abba traf und in das Schloß der Königin Luise entführte.

So verschieden Frau Sedde und Herr Gidding waren, so verschieden waren auch ihre Gedanken über jene verschlungenen drei im Nebelgarten. Während Frau Sedde für Fräulein Otterloo bangte, beschlichen Gidding dicke Angstgefühle für seinen Herrn. Mit der skeptischen Weisheit eines Heimatlosen wußte er seine Gefühle besser zu deuten als Frau Sedde. Das war nicht gut, wie sich der schwarze alte Herr an dieses blonde Lausemädchen und an diesen bäuerischen Mediziner hing. Es war nicht gut, als Paria zu vergessen, daß man Paria war. Auch wenn man Doktor Abba hieß, war das nicht gut. Das war die Sehnsucht nach der blinden alten Dame von Madrid, die Sehnsucht nach dem Wurzelschlagen, nach der Mutter, nach der Familie, nach dem grünen Jupiter, Europas Stern. Das war nicht gut für den geborenen Paria, wie Gidding einer war und Doktor Abba einer war. Das war bestimmt nicht gut und nicht der richtige Weg ...

Frau Sedde und Herr Gidding kleideten dieses kleine Erlebnis auf der Freitreppe der Königin Luise in folgende Worte: "Ein schönes Bild", sagte Herr Gidding. Es klang sehr freundlich. "Kann ich nicht finden", sagte Frau Sedde. Es klang sehr spitz. "Ein sehr schönes Bild", sagte Gidding. Es klang noch freundlicher. "Geschmackssache", sagte Frau Sedde. Es klang noch spitzer.

"Finden Sie es vielleicht schöner, die olle Königin mit dem ollen Schal um den Hals schritte die Freitreppe herab?" fragte Herr Gidding.

Frau Sedde schwieg.

"Die Frau muß ja sehr unter geschwollenen Mandeln gelitten haben", sagte Herr Gidding.

"Darüber haben Sie als Ausländer wohl kein Urteil", sagte Frau Sedde und schritt ins Haus.

"Ich finde dieses Bild jedenfalls schöner als die Königin mit dem ewigen Priesnitzumschlag", sagte Herr Gidding und trat mit Frau Sedde ins Haus.

Quaß hatte unterdessen den Feuerwerker bearbeitet. Er hatte ihm gesagt, daß Doktor Abba in New York schon über tausend Feuerwerke in seinen Hängegärten abgebrannt hätte und als Spezialist für geschmackvolle Feuerwerke in ganz Amerika bekannt wäre. Das warf den Mann mit den vielen Schlagertexten um. Außerdem hörte er den wohlbekannten Kommandoton des früheren Offiziers aus Quaß' Erklärungen.

"Sie haben völlig recht, mein Herr", sagte er, "ich bin auch für das stille Feuerwerk. Das Knallgebläse habe ich nur mitgenommen, weil es immer bestellt wird. Vor die Paula mit'n Kurzschluß ekelt's mir direkt. Aber unsere Kundschaft ist nun mal so, lauter Schieber, nix los bei uns im Lande. Ich bin auch für die Tanten 'ohne' und für die Ewje-Liebe 'ohne', ist ja tausendmal schöner ohne die Knallerei. Wird gemacht, mein Herr."

Aber soviel Subordination rührte nun wieder Doktor Abba. "Wissen Sie was, mein lieber Mann", sagte er, nachdem Quaß die Schlacht schon gewonnen hatte, "Sie haben recht, nicht dieser junge Mann aus Tirol. Stellen Sie alle Ihre Knallerei in eine Ecke zusammen, Sie dürfen allen Krach auf einmal loslassen, wenn das stille Feuerwerk vorüber ist. Alles auf einmal! Sie sollen Ihren Spaß haben! Her mit die 'Ewje-Liebemit' und mit die hochberühmte Popocatepetel!"

3

Die Tanten – "mit"

Herr und Frau Trillke konnten der Eröffnungsfeier der Medizinisch-Astrologischen Heilanstalt nicht beiwohnen. Sie verbrachten den September am Lido. Herr Trillke hatte im August einen nervösen Zusammenbruch erlitten, und die Tizianlady hatte seit Ernestines Geburt den "Sweet-girl-Fimmel", was insgeheim von den literarischen Seelsorgern und Kostgängern des Hauses Trillke auch Torschluß-Fimmel oder Torschlußpanik genannt wurde. Aber es war bei beiden Ehegatten keine schlimme Sache.

Es war die natürlichste Sache der Welt, daß ein moderner Kaufmann mit vierzig Jahren ein wenig zusammenknickte. Das war nur der kleine Klaps, dem der zweite und große Klaps bei Männern von Herrn Trillkes robuster Natur erst zwanzig Jahre später nachzufolgen pflegte, zwischen sechzig und fünfundsechzig. Die Ärzte nennen diesen kleinen Klaps schlankweg Neurasthenie, verbieten Zigarren und Mokka, raten zu Bädern und Ferien. Die Schriftsteller sehen in diesem kleinen Klaps eine Fundgrube psychologischer Feinheiten, verbieten den Trillkes ihrer Romane und Dramen alle andere Wäsche als Seidenwäsche und alle anderen Blicke als die dämonischen Blicke und raten zu Ehebruch. Doktor Abba aber nannte diesen Zustand die Rache des Merkur, er verbot jederlei "Äsduzikwas" und empfahl den Trillkes seiner Sprechstunde die Zuflucht zu einem anderen starken Planeten ihres Horoskops, damit dieser andere Planet gegen den vernichtenden Einfluß des Merkur zu Hilfe käme. Herrn Trillke hatte Doktor Abba zwar erlaubt, den Medizinern zu folgen und ans Meer zu fahren, die Hauptsache aber war, den Jupiter, der für Herrn Trillke günstig stand, zum Kampfe gegen den Merkur aufzurufen. So war es gekommen, daß auch Ernestine mit ihrer Amme und ihrer Säuglingsschwester an den Lido gereist war. Der Hausarzt und der Nervenspezialist hatten den Kopf über diese absurde Idee geschüttelt, es war eine Belastung für den kranken Reisenden und eine Gefahr für das Kind. Die Tizianlady hatte getobt und war Doktor Abba samt allen seinen Planeten und Fixsternen ein paar Tage lang ernstlich böse. Aber Herrn Trillke leuchtete Doktor Abbas Diagnose vollkommen ein. Ernestine mußte mit. Herr Trillke wollte reisen, jawohl, aber vor allem mußte er sein Vatergefühl aufpäppeln und auf diese Weise seinen Jupiter stärken und zum neuen Herrn seines Lebens machen.

Und Doktor Abbas medizinisch-astrologische Kunst konnte auch in diesem Falle triumphieren. Er und der grüne Jupiter siegten über Medizin und Nikotinverbot und Ehebruch und Dämonie. Herr Trillke entdeckte sein Vatergefühl. Er entdeckte es in einer Weise, daß seine Gattin am Strand der Adria mindestens einmal täglich außer sich geriet. Sie sah ihn bis zur Lächerlichkeit in den übertriebenen puritanischen Familienkult seines Bremer Stammhauses zurückfallen, was sie seinerzeit schon einmal vier Wochen lang dem Zionismus in die Arme getrieben hatte. Aber was galt das Herrn Trillke viel! Er spielte stundenlang mit Ernestines raffaelesken Zehen, er fühlte sich plötzlich durch dieses frische Fleisch mit der ganzen Schöpfung verbunden, er pfiff auf die ästhetischen Einwände seiner Gattin und lachte über die Todesgedanken der letzten neurasthenischen Wochen: der Jupiter nahm sich seiner an.

Indessen flirtete die Tizianlady und suchte nach dem Maharadscha von Bengalien. Aber auch ihr Sweet-girl-Fimmel war keine schlimme Sache. Es ist die natürlichste Sache der Welt, daß eine Frau von dreißig Jahren eines Tages ihre ganze Kindlichkeit und Hilfsbedürftigkeit entdeckt und sich mit einem Schlage ihrer ganzen Naivität bewußt wird. Es war auch bei Frau Trillke nur der kleine Klaps, es waren nur die kleinen Wechseljahre, selbstverständlich, keine schlimme Sache. Sie suchte ja erst nach dem Wein des Lebens, den man beim Prunkdiner des menschlichen Lebens zwischen Fisch und Braten schlürft. Es war noch lange nicht, wie die Franzosen sagen, zwischen Käse und Kaffee.

Und günstig wie Herrn Trillkes Jupiter stand auch Frau Trillkes Venus in jener Zeit. Es war kein Maharadscha von Bengalien, es war auch kein richtiggehender Comte, geboren im Bois de Boulogne. Es war nicht einmal einer von den vielen echtrussischen Bolschewisten aus Dresden, die den Strand der Adria bevölkerten. Es war ein Wiener Filmstar, dessen Namen sie zwar noch nie gehört hatte, der aber dauernd Rufe nach Hollywood erhielt, ein lieber Kerl, der sie viel lachen machte, der sich gerne von Herrn Trillke zum Champagner laden ließ, der sich gerne von ihr zur Astrologie bekehren ließ und mit verträumten Augen nach dem Großen Bären starrte, der sie in seinem nächsten Film als Proletarierkind verwenden wollte: es war die richtige Sorte zwischen Fisch und Braten, im Notfall auch zu brauchen zwischen Käse und Kaffee.

So kam es, daß das Ehepaar Trillke bei Doktor Abbas Eröffnungsfeier fehlte und daß nur ein fröhliches Telegramm vom Lido einlief. Dies Telegramm war vom Wiener Liebling verfaßt, und zwar so sehr, daß Doktor Abbas Sprachgenie zum zweitenmal in dieser Nacht versagte. Er mußte Fräulein Otterloo zu Hilfe rufen, aber auch sie konnte das Telegramm nicht entziffern und mußte Quaß um Rat fragen. Und nicht einmal der reine Wissenschaftler Quaß konnte etwas Bestimmtes aussagen, er wußte ja nicht, daß der Wiener Liebling Fred hieß und daß Frau Trillke in der Lagunenstadt frei nach Tizians Tochter Lavinia den Kosenamen Lavine trug. Das Telegramm lautete:

"o daß des himmels miene euch heute günstig schiene das wünschen fred lavine und benno ernestine."

Aber aller guten Dinge sind drei, sagen die Menschen. Aller guten Dinge sind drei, sagen die hoffnungsvollen jungen

Leute, wenn sie die erste und letzte Chance ihres Lebens verschlafen haben. Aller guten Dinge sind drei, sagen die liebenswürdigen alten Leute, wenn ihnen der letzte ihrer zweiunddreißig Zähne aus dem Munde fällt. Aller guten Dinge sind drei, sagte auch Doktor Abba und meinte damit das Versagen seines großen Sprachgenies. Denn nach des Feuerwerkers Popocatepetel und nach Freds Lidodepesche versagte sein Sprachgenie anläßlich der Eröffungsfeier seines Instituts noch einmal: das war bei der Presse dieses Abends.

Der Sohn des Neptun legte ganz besonderen Wert auf die Presse. Er war darin ganz anderer Meinung als seine beiden Kinderchen. Quaß war überhaupt dagegen, die Presse zur Eröffnung einer wissenschaftlichen Heilanstalt wie zu einer Theaterpremiere zu laden. Fräulein Otterloo hatte keine große Meinung von der Presse und warnte Abba vor übertriebenen Erwartungen. Aber Abba hatte seine eigene Ansicht über die zweite Großmacht der Erde: "Den Ackerbauer in der Ebene legt man in den weichen braunen Humus, wenn er gestorben ist; den Hirten in den Bergen gräbt man zwischen seinen ewigen Steinen ein; den Matrosen senkt man in das keusche Meer, und den Großstädter wickelt man in Zeitungspapier."

Unter den zwanzig geladenen Gästen befanden sich vier Presseleute, die über Abbas Vortrag mit anschließendem Souper und Tanz und Feuerwerk öffentlich Gericht halten sollten. Bankier Jachmann und seine Frau Olga waren in dieser Sache Abbas Ratgeber gewesen. Sie hatten ihren ganzen Einfluß aufgeboten, um dem Fest die richtige Presse zu verschaffen.

Bankier Jachmann war ein milder Menschenfreund, dem man das Bankfach nicht ansah, ein kleiner dicker Herr von sechzig Jahren, den man eher für einen Pastor als für einen Geschäftemacher halten konnte. Er war ein Freund Trillkes. Er war auch finanziell am Schloß der Königin Luise beteiligt. Seine Frau war eine eifrige Anhängerin Doktor Abbas und seiner Sterndeutekunst, eine liebe alte Dame, die alle Welt bevormundete. Da ihre Ehe kinderlos war, riefen sich Paul und Olga Jachmann schon seit dreißig Jahren Vati und Mutti. Jachmanns waren auf allen Premieren, auf allen Empfängen, auf allen wichtigen Tees, sie waren seit Ewigkeiten überall zu finden, wo der Ruhm der nächsten acht Tage aus dem Ei kroch. Die männlichen Genies und Umstürzler und Beglücker und Messiasse, die von Jachmanns in den letzten dreißig Jahren mit lautem Jubel begrüßt worden waren, würden allein, der Länge nach aneinandergelegt, eine Linie ergeben, die von Wladiwostok bis Breslau reichte. Legte man aber noch alle idealen und ekstatischen Frauengestalten dazwischen, an denen sich Jachmannns während ihrer Philemon-und-Baucis-Ehe entzückt hatten, so ginge die Linie rund um den Äquator. Jachmanns eilten zu Abbas Sternen und zu Abbas Fest mit der gleichen Begeisterung, mit der sie tags zuvor der Enthüllung einer neuen Tanzreformerin beigewohnt hatten. Und Jachmanns brachten es durch ihre reiche Erfahrung und ihre angesehene Stellung tatsächlich fertig, daß vier Prima-Presseleute auf Abbas Fest erschienen. Das waren drei Herren und eine Dame, denen der Sohn des Neptun seine besondere Gunst schenkte.

Die Pressedame wurde von Quaß zu Tisch geführt. Sie sollte von Tirol bestochen werden. Ob Quaß dabei seine herbe Männlichkeit oder seine Gutejungenhaftigkeit ausspielen sollte, überließ Abba dem Instinkt seines Erstgeborenen. Aber diese Pressedame erwähnte am anderen Tag in ihrem Bericht mit keinem Wort Abbas Sterne und Abbas Ideen, sie beschrieb nur die Toiletten der anwesenden Damen. Ihre Kritik war es nicht, an der Abbas Sprachgenie versagte.

Die drei Herren der Presse ließen sich in der Pause zwischen dem Vortrag und dem Feuerwerk von Abba ein Schnellhoroskop stellen. Den siebzigjährigen Griesgram einer konservativen Zeitung bezeichnete er sofort als Venustyp mit tiefer innerer Heiterkeit, was von dem alten Herrn dankbar bestätigt wurde. Er schrieb am anderen Tag ein Feuilleton von vier Spalten über Doktor Abba, wobei immer ein Absatz voll Anerkennung war und der andere Absatz über sämtliche Planeten und Fixsterne spottete. Der Bericht begann mit den Worten: "Warum nicht Astrologie, da doch schon alles auf dem Kopf steht? Warum es nicht einmal mit Abbas schwarzem Bluff versuchen?" Und der Bericht endete mit den Worten: "Es war ein reicher und erlebnisschwerer Abend."

Dem achtzehnjährigen Vertreter der Linkspresse prophezeite Doktor Abba eine Masse Geld. Er begrüßte den jungen Mann als eine ausgesprochene Uranus-Natur, mit sehr begabtem und ein wenig gefährlichem revolutionärem Instinkt, als richtigen Uranier. Auch dieser Jüngling bestätigte strahlend Abbas Diagnose. Er schrieb am anderen Tag eine blendende Kritik über Abbas Persönlichkeit und Kunst, und Abba konnte diese Kritik bis auf einen Satz entziffern. Dieser Satz hieß: "Die kosmisch-dynamische Sachlichkeit des Negers gleicht der des Paulus, gestuft in Ballungen extremen Wissens, geballt in Stufungen extremer Dumpfheit."

Der dritte Herr, ein liebenswürdiger Vertreter der mittleren Presse, den Abba auf den ersten Blick als Sohn der Sonne ansprach, schrieb in klarer Sprache, daß er nicht an Abbas Unsinn glaube. Sein Referat war deutlich bis auf den letzten Satz. Nachdem er Abbas Kunst als Schwindel entlarvt hatte, schrieb er zum Schluß: "Und so wollen wir froh sein, daß der berühmte Psychologe und Prophet sich in unseren Mauern niederließ. Die Zeit ist arm an wahren Sehern und an wahren Ärzten unserer wunden Seelen."

Was sollte das? Der Sohn des Neptun, seine ganze Witterung und sein Sprachgenie versagten hier. Er wußte noch nicht, daß die Presse seiner Generation eine Sprache schrieb, darin der eine Satz dem anderen stets die Zunge zeigt.

Aber ganz und gar versagte er an dem Referat des vierten Herrn, der sich nicht von ihm horoskopieren ließ. Das war ein unbestechlicher Herr, der es freundlich ablehnte, sich in seine Sterne gucken zu lassen. Er galt als der einflußreichste Kritiker des Abends, weshalb er auch als einziger Gast nicht im Gesellschaftsanzug erschienen war, sondern in einer Art Eigenkleid mit hochgeschlossener Weste. Er mußte Fräulein Otterloos blonde Macht zu Tisch führen, weil Frau Jachmann in letzter Minute Abba zugeflüstert hatte, daß dieser Herr als blondverliebt galt. Es war ein lieber alter Herr, und Fräulein Otterloo fand ihn sehr nett. Aber sie hatte doch das Gefühl, als ob ihre blonde Macht an seiner übersprudelnden Eitelkeit zerschellte. Wie sehr sie sich darin täuschte, zeigte der Bericht des anderen Tages. Es war jener Bericht, an dem Abbas Sprachtalent völlig zuschanden wurde:

Im Wartesaal des Uranus

I

Nach Mutter Erde Papa Abba. Nach dem Merkur der Uranus.

II

Hört's zu, ihr Schlemihle des ††† Merkur, was Papa Abba sagt.

Papa Abba sagt, daß es ein Saustall ist. Daß nicht alles Gold ist, was Handel und Wandel treibt. Daß der Krug nur so lange zum Brunnen geht, bis der Planet Uranus seine Herrschaft über uns Menschenkinder antritt und den ††† Merkur, unseren dato Erdenherrschling, zum Teufel jagt.

Denn ...

III

Denn im Frühlingspunkt des Jahres 1960 wird die Sonne zum erstenmal im Sternzeichen des Wassermann stehen. Endlich!!!!! Nachdem sie seit des Zimmermannsknäbleins Geburt nun schon lange genug den Frühlingsanfang im Sternzeichen der Fische gefeiert hat. Länger nämlich als zweitausend Jahre hält's die Sonne nicht aus in einem Tierkreiszeichen. Laut Astronomie. (Was ich der Guten nicht verdenken kann.)

Aber wenn sie, wenn sie aber, aber wenn sie aber, die Sonne, in den Wassermann tritt, dann ist's aus mit der Vorherrschaft jener Planeten, wo zu der Sonne bisherigen Frühlings- und Herbstpunkten gehören und wo also zu den Fischen und der Jungfrau zuständig gewesen sind. Dann ist's aus mit dem dato Erdenherrschling, mit dem ††† Merkur. Dann tritt der zum Wassermann gehörige Planet, Vater Uranus, seine Herrschlingschaft über uns Menschenkinder an. Dann gibt es eine ungeheure Gaudi. Dann bricht das zweitausendjährige Gottmenschentum des Uranuszeitalters endlich über uns herein. Mit Tempelruhe, Sterngerinnsel, Schwebeparadiesen. (Ich kann auch nichts dafür, ihr abgetakelten Schlemihle des ††† Merkur.)

So im Weltenraum. So im Jahre 1960. So bei Papa Abba. So in Luischens Schloß Kanditz. Zwischen den schimmerblühenden Edelkacheln in Luischens Speisesaal. Zwischen den Rauschelauschebäumen in Luischens Garten. Wobei das Wonnefunkeln eines gaukelholden Feuerwerks den Papa Uranus des Papa Abba bewillkommt.

IV

Aber ...

V

Aber dieser kreideweiße, greiseweise Negerastrologe Doktor Louis Abba aus Dixieland ist ein Kerl. Kein Schreiberchen. Kein Fachstölzling. Kein Professorenimport. Kein Einsteinbuberl. Sondern ein Witterungskerl, sage ich euch. Ein Erdkerl inmitten seiner Dunstbilder. Ein Mordskerl inmitten seiner Planetennebellandschaft.

Edelstes Tiertum. Tierischstes Edeltum. Mit Tempelruhe, Sterngerinnsel, Schwebeparadiesen.

Ich sah solchen Kerl nur einmal in meinem Leben. In einem Bums in New York. Den ersten Tenor eines Niggerseptetts.

The revellers, Dinah, o Dinah! Es muß den schwarzen Singekerlen und Sternenkerlen aus dem wohlgehegten Urwald entsetzlich zumute sein in Europas wildem Garten.

VI

(Es muß den schwarzen Singekerlen und Sternenkerlen aus dem wohlgehegten Urwald entsetzlich zumute sein in Europas wildem Garten.)

VII

Und dies alles inmitten eines mondän großkarierten Gästetrupps. Teils abergläubisch gläubig, teils abergläubisch ungläubig. Teils krank, teils gesund. Teils hingerissen, teils hergerissen. Und unter Assistenz eines liebenswürdigen älplerischen Gelehrten. Und unter Assistenz einer – – – – – – – – – –

Einer blonden Assistentin, mit sparsam gehandhabten Schmiegebiegegliedern, mit Sprungverborgenem im schmal beherrschten Bau, mit einer hinreißend verstockten Seelenheit, gebürtig aus Europas wildem Sternengarten.

4

Die Tatze

Doktor Abba saß mit Frau Nana Chacornac zu Tisch. Am liebsten hätte er seine kleine Tochter bei sich gehabt. Denn er fühlte sich plötzlich sehr einsam und ausgebrannt, als der Taumel der Vorbereitungen vorüber war und die ersten Gäste vorfuhren.

Es war das grausame Gefühl, das alle Wirte und Veranstalter überfällt, wenn die Stunde schlägt. Es war das große Loch, das in einer gesellschaftslosen Zeit zwischen Sehnsucht und Erfüllung gähnt. Der Wein ist entkorkt, die Frisur sitzt, die Geigen sind gestimmt, da fährt als erste Göttin der Nacht Frau Olga Jachmann vor und sagt: "Tag, Meister, kommen wir zu spät?" Und Herr Paul Jachmann sagt: "Siehst doch, Mutti, daß wir die Ersten sind, wer hat wieder mal recht?" Und Frau Olga Jachmann sagt: "Wo hat Fräulein Otterloo dieses himmlische Kleid gekauft?" Und Doktor Abba sagt: "Herzlich willkommen!"

So sind die Feste nun einmal in einer Zeit, die zu allem und nichts ihre großen Vorbereitungen braucht, um dann, wenn alles wohlorganisiert ist, den Sinn des Festes zu versagen. So sind die Feste Europas, dachte Abba. Jetzt wäre es gut, die kleine keusche Venus in den Fischen neben sich zu haben und zu fühlen: "Etwas hängt an dir." Aber das ging nicht, die Leitung des Instituts mußte rundumgereicht werden.

Wenigstens vertauschte Abba im letzten Augenblick die Tischordnung, damit er nicht, wie ursprünglich geplant war, neben Frau Olga Jachmann, der Frau des zweiten Geldgebers, zu sitzen kam. Er gab Mutti Jachmann an Professor Anderheggen ab, an den großen Nervenarzt, der Abbas Astrologie sehr skeptisch gegenüberstand, der sich aber schon des öfteren in der Öffentlichkeit für Abbas psychologische Kunst eingesetzt hatte und ihm sogar zuweilen einige schwierige Patienten aus seiner eigenen Klinik zur Behandlung überwies. Abba nahm Herrn Professor Anderheggen Frau Nana Chacornac weg und setzte sie neben sich. Sie war die einzige, die ihn jetzt ein wenig trösten konnte.

Nana Chacornac war eine Insassin des Instituts. Sie bewohnte das schönste Zimmer in der Molkerei der Königin Luise. Sie war wohl die reichste Patientin, die Doktor Abba zurzeit sein eigen nannte. Sie war ein herrliches schlankes Geschöpf zwischen neunzehn und fünfundvierzig Jahren, schwarz, Elfenbeinteint, sehr zerbrechlich. Sie trug an diesem Abend ein kornfarbenes Kleid, das deutlich zeigte, daß Frau Nana Chacornac kein Modell für den Maler Rubens gewesen wäre. Der Niederländer hätte hier vergeblich nach den heiligen Eutern seiner agrarischen Phantasie gesucht.

Niemand sah Frau Nana Chacornac an, daß sie die Tochter eines kleinen Münchener Flickschneiders war. Sie war mit zwölf Jahren ihrem Vater durchgebrannt, was in der Stube des Flickschneiders nicht sonderlich aufgefallen war, da noch sieben andere Geschwister dort hausten. Was sie bis zu ihrer ersten Ehe mit einem bayerischen Architekten getrieben hatte, ahnte kein Mensch außer Doktor Abba. Seitdem war sie dreimal verheiratet gewesen. Dem Architekten war sie schon nach einem Jahr davongelaufen, weil seine übertriebene Bodenständigkeit sie aufrieb. Einem mitteldeutschen Theaterintendanten, der sie kurz danach gefreit hatte, war sie im selben Augenblick entwischt, als sie sämtliche Allüren des Theaters angenommen hatte und zugleich das Theater in seiner ganzen Schäbigkeit durchschaute. Mit ihrer dritten Ehe hatte sie ihr Glück gemacht. Sie wurde die Gattin eines schweren rheinischen Industriellen, dessen vierzigjähriger Sohn aus erster Ehe die neue Mama anbetete. Herr Chacornac selbst war schon im ersten Jahr dieser Ehe so krank und schwach gewesen, daß er nur noch mit Mühe seine Aktionäre übertölpeln, seine Arbeiter aushungern und seine schöne junge Frau auf den Nacken patschen konnte. Nach drei Jahren starb er und hinterließ seinem Sohn seine Betriebe und seiner Frau eine Rente mit vielen Nullen. Seitdem hieß Mieze Unterberger Nana Chacornac. Den Namen Nana trug sie schon seit Mitteldeutschland, der Name Chacornac öffnete ihr alle sogenannten Salons, ihre Rente erlaubte ihr jeden Spleen der Welt.

Aber man konnte nicht sagen, daß Frau Nana Chacornac ihr Geld schlecht gebrauchte. Im selben Augenblick, da sie frei und reich geworden war, hatte die Flickschneiderstochter eine tiefe Melancholie überfallen. Diese Melancholie hielt sie von allen Dummheiten ab, zu denen sonst der schnelle Reichtum verführt. Diese Melancholie war eine ehrliche Melancholie, denn sie konnte nicht anders überklebt werden als mit Wohltätigkeit und gutem Tun. Da saß Frau Nana Chacornac neben dem Sohn des Neptun inmitten der besten Gesellschaft der Stadt und sah aus wie eine junge Königin, geformt aus Bernstein und Silber und einem großartigen Bankkonto – und niemand außer ihrem schwarzen Nachbar ahnte, daß ihre Gedanken stetig einen kleinen Halt suchen mußten in der kleinen Kinderbewahranstalt, die sie im Norden der Stadt unterhielt, und in dem kleinen Straßenköterasyl, das sie auf ihrem Landgut eingerichtet hatte.

Diese Frau wählte Abba, als er plötzlich zu Beginn seines Festes die große Kluft fühlte, die in einer Betonzeit zwischen Sehnsucht und Erfüllung klafft. Diese Frau war zu ihm gekommen, um sich bei seinen Sternen einen Rat zu holen gegen ihre anwachsende Melancholie, sie war die einzige Patientin dieses Hauses, die er ohne Bluff und ohne kleine Vernunft über ihre Sterne aufgeklärt hatte. Sie war die geborene Selbstmordkandidatin, er hatte es ihr ohne große Schonung mitgeteilt, sie hätte doch die kleinen Lügen der kleinen Vernunft schnell durchschaut. Jetzt suchte Frau Nana Chacornac Hilfe bei dem Stern, der ihrem Lebensplaneten, dem Saturn, nach Abbas gutem Rat am ehesten gewachsen war. Es war der Mond, an dessen sanftem Glanz Frau Nana Chacornac ihr wundes Herzchen laben sollte. Der nahe Mond, der Tröster, das Gestirn der seligen Tränen, das Gestirn der Frauen, welche gerne schweben wollen und nicht schweben können, das Gestirn, das die Konturen dieser harten Erde mildert und verwischt. Er sollte helfen gegen den zerstörenden Saturn, den unerbittlichen Stern, den harten Stern, den Stern der ewigen Schwerkraft und des ewigen Bodensatzes, den Stern, der in dem Himmelsraum des Steinbock seine größte Kraft entfaltet und der den Himmelsraum des Wassermann für alle Ewigkeit dem Uranus streitig machen will, Giddings Stern in Madrid, Napoleons Stern auf Sankt Helena, Heinrich v. Kleists Stern am Wannsee, der Stern der Bankerotteure und Paragraphenopfer, der Stern der

Flickschneiderstöchter, wenn sie sich in das Himmelbett des Reichtums legen wollen.

Abba hielt von der Tafel aus seine Begrüßungsrede und seinen kleinen Vortrag. Er sprach nur kurz. Er hatte sich vorgenommen, seine große Laune erst zum Feuerwerk loszulassen, wenn sein Katzenjammer über die Gesichter der lebenslänglichen Großstädter ringsum ein wenig verflogen war. Er sprach über den Uranus, über 1960, über die Schatten, die das kommende zweitausendjährige Reich des Uranus und des Wassermann vorauswarf. Er sprach über seine eigene Methode, dieses zukünftige Gottmenschentum in jedem einzelnen Patienten schon jetzt zu wecken und vorwegzuleben. Er sprach zwischen der Schwedischen Schüssel und dem Lammbraten, garniert mit Tomaten, Bananen, Kartoffeln und Rahmsoße. Er sprach zwischen dem alten Sherry und dem 1899er Château-Médoc.

Und hier ereignete sich ein kleiner Zwischenfall, den Doktor Abba nie Frau Nana Chacornac vergessen wollte. Fräulein Otterloo war eine kleine, brave Tochter, durch die man sich verwurzelt fühlen konnte, wenn man ein heimatloser Rebell war, an outcast and a reb, wie Abba bei seinen früheren Sklavenhändlern hieß. Fräulein Otterloo war ein liebes Kindchen, ein richtiges Geschenk des Jupiter an den Neptun. Jedoch mehr war sie nicht in diesem Augenblick für Doktor Abba: sie hätte niemals wie Frau Nana Chacornac den plötzlichen panischen Schrecken begriffen, der ihn mitten in seinem Vortrag überfiel, sie hätte diesen Schrecken nicht begriffen und auch nicht gelöst, wie Nana Chacornac ihn löste.

Er hatte seinen Vortrag begonnen mit einer kleinen feinen Entschuldigung seiner schwarzen Haut und seiner weißen Haare, mit der er ganz mechanisch jeden Vortrag anzufangen pflegte. Er sprach dann über seine astrologischen Gesichte und über das Ende des merkurischen Jahrhunderts. Er wollte gerade über seine unglückliche Liebe zu Europa sprechen, zu dem Land des Jupiter, als es geschah.

Er sah vom Tischtuch auf und überblickte die Gesichter seiner Gäste. Er sah mit einemmal lauter helle Fratzen vor sich, lauter Feinde, lauter Sklavenhändler. Das saß vor ihm wie eine Horde weißer Sklavenhändler, die zwar zurzeit ihre Macht über ihn verloren hatten, die sich aber doch im nächsten Augenblick auf ihn stürzen würden. Die Weiber waren halb entkleidet. Warum halb? Die Männer riefen alle: "Was willst du denn mit deinen Sternen, Sternen, Sternen, Sternen, Sternen? – Gib uns doch einen Zweck, Zweck, Zweck, Zweck, Zweck! – Du bist ein Tier, Tier, Tier, Tier, Tier!" – Und plötzlich knallten alle mit den Peitschen gegen ihn und seine armen Worte. Und eine große bleiche Wintersonne senkte sich gespenstisch zwischen ihn und seine Hörer. Und statt des Satzes, der jetzt kommen mußte: "Europa muß dem grünen Jupiter dienen, bis uns der blaue Uranus erlöst!" kam nichts. Ein kleines Stöhnen nur. Und dann – Gesang. Louis Abba sang. Ein wenig nur. Ganz leise nur. Die ersten Noten nur des ältesten Niggerliedes der Welt: "The wintersong", das Lied, durch das sein Vater Archimedes Abba weltberühmt geworden war. Die Neger in den hohen Bergen singen dieses Lied, wenn Winter ist und wenn die Angst kommt, daß es nicht mehr Frühling wird. Denn wo steht für ein armes Niggerhirn geschrieben, daß nach jedem Winter wieder Blumen kommen? Wer weiß, ob es nicht eines Jahres bei dem ewigen Winter bleibt? Man muß den Frühling rufen, rufen, rufen rufen! Denn ohne großen Lockruf kommt der Frühling nicht. An jedem Abend seines langen Lebens hatte Archimedes Abba voller Inbrunst diesen Ruf gerufen: "Come to me, come again ..." Und dann ging stets ein Rasen durch die Säle in Chicago, London und Paris. Und dann kam das Dacapo: "Come to me, come again ..." Und so sang plötzlich Doktor Abba leise und mit einer Inbrunst, die nur die Flickschneiderstochter aus München ganz erfaßte, während es die übrigen Gäste für eine witzige kleine Dreingabe hielten: "Come to me, come again ..."

Und weiter? Weiter nichts. Frau Nana Chacornac griff nach Abbas kaffeebrauner alter Tatze, die neben ihrem Weinglas auf dem Tischtuch von Damast sich plötzlich wie im Krampf zusammenkrallte. Sie streichelte unbemerkt darüber und ließ den großen Strom ihres Mitgefühls in diese schwarze Tatze strömen. Sie streichelte mit ihrer weißen Hand aus Mondschein und Saturn die schwarze Tatze wieder glatt. Und Abba fühlte, wie die Fratzen wieder wichen und wie die große bleiche Wintersonne wieder schwand, und sprach den Satz: "Europa muß dem grünen Jupiter dienen, bis uns der blaue Uranus erlöst!" – Und alle Europäer klatschten: "Hoch, Europa hoch!"

Dies war der kleine Zwischenfall, den Abba nie Frau Chacornac vergessen wollte und dem die kleine Venus in den Fischen nicht gewachsen gewesen wäre. Und niemand außer Frau Chacornac ahnte etwas von Abbas Vision. Nicht einmal sein Erstgeborener, Doktor Quaß, obwohl der seine Falkenaugen aus Tirol an diesem Abend ganz besonders spielen ließ. Der tastete die Gesichter seiner Gäste und Patienten ab und las ganz andere Dinge drin wie Doktor Abba. So also sah sie aus, die Creme der Creme, die sich begnügte mit der einen Antwort jener zwei Fragen, die nach Fräulein Otterloos Patent das Leben an uns stellte. So sah die Sehnsucht aller kleinen Assistenten mit den abgeschabten Arbeitshosen aus, dachte Quaß und biß sich dabei die einzige Plombe, die in seinen älplerischen Zähnen steckte, an dem Lammbraten aus. Da er aber nicht recht wußte, wie er neben der Pressedame, die sich gerade nach den Preisen des Instituts erkundigte, die Plombe aus dem Mund nehmen sollte, behielt er sie noch eine ganze Viertelstunde lang zwischen seinen Zähnen. Er schob sie mit der Zunge hin und her und schwätzte dabei liebenswürdig mit der Pressedame. Erst bei den Artischocken, die er nicht zu essen verstand, gelang es ihm, die Plombe in das Glas Liebfrauenmilch, das zu den Artischocken gereicht wurde, auszuspukken.

Nur ein Mensch merkte jenes Intermezzo Abba-Chacornac. Und das war seltsamerweise Frau Anna Sedde, die Dame mit der schlechten Witterung der Wasserkante. Sie kam durch einen Zufall darauf.

Nach dem Essen kam Musik und Tanz, Abba kam in seine alte gute Laune und brillierte. Kurz vor dem Feuerwerk fehlten er und Nana Chacornac auf eine halbe Stunde. Doch niemand merkte das im allgemeinen Trubel, kein Gast, nicht Fräulein Otterloo, nicht Doktor Quaß, nicht Gidding, das Wunder der menschlichen Willenskraft, auch nicht Frau Sedde. Jedoch die Unglücksdame mit dem spitzen Kommandoton und dem gebrochenen Herzen suchte gerade um diese Zeit im ganzen Hause nach Kaffeeservicen, da ihr Vorrat an Kaffeetassen erschöpft war. Trotz der wohlbekannten Schwüre des Personals mußten noch vergessene Service auf einigen Gastzimmern vom Nachmittagskaffee her zu finden sein. So stolperte sie auch in Frau Chacornacs Zimmer in der Molkerei der Königin Luise, ohne anzuklopfen, denn es waren ja außer Herrn Frazer alle Gäste auf dem Fest. Hier lag die Tochter des Saturn im Arm des Sohnes des Neptun, zwei jämmerliche Seelen, die sich wärmen wollten am flüchtigen Mondschein einer kurzen und verzweifelten Sinnlichkeit.

Frau Sedde wurde nicht bemerkt. Sie schloß die Tür schnell und schlich in den Garten, sie ließ Kaffeeservice Kaffeeservice sein. Sie stand im Nebel, ohne Mantel, ohne Halstuch, obwohl sich eine Dame ihres Alters leicht erkälten konnte in einer feuchten Herbstnacht, in der die Hexen und die Füchse sich rings um das Schloß der Königin Luise badeten.

Dies also war die Welt, in die Herrn Trillkes verwandtschaftliche Großmut sie empfohlen hatte. Dies also war der Stich ins Herz, den sie vor einigen Stunden instinktiv gespürt hatte, als sie ihr "Wesen" Arm in Arm mit diesem Nigger in den Garten tanzen sah. Dies also war der Dank des Paria an das gastliche Land, das ihn mit Festen feierte und das ihn eine Masse Geld verdienen ließ.

Frau Sedde überlegte, ob sie auf der Stelle fliehen sollte. Jedoch sie kam zum Resultat: "Gerade nicht!" Jetzt wußte sie, was ihre Aufgabe in diesem Hause war. Jetzt wußte sie, daß sie ihr "Wesen" schützen mußte. Hocherhobenen Hauptes und ohne ein einziges Kaffeeservice schritt sie die Freitreppe der Königin Luise hinan.

5

Die Tanten – "ohne"

Den Höhepunkt des Festes bildete das Feuerwerk. Die Damen ließen sich ihre Pelze und Automäntel reichen und drapierten ihre Halstücher und Schals à la Carmen oder à la Nordpolexpedition. Die Herren schlüpften in ihre schnittigen Raglans und Ulster und schlugen die Kragen hoch und setzten die Lederkappen und Velours und Melonen alle ein wenig schief übers linke Ohr. Und die ganze Gesellschaft versammelte sich auf der Freitreppe der Königin Luise und starrte voll Erwartung in den Bodennebel des Gartens, aus dem vorerst nur die gedämpften Flüche des Pyrotechnikers emporstiegen und einige bittere Worte, die er seinem Gehilfen gab, weil er mit einer Stunde Verspätung eingetroffen war.

Die Angestellten des Instituts, das Küchenpersonal und das Pflegepersonal, drängten sich hinter den Gästen in gebührendem Abstand auf der Terrasse des Hauses eng zusammen. Dort standen auch Frau Anna Sedde und Herr Gidding-Ikarus, das Wunder der menschlichen Willenskraft. Im ersten Stock des früheren Gästehauses quetschten Joy und Freedom, die durch den bösen Mars-Transit des Papa Frazer ferngehaltenen Zwillinge, ihre smarten Nasen an die Fensterscheiben ihres Zimmers und warteten gespannt darauf, endlich in ihren wohlbekannten Schlachtruf ausbrechen zu können: "Oh, isn't it nice!"

Doktor Abba stand abseits. Er war auf den Steinsockel geklettert, der das Säulengeländer der Terrasse an der obersten Treppenstufe abschloß. Er stand hoch über seinen Gästen. Der Kragen seines dicken dunkelroten Snobmantels war hochgeschlagen wie bei den andern Herren, die Hände hatte er wie alle andern Herren tief in seine Manteltaschen eingewühlt; doch er war ohne Hut, so daß sein Haar, der Winterschnee, die weiße Krone der Rebellen, im schwachen Schimmer des aufgehenden halben Mondes zu erkennen war.

Es fröstelte ein wenig über Abbas Haus. Und er ärgerte sich ein wenig über seinen Feuerwerker. Es war geplant gewesen, das Feuerwerk schon vor einer Stunde loszulassen, bevor der Himmelsraum des Stiers, durch den der Mond in dieser Festnacht schwamm, am östlichen Horizont sich emporgewunden hatte. Es war die übliche Verspätung des sachverständigen Organisators, die der Feuerwerker da an Abba und an seinen Gästen ausließ. Schon brannten ein paar Herren auf der Treppe ein paar Witze ab und eine junge Dame holte sich ihren Teilerfolg am Feuerwerk vorweg, indem sie sang: "Wer hat denn auch, wer hat denn auch – die janze Vaseline – ans Feuerrad geschmiert!" Es war die nikotinvergiftete Dame auf Entwöhnungskur, die siebzehnjährige Sidi Meier – Pfatsch, da ging es los.

Drei blaue Tanten – ohne. Mit leisem Zischen hoch, hoch, hoch. Und auseinander. Hundert kleine blaue Leuchtkugeln, verharrend, durcheinandertanzend, leise niederwallend.

"Für die Uranus!"

Das war Abbas Stimme über alle seine Gäste hin. Zum erstenmal seit Monaten verwechselte er wieder Der-die-das. Doch das war nur der erste Schreck. Dann riß er sich zusammen und tat, was vorgesehen war. Er sang in einer fremden gutturalen Sprache einen kleinen Ruf vom Sockel der Terrasse über alle seine Gäste hin. Zu jeder Nummer seines pyrotechnischen Programms kam solch ein Ruf. Das Baby des Archimedes Abba, des größten Negersängers seiner Zeit, das alte Baby kannte seine Stimme. Das wußte, wie sein süßer afrikanischer Tenor für europäische Ohren klang, wenn er anschwoll und mit Inbrunst rief und abschwoll und verhallte.

"Für die Uranus!" Dann kam der Ruf, den man am Kilimandscharo ruft, wenn man im Nebel irrt und seine Hütte nicht mehr finden kann. Bevor die letzte blaue Kugel löschte, war auch der Ruf verhallt. Wohin, wohin ...

"Der Uranus, mein Stern", dachte der Jüngling von der Linkspresse. "Beethovens Stern und Lenins Stern und mein Stern! Ich werde den Kerlen schon kommen! Ich werde mein uranisches Element schon aufpäppeln. Ich schreibe von morgen ab einen neuen Stil, den Stil des uranischen Gottmenschen. Und ich werde vom Schreibtisch aufspringen und mich auf die Barrikade stellen, wenn die Stunde des Proletariats geschlagen hat, und in zwei Jahren spätestens geht Herr Jachmann zu Fuß und ich sitze in meinem eigenen Auto, kannst dich drauf verlassen, Uranus!"

Drei bunte Ewje-Liebe-ohne. Ein gewaltiges Feuerrad, in allen Farben spielend, in der Mitte. Zwei kleine Feuerräder, rechts und links, in Gold. Dazu Raketen, im Bogen, mit leisem Knallen einen silbernen Regen werfend.

Das war für den Neptun, den fernsten Stern der kreisenden Planeten, Abbas Stern. Er sang die ersten Worte eines kleinen Kinderliedes, der Rebell auf seinem steinernen Sockel. Es war ein Wiegenlied im Dixieland-Jargon, das die Plantagenknechte nach dem Baumwollpflücken ihren müden Kindern singen. Ein Lied, das soviel hieß wie: "Alle Kindlein schlafen schon." Der Neger auf dem Sockel sang es leise, ohne großen Ton.

"Das war schlecht", dachte Professor Anderheggen, der große Nervenspezialist, der trotz seines Mißtrauens gegen die Astrologie die Bedeutung des Neptun ganz genau kannte. "Hier hätte der Kerl was ganz Wildes singen müssen meiner Ansicht nach." Auch der Griesgram von der Rechtspresse war ärgerlich über Abbas Kinderlied. "Hier wäre etwas ganz anderes am Platz gewesen", dachte er, "etwas Nervenaufpeitschendes, etwas Rebellisches." Sie wußten nicht, daß alle wahren Söhne des Neptun, wenn ihre Haare weiß geworden sind, die kleinen Kinderlieder wieder singen. Die Feuerräder zischten weiter, als Abbas "Alle Kindlein schlafen schon" schon längst im Bodennebel seines neuen Kindergartens hingesunken war.

Der Dussel mit dem Lippenstift! Trotz des Verbots, ganz wider das Programm. Zehn laute venezianische Kerzen, mit gewaltigem Getöse abgeschossen, dann aber stillstehend in der Luft, zehn geschlängelte Feuersäulen.

"Saturn!"

Und Nana Chacornac wußte, daß der Ruf, der jetzt vom Sockel kam, für sie bestimmt war. Und Gidding-Ikarus, obwohl er nicht an seinen eigenen Planeten glaubte, sah voll Haß auf die geschlängelten Feuersäulen. Und Bankier Jachmann, der auch als Kindchen des Saturn sich fühlte, weil Abba ihm auf diese Weise Frau Olgas böse Kinderlosigkeit erklärt und mit des großen Saturnaliers Michelangelo ähnlichem Geschick betröstet hatte, Paul Jachmann dachte sich: "Teufel ja, hier muß man sich ja einen Schnupfen holen!" Der Neger sang für Nana Chacornac, es klang ihr wie: "Wozu, wozu, wozu ..."

"Merkur!"

Das war ein Heer von kleinen Feuerspeiern, hinüber und herüber, ganz in flaches Gold getaucht. Und in der Mitte hob sich jetzt ein breites Feuermaul, eine bengalische Fontäne, die alle kleinen Bogenspeier schluckte, wenn sie von rechts und links geflogen kamen. Das war die Nummer, die des Feuerwerkers ganzen Stolz ausmachte, weil sie am schwierigsten aufzustellen war. Eine tolle Sache, eine ganz besondere Spezialität. Jedoch es klappte alles, eins zwei drei.

Es war wie der Betrieb in einem aufgestocherten Nest der Waldameisen. So wohlgeordnet alles, so verständig ausgetüftelt, so glänzend kalkuliert, so algebraisch ausgebaut: da kommt der große Stecken aus der Höhe und stochert in das Nest: was nützt jetzt noch die ganze Organisation? Der Stekken aus der Höhe stochert immer weiter. Was nützt die ganze Algebra? Das Feuermaul aus falschem Gold frißt alles auf.

Es war die erste Strophe eines Hohngesangs, was Abba dazu sang. Es war der Hohngesang, der auch durch die gewaltigen Worte klingt: "Und ich sage euch, es wird eher ein Kamel durch ein Nadelöhr gehen ..." Die Merkurianer auf der Treppe aber, die Geschäftemacher und die Flirterinnen, die Herren mit der relativen Weltanschauung, die Damen mit der Algebra des Lebens, sie höhnten alle lustig mit und riefen fröhlich ihrem eigenen Stern ihr "Pfui" und "Nieder" ins verzerrte Angesicht.

"Der rote Mars!"

Der drohende Stern, der Stern des Blutes, der Stern, der in dem Himmelsraum des Widder und des Skorpion am mächtigsten wirkt. Die Inder und die Mexikaner, die Afrikaner und Chinesen, die Griechen und die Grönländer, durch Ozeane und durch Gletscher voneinander abgetrennt, sie alle sahen seit Ewigkeit diesen Stern mit gleichen Augen und mit gleicher Angst. Der Höhlenmensch, wenn ihn der böse Geist des Todes nicht mehr schlafen ließ, trat brummend aus der Höhle und wandte sein zottiges Angesicht zum hilfespendenden Äther hoch: und er erschrak, wenn er den rötlichen dräuenden Stern im Mittelpunkt der großen Himmelsschale stehen sah. Kains Stern, des rasenden Ajax Stern, der Stern der Mörder und Ermordeten. Doch auch der Stern Columbus', der ihn immer weiter gegen Westen trieb, der Stern der Pioniere, der Stern des tosenden Nordsüd-Expreß.

Und da der Mars so gut wie böse ist – so gut wie böse wie der brennende Eifer und der tobende Kampf – stieß Abba zu dem roten Regen aus zehn roten Tanten-ohne einige tierische, halbartikulierte Schreie aus.

"Mein Stern!" dachte Sidi Meier, die siebzehnjährige Nikotinvergiftete. "Doktor Abba hat gesagt, daß der Mars mein Stern ist, daß ich an dem Mars verbrenne, daß der Mars mich fünfzig Zigaretten täglich rauchen macht. Ach Gott, mein Temperament, mein armes, totgehetztes, marsisches Temperament! Die Venus, der stille Stern, sagt Doktor Abba, wird mir helfen. Frau Venus, steh mir bei, ich bin dlein, mein Herz ist rein, soll niemand hinein als du – du – du, mein dleines nikotinfreies Venuslein! Ach, auf die eine kommt es aber heute wirklich nicht mehr an, zu interessant –" Und steckte sich eine neue Zigarette an. Sie bat ihren unbekannten Nachbar um Feuer von seiner Zigarre und wechselte schon kurz darauf mit ihrem unbekannten Nachbar einige heiße Blicke, von denen selbst Doktor Abba nicht hätte sagen können, ob sie von Venus oder Mars gefunkelt waren.

Der Mond stand nicht auf dem Programm. Der stand leibhaftig über dem Gebüsch des Ostens und strahlte seinen lebenden Schein in allen Pausen des Programms auf die Flickschneiderstochter aus München und auf ihre voll gehäufte Melancholie.

Der Jupiter war das größte Feuerrad des Abends. Eine riesenhafte smaragdgrüne Ewje-Liebe-ohne. Dazu viel grüne Einzelsterne aus Raketen. Und zwei bengalische Fontänen, silbern, rechts und links.

"Quaß' Stern", dachte Fräulein Otterloo. "Wo steht er nur, der Bauer aus Tirol? Da steht er, neben seiner Pressedame, und hat natürlich als der einzige Herr des Abends keinen Mantel an. Ein Bauer friert ja nicht so schnell wie die Püppchen und Skelette aus der Stadt. Endlich mein Stern, wird er sich denken, der männliche Stern. Was nützt Neptun und Uranus, Saturn und Mars, Merkur und Mond, wenn alle Männer nur noch Bubis oder Greise sind?"

Und während Abba für den Jupiter und seine Kinder eine Melodie aus Stolz und Selbstbewußtsein formte, dachte Fräulein Otterloo: "Gibt es wirklich keine Männer mehr? Bis zu ihrem vierzigsten Jahr bleiben sie in ihrer Milchzeit stecken und spielen unsere guten Boys und unsere wohlbekannten und frischfröhlichen geschäftsgewandten Jungen, dann kommt Herrn Trillkes kleiner Klaps, und sie sind Greise. Und zwischendrin? Gibt's zwischen Milchzeit und den Wechseljahren keine Männer mehr? Komm, mein Bäuerchen, komm, o komm ..."

Und Fräulein Otterloos Gedanken waren so beschäftigt, daß sie den eigenen Stern, die keusche Venus, völlig übersah. Das war der Rest aus allen bunten Tanten-ohne: Topas, Türkis, Reseda und Rubin, umspült von mildem Silberregen, unzählige Kugeln, hocherhoben über allem anderen Feuerwerk, in sanftem Schweben niedersinkend und noch im Löschen milde eingelullt von Abbas schmelzenden Tönen: "Komm, o komm ..."

Und dann zum Schluß die Sonne! Das Taggestirn, das schmetternde Taggestirn, des Pyrotechnikers großer Augenblick! Viel kleine Popocatepetel und der große Popocatepetel, die Paula mit dem Kurzschluß und die sämtlichen Kanonenschläge, die Frösche und die Ratterer, die lang genug zurückgehaltenen Tanten-mit und alle Ewje-Lieben-mit: der Krach, der Krach, der Krach des großen menschlichen Lebens! So schmettert es durch alle Wälder und durch alle Städte, wenn die Sonne aufgeht! So schmettert es am Morgen gegen alle bösen Mächte unserer Nacht! So schmettert es am Morgen auch gegen alle sanften Mächte unserer Nacht! So schmettert es durch unseres Himmels dickste Wolkenwand hindurch! Und Abba und sein ganzes Publikum, die Gäste und Patienten, das Personal, der Bauer aus Tirol, die keusche Venus in den Fischen, die Presse, die arme Tochter des Saturn, Paul und Olga Jachmann, Frau Anna Sedde und Gidding-Ikarus und hinter ihren Fensterscheiben Joy und Freedom, sie stimmten alle ein in Abbas abgerissene Rufe und in den großen Krach des großen Popocatepetel und riefen alle: "Ha! ha! ha! ha! ha!"

6

Der alte Plantagenknecht

Abba war ein wenig enttäuscht, als die letzten Gäste abgefahren waren und Fräulein Otterloo und Doktor Quaß scnon gute Nacht sagten. Jetzt hätte nach seinem Gefühl die Feier erst so richtig beginnen sollen. Jetzt hätte man sich zusammensetzen sollen, er und seine Kinderchen, und hätte das Hohelied Salomonis singen sollen, jene bekannte Strophe aus dem Hohelied Salomonis, die von allen Gastgebern nach ihren Festen gesungen wird:

Das Lumpenpack ist aus dem Haus,
Wir saufen alle Reste aus,
Gib du mir einen Kuß,
Und du mir einen Kuß,
Jetzt kommt das Ding, jetzt kommt das Ding
So richtig erst in Schuß.

Aber die Kinderchen kannten offenbar die Gesänge Salomonis nicht und drängten zu Bett, das war deutlich zu fühlen. Gute Nacht, gute Nacht!

Es ging etwas vor in diesen beiden Europäerseelchen, das war klar. Sie vermieden es, einander anzusehen. Sie sprachen beim Abschied auf der Freitreppe, als das letzte Auto abgerasselt war, nur ein paar berufliche Worte über den Dienst des nächsten Tages miteinander. Ach, ihr verknacksten kleinen Europäerchen, warum fallt ihr euch nicht an die Brust, wenn es so weit ist? Vater Abbas Segen ist euch gewiß. Großvater Abba wird euer Baby hüten. "Alle Kindlein schlafen schon ..." Das sprengt unseren Familienbund noch lange nicht. Im Gegenteil. "Seht, ich bin bei euch und tue Wunder für euch und verdiene Geld für euch, so laßt auch mich, ist meine Haut auch schwarz, ein wenig Wurzel schlagen in Jupiters grünem Land Europa. Na schön, gute Nacht, gute Nacht, gute Nacht."

Abba ging in sein Zimmer und ließ sich von Gidding eine Flasche Sekt bringen, um noch ein wenig vor sich hinzutrinken und seine Gefühle abklingen zu lassen.

"Schönes Fest, Gidding, was?"

"Sehr schön", sagte Gidding, aber es klang nicht sehr überzeugt.

"Schönes Feuerwerk, wie?"

"Sehr schön", sagte Gidding. Er legte Frack und Kragen und Krawatte seines Herrn beiseite und reichte die abgewetzte alte rote Hausjoppe, die Abba stets vor dem Schlafengehen trug, wenn er in seinem Zimmer noch ein wenig auf und ab ging und noch ein wenig vor sich hinsang und noch zwei, drei Glas Schaumwein trank. Er sah dann aus wie ein alter Plantagenknecht; der verwitterte Hals ohne den blütenweißen Kragen, der alte rote Kaliko, die gelösten Gesten, das Haar, in dem das Haarglättwasser des Morgens nicht mehr wirkte, es erinnerte alles an Call Abba, seinen Großvater, den Plantagenknecht in Dixieland.

Während Gidding ihm die Hausjoppe hinhielt, dachte Abba plötzlich an seine große Erregung bei Tisch, an Nana Chacornac, an das Feuerwerk, bei dem er vor Freude und Inbrunst in Schweiß geraten war. Er wandte sein Gesicht mit einem plötzlichen Ruck seinem Diener zu, der ihm gerade in die Joppe half.

"Stinke ich?" fragte er.

"Nein", sagte Gidding sachlich. Er kannte diese Frage. Der Neger hatte oftmals Angst vor dem eigenen Negergeruch. Gidding empfand stets ein tiefes Mitleid mit dem Paria, wenn diese oder eine ähnliche Frage kam.

"Trink ein Glas mit mir, Gidding", sagte Abba. Er warf sich mit den Schuhen aufs Bett und verschränkte die Arme hinter seinem weißhaarigen Schädel.

Gidding schenkte schweigend zwei Gläser Sekt ein, stellte sie auf den Nachttisch seines Herrn und rückte sich einen Stuhl neben das Bett.

"Votre Santé!" sagte Abba.

"La votre!" sagte Gidding.

"Das Fest hat dir also nicht gefallen?"

"Nein", sagte Gidding.

"Keine schönen Weiber, wie?"

"Es geht", sagte Gidding.

"Und Nana Chacornac? Die Schwarze, die Patientin, die bei mir zu Tisch saß!"

"Die ist gut", sagte Gidding, "aber alt."

"Vierzig, was?"

"Sowas."

"Ich war auf ihrem Zimmer." Abba schnalzte mit der Zunge. "Verstanden?" Es war für europäische Begriffe ein schamloser Verrat. Aber Gidding war ja ein Blutsverwandter, ein Krüppel, ein Paria, es gab keine Geheimnisse zwischen Herr und Diener in dieser Stube.

Das Geständnis machte keinen großen Eindruck auf Gidding. Er zuckte nur die Achseln. Er hinkte zum Fensterbrett, wo der White Star von Moët et Chandon kühlte, und schenkte die beiden Gläser wieder voll.

"Eine böse Eule bist du", sagte Abba, "keine Festnatur."

"Nein", sagte Gidding, "keine Festnatur. Habe zu viel Zirkusmusik gehört. Kenne den Rummel zu gut. Kenne alles, den Trubel und das Bravo und das ganze Geklatsche."

"Also sag schon, was du sagen willst", rief Abba zornig. "Mir machst du nix vor, du altes Baby mit deinen abgeknacksten Strampelbeinchen. Du glaubst also, diese Kerle lachen mich hier nur aus?"

"Auslachen? Wieso? Wer denn? Sie verdienen ja ein Masse Geld dabei, Herr Doktor, da gibt es nichts zu lachen."

"Eine Masse Geld wird das bringen, jawohl! Das ist gut, was?"

"Selbstverständlich."

"Und sonst nix? Nur Geld? Nicht ein wenig Ruhm?"

"Auch Ruhm."

"Und Ehre?"

"Auch Ehre."

"Und Liebe?"

"Liebe? Wieso Liebe? Das glaube ich nicht."

"Das glaubst du nicht?" fragte Abba.

"Nein, das glaube ich nicht", sagte Gidding.

"Mir kommt es aber nur auf Liebe an, auf Geld pfeife ich, Geld spielt gar keine Rolle bei diesem alten Lumpenkerl Doktor Louis Abba aus Dixieland. Mit dreißig Jahren habe ich schon einige hunderttausend Dollar geerbt, von meinem Vater, der hat nicht unter tausend Dollar pro Abend seinen Kehlkopf losgelassen. Was hast denn du pro Abend eingesteckt?"

"Hundert Dollar, aber nur in meiner besten Zeit."

"Auch ganz schön. Und gar nix gespart?"

"Sie wissen ja, Herr Doktor, San Sebastian." Gidding hatte es seinem Herrn schon öfters erzählt. Als er aus dem Madrider Krankenhaus entlassen worden war, war er direkt zum Madrid-Paris-Expreß gehumpelt, war ohne einen Blick nach rechts oder links eingestiegen, war in San Sebastian ausgestiegen, hatte seine sämtlichen Ersparnisse zusammengekratzt und hatte gespielt, um im Kasino von San Sebastian sein Vermögen zu verzehnfachen und sich ein kleines Bauernhaus in der Schweiz zu kaufen. Zwei Wochen später besaß er keinen Cent mehr.

"Bei mir spielt Geld keine Rolle", sagte Abba protzig, ohne seine Gedanken lange in San Sebastian verweilen zu lassen. "Ach, ich liebe diese Europe, Gidding. Sie soll mich auch lieben. Oder ein paar von ihren weißen Kinderchen wenigstens."

Gidding zuckte wieder die Achseln. Es war die müde Geste des Ungläubigen und Verdammten.

"Du glaubst gar nix, Gidding", sagte Abba. "Du glaubst nix an die Sterne und an die Liebe und an Europe? Aber wohin soll man gehen? In Asia bin ich fremd und in Australia bin ich fremd. In Amerika bin ich ein Paria, und aus Afrika sind wir herausgeschmissen. Und die Neger in Dixieland? Soll ich wieder zu ihnen gehen? Ich könnte heute der Negerbischof von Dixieland sein, wenn ich nicht abtrünnig geworden wäre. Da siehst du noch meine Tonsur, sieh her!" Er zeigte die Spuren seiner Tonsur.

Gidding betrachtete interessiert den Hinterkopf seines Herrn und den kleinen lichten Fleck.

"War ganz schön", sagte Abba. "Mein Vater war ein fanatischer Katholik. Wir sind alle gute Katholiken, wir schwarzen Teufel. Das kommt, weil wir die Babies so lieben. Das Christuskindchen tut es uns an. Ich war in allen Kirchen in Rom. Dort sind hunderttausend nackte Engelbabies in den Kirchen. Davon verstehst du nix, du blöder Engländer aus dem kahlen Bethaus!"

Gidding lachte. "Ich bin kein Engländer, Herr Doktor, ich komme aus dem Ghetto von Odessa. Wir warten auf den leibhaftigen Messias. Aber wenn er kommt, schlagen wir ihn tot."

"Auch nix", sagte Abba. "Katholiken nix, Juden nix, alle alten Religionen nix. Nix mehr zu machen für einen Sohn des Neptun. Mein Vater hat geheult, wie ich den Priesterrock an meine alte Kinderfrau in Santa Maria geschenkt habe und zu der höheren Mathematik übergelaufen bin. Aber die höhere Mathematik, das war auch tatsächlich die große Hexe in meinem Leben. Damals habe ich mich in Europa verliebt."

Er schwieg ein wenig und dachte an Pasadena, an seine Assistentenzeit in Kalifornien, wo dreihundertzwanzig wolkenlose Nächte im Jahr den Astronomen alle Sterne des Himmels servieren. Wo der hundertzöllige Reflektor steht, das Teleskop mit dem 2,5-Meter-Spiegeldurchmesser, das fünzig Meter hohe Turmteleskop, die großen Klosterbauten, von denen aus die Astronomen das Himmelsgesicht abtasten. Wo Doktor Abba südlich der Beteigeuze den "Spiralnebel-Abba" entdeckt hatte, dessen Licht Millionen Jahre unterwegs ist, bis es die Erde streift. Und wo er eines Tages seine lebendige Beziehung zu den Sternen gefühlt hatte und die ganze höhere Mathematik der Astrologie zuliebe wieder hatte fallen lassen. 'Nigger bleibt Nigger', hatten die weißen Kollegen von Pasadena damals gesagt. 'Abergläubischer Nigger', hatten die Mathematiker gesagt. Denn die Astronomen und Mathematiker verachten jede lebendige Beziehung zu den Sternen so, wie die zünftigen Ärzte jede magische Heilkunst verachten.

"Ja, ja", sagte Abba, "durch die höhere Mathematik ist es gekommen. Diese Europa ist höhere Mathematik, nichts weiter. Nicht viel Liebe zu erwarten, was?"

"Ich glaube nicht", sagte Gidding.

"Auch nicht bei meinen zwei kleinen blonden Kinderchen?"

"Ich glaube nicht", sagte Gidding.

Abba horchte auf. Wußte Gidding irgend etwas, was gegen ihn ging? Hatte Gidding irgendeinen verächtlichen Ausdruck aufgeschnappt? Nahm man ihn auch hier nicht für voll? Verflucht sei Europa, wenn es so war, verflucht alle Weißen und alle Sklavenhändler, verflucht Miß Nelly und der Jupiter aus Tirol, wenn sie ein schlimmes Wort gegen ihn zu gebrauchen wagten! Wenn sie genug Geld verdient haben, werden sie dem

Nigger einen Fußtritt geben und ihn am Straßenrande liegen lassen, wie?

"Unsinn", sagte Abba, "du bist aus dem vorigen Jahrhundert, Gidding, du verdammte alte böse Eule! Jetzt ist das anders! Oder weißt du vielleicht etwas, was gegen mich hetzt?"

"Kein Wort", sagte Gidding und sprach die volle Wahrheit. "Kein Wort, Herr Doktor, was glauben Sie, kein Wort! Aber ich weiß einen alten jüdischen Witz, der paßt auf meine Liebe zu der englischen Rasse meines Vaters, und der paßt auch auf Ihre Europaliebe, Herr Doktor. Soll ich erzählen?"

"Nein", sagte Abba. "Ich liebe keine Witze, keine jüdischen Witze und keine Börsenwitze und keine Theaterwitze und keine Artistenwitze, überhaupt keine Witze."

"Ich kann den Witz auch für Europa und für Doktor Abba erzählen", sagte Gidding. Er schien seinem Witz große Bedeutung beizumessen. Da sein Herr nicht antwortete, fuhr er unaufgefordert fort: "Die Sache ist so, Herr Doktor. Ein Europäer wollte einen Neger ärgern. 'Ich habe vom Negerhimmel heute nacht geträumt', sagte der Europäer, 'da war es sehr schön und da war eine tolle Masse Negerengel, aber ich bin doch wieder gegangen, es war ein fürchterlicher Gestank.'"

"Und", sagte Abba und richtete sich halb auf. "War das dein ganzer Witz?" fragte er drohend.

Gidding hatte das Gefühl, als würde ihm der Neger im nächsten Augenblick an die Kehle springen. "Nein, nein", sagte er schnell. "Die Antwort kommt ja erst. 'Sieh mal an', sagte der Neger zu dem Europäer, 'ich habe heute nacht auch geträumt, ich habe vom Europäerhimmel geträumt; da war ein wunderbares Parfüm, aber es war ganz leer, es war keine Seele zu sehen.'"

Abba legte den Kopf auf die Kissen zurück und schloß die Augen. Gidding hatte das Gefühl, daß er zu weit gegangen war. Er hatte ja auch nichts gegen Fräulein Otterloo und Dr. Quaß vorzubringen, gegen Abbas Kinderchen, es war nur sein instinktives Angstgefühl auf der Freitreppe der Königin Luise gewesen, was ihn zu dieser Warnung veranlaßte. Er wußte, wie es war, wenn man sich in das Blut einer fremden Rasse verliebt. Er wußte, wie es war, wenn man in Europa Wurzel schlagen wollte und die eigenen dunklen Strömungen des Blutes dagegen anbrausen fühlte.

"Ein paar Europäerengelchen werden doch in jenen Himmel mit dem guten Parfüm kommen", sagte Abba. "Ganz gewiß. Ich liebe dieses Land. Wohin soll man sonst gehen?"

"Ja, ja", sagte Gidding, "wohin soll man auch sonst seine Liebe tragen?"

"Zieh mich aus", sagte Abba schroff, "ich bin müde. Gib mir noch ein Glas Sekt und zieh mir die Stiefelchen aus."

Gidding gehorchte. Er schenkte auch sich selber noch ein Glas Sekt ein. Zwanzig Jahre seines Lebens hatte er nicht getrunken und nicht geraucht und bei keinem Weibe geschlafen. Das war das Schicksal des Dreifachen-Saltomortale-Springers. Jetzt konnte er trinken und rauchen und bei den Weibern schlafen, soviel er wollte. Jetzt war er ein Krüppel, jetzt war das große Training vorbei. Jetzt war es aus mit seiner Europasehnsucht und mit seiner Sehnsucht nach dem Lorbeer aus den europäischen Händen. "Votre santé", sagte er sentimental zu seinem Herrn. Aber der Neger antwortete nicht. "Krüppel", dachte er, "arme alte Krüppel."

Gidding zog ihm die Schuhe ab, die Hose, das Hemd, wusch ihn mit Eau de Cologne, bettete ihn zurecht.

"Kannst noch ein wenig sitzen bleiben", sagte Abba. "Wenn du auch nichts von Europa verstehst, keine Milligramm!"

Gidding setzte sich noch ein wenig an das Bett seines Herrn. Der sah jetzt wie ein altes, verrunzeltes Negerbaby aus. Ein kleines Kinderlächeln um den Mund und das eine Lid ein wenig verzerrt, als ob ihn eine Fliege im Schlafe quälte. Während Abba einschlief, dachte Gidding daran, daß er bei diesem Herrn für seine geringe Arbeit die fürstliche Gage von fünfhundert Mark monatlich erhielt. Was für ein guter Herr! Was wäre Gidding jetzt ohne diesen Nigger? Ein kleiner Reisender, ein Stadtreisender für Operngucker oder Gummiwaren, zehn Prozent Provision, fünf Mark im Tag, wenn das Geschäft gut ging. Ein altes Kinderlied aus dem Ghetto fiel dem dankbaren Gidding ein, während sein guter alter Herr in Schlaf fiel. Das wollte er seinem guten alten Herrn singen. Es war ein Lied, das ihm seit unendlichen Jahren zum erstenmal wieder in den Sinn kam, das seine dicke Mama, deren Blut er haßte, ihm oft gesungen hatte, in Quebec und in Moskau, in Leipzig und in Sydney. Das sang er seinem alten armen Niggerbaby vor:

Und Grönland ist ein grünes Land,
Nach einem grünen Gras benannt,
Da reiten die Reiter wohl durch die Nacht
Und reiten bis an die See.

Und Indien ist ein rotes Land,
Nach einem roten Stein benannt,
Da reiten die Reiter wohl durch die Nacht
Und reiten bis an die See.

Und Rußland ist ein weißes Land,
Nach einem weißen Schnee benannt,
Da reiten die Reiter wohl durch die Nacht
Und reiten bis an die See.

Und China ist ein gelbes Land,
Nach einem gelben Strom benannt,
Da reiten die Reiter wohl durch die Nacht
Und reiten bis an die See.

Und Afrika ist ein schwarzes Land,
Nach einem schwarzen Vogel benannt,
Da reiten die Reiter wohl durch die Nacht
Und reiten bis an die See.

Abba war eingeschlafen. Ikarus, das Wunder der menschlichen Willenskraft, humpelte leise zur Tür und summte die letzte Strophe seines Schlaflieds:

Europa ist ein grünes Land,
Nach einem grünen Stern benannt,
Da reiten die Reiter wohl durch die Nacht
Und reiten bis an die See.

7

Brot und Wein

Fräulein Otterloo war nach dem Abschied von den Gästen und nach dem kurzen Gute-Nacht an Doktor Abba und an Doktor Quaß noch einige Minuten dienstlich beschäftigt. Frau Nana Chacornac ließ um ein Schlafmittel bitten. Fräulein Otterloo dosierte ein ziemlich starkes Quantum Brom und brachte es selbst ihrer Patientin in die Molkerei der Königin Luise. Frau Chacornac lag bereits zu Bett. Sie war abgeschminkt und hatte bleiche Lippen. Sie sah alt und ein wenig verheult aus.

"Bitte, trinken Sie nur die Hälfte, gnädige Frau", sagte Fräulein Otterloo und reichte ihrer Patientin das Milchglas voll Medizin. "Vielleicht hilft die Hälfte, das Ganze ist nur für den Notfall."

Frau Chacornac trank in einem Zuge das ganze Glas leer und ließ es mit einer müden Geste auf die Bettdecke gleiten.

Fräulein Otterloo lachte und stellte das leere Glas auf den Nachttisch zurück. "Jetzt wird die Unruhe schnell vorüber sein. Schlafen Sie gut, gnädige Frau."

"Gute Nacht und danke", sagte Frau Chacornac und schloß die Augen.

Fräulein Otterloo strich leise über das zerwühlte schwarze Haar in den Kissen, ehe sie sich zum Gehen wandte.

"Noch einmal", bat Frau Chacornac, ohne die Augen zu öffnen.

Fräulein Otterloo strich noch einmal über Haar und Stirn der armen Tochter des Saturn.

"Was für eine kühle Hand", sagte Fau Chacornac. Sie war schon halb hinüber und machte schon das Schlafmäulchen.

"Bis morgen sind Sie ganz gesund, gnädige Frau", sagte die junge Ärztin und schob behutsam eine Dauerwelle aus Frau Nanas Stirn. Was für eine kluge Stirn hat diese Frau, dachte Fräulein Otterloo. Und was für eine eigensinnige Stirn, dachte sie. Aber auch im Jahrhundert des kurzgeschnittenen Frauenhaares, dachte sie, ist der Eigensinn der Schwarzhaarigen ein anderes Ding wie der Eigensinn der Blondhaarigen.

"Eine sehr kühle Hand", brummelte die Schwarzhaarige. Es klang fast ein wenig vorwurfsvoll.

Die Blondhaarige drehte das Licht aus und stelzte auf den Zehenspitzen durch das Zimmer.

Gegenüber der früheren Molkerei, in dem früheren Gästehaus, war noch Licht. Aus einem der Zimmer, die der Gefrierfleischmann aus Chicago mit seiner Familie bewohnte, drang noch Licht in den Nebelgarten. War eine Herzattacke über den Gefrierfleischmann gekommen? Dieser Patient unterstand Quaß' medizinischer Aufsicht. War Quaß vielleicht gerufen worden, steckte Quaß hinter jenem Nebellicht? Fräulein Otterloo beschloß, nachzusehen, was da los war. Sie hätte gern noch ein paar Worte mit Quaß gesprochen. Die Besorgnis um Herrn Frazer mit dem bösen Mars-Transit und mit dem bösen

Herzklaps war ein glänzender Vorwand, dem Bauern aus Tirol noch einmal gute Nacht zu sagen. "War bei einer Patientin, sah das Licht, dachte mir gleich, Herr Kollegägägägä ..." Das war die einfachste Sache der Welt.

Aber Mister Frazer schlief in Frieden. In dem erleuchteten Zimmer saßen nur seine Zwillinge Joy und Freedom. Sie spielten Patience. Sie waren noch zu aufgeregt, um schon schlafen zu können. Sie waren zu aufgeregt von dem Spezialfest, das sie sich selbst gegeben hatten, nachdem sie der Eigensinn ihres marsischen Papas von dem Hauptfest ferngehalten hatte. Ihr Spezialfest bestand aus Kakao und Biskuit und pappigem Orangelikör, aus dreiundzwanzig ekstatischen Ansichtskarten an ihre sämtlichen Freundinnen in U.S.A. und aus einer Dauerpatience. Sie waren in großer Laune, da die Patience schon dreimal aufgegangen war. Sie luden die junge Ärztin sofort zu Likör und Patience und zur Unterschrift auf sämtliche Ansichtskarten ein. Aber Fräulein Otterloo ließ sich nicht halten. Sie ging enttäuscht in ihr Zimmer zurück und begann sich zu entkleiden.

"Nicht mehr mit ganzer Seele die keusche Venus in den Fischen zu lieben, sondern ..." Sondern, sondern, sondern, deklamierte Fräulein Otterloo vor sich hin, während sie das Abendkleid über den Kopf zu zerren versuchte. Was war das für ein Sondern? Bei welchem Sondern war da ihr Gespräch mit Quaß abgebrochen? Konnte der Bauer nicht spüren, daß sie gern noch diesen Satz zu Ende gesprochen hätte? Nicht nur – sondern auch, sagte sie wütig, als das Kleid trotz allem Gezerre nicht abgehen wollte. Die wenigsten Damenmoden seit Christi Geburt sind so eingerichtet, daß man ein Abendkleid ohne Hilfe ausziehen kann. Jetzt sollte jemand oben ziehen, dann wäre der Fetzen schnell herunter. Aber es ging auch so, ein kleiner Krach, das war aber nur die Naht, und es war geschafft, das lavendelblaue Biest lag am Boden.

In diesem Augenblick pochte es an Fräulein Otterloos Tür.

"Eine Minute", rief sie und schlüpfte schnell in die Zobeljacke, da nichts anderes bei der Hand war und der wohlbekannte Pocher an der Tür nicht lange warten sollte. Sondern, sondern, sondern ... Der Zobel ging knapp ans Knie, es ging gerade. Sondern, sondern, sondern ... Blakes unsterblicher Vers, den sie vor einigen Tagen bei Frank Harris gefunden hatte, ging ihr durch den Sinn, während sie ihr Herz wie eine dumpfe Trommel unter dem Zobel schlagen fühlte:

Soll durch alle Ewigkeit
Zwischen uns Vergebung sein –
Unser teurer Heiland sprach:
"Dies das Brot und dies der Wein."

"Entrez, Monsieur", sagte Fräulein Otterloo leise. Es klopfte noch einmal. "Herein", rief sie. Frau Anna Sedde trat ins Zimmer und lächelte ein wenig schief. "Störe ich?" fragte ihre Kommandostimme so milde als möglich.

"Aber gar nicht, Liebste", sagte Fräulein Otterloo, "haben Sie noch etwas auf dem Herzen? Wollen Sie noch – Platz nehmen?"

Tatsächlich, die alte Dame nahm noch Platz. Um zwei Uhr nachts. "Du gehörst aber wirklich längst ins Bett, Tante Beißmichnicht", dachte Fräulein Otterloo, während sie sich neben Frau Sedde auf dem kleinen schwarzen Lederdiwan niederließ.

"Ganz privat", sagte Frau Sedde und setzte sich senkrecht auf den Diwan.

"Das auch noch", dachte Fräulein Otterloo und sagte liebenswürdig zu der alten Dame mit dem entzweigebrochenen Herzen: "Um so besser."

"Glauben Sie nicht, daß ich ohne einen triftigen Grund in tiefer Nacht in Ihr Zimmer falle, mein Kind", sagte Frau Sedde. "Und dabei haben Sie die Morgenvisite schon sehr zeitig angesetzt, nicht wahr?"

"Nein, gar nicht", sagte Fräulein Otterloo, "erst um acht Uhr." Sie dachte nicht daran, vor zehn Uhr ihre erste Visite abzuhalten. Aber wenn die liebe alte Tante bis acht Uhr hier sitzenbleiben würde, würde es genügen.

"Lassen Sie sich ruhig ein wenig von mir bemuttern, mein Kind", sagte Frau Sedde.

"Gerne", sagte Fräulein Otterloo herzlich.

"Von einer alten Frau, die selbst ein Kind gehabt hat, darf sich ein junges Ding, das allein in der Welt steht, schon ein wenig die Wahrheit sagen lassen."

"Aber gern, liebe gnädige Frau. Was ist passiert? Habe ich etwas Schlimmes angestellt?"

"Sie? Nicht daß ich wüßte", sagte Frau Sedde. "Ich wollte Ihnen nur mitteilen, daß nach meiner Ansicht hier nicht der richtige Platz für Sie ist."

"Wo?"

"In diesem Institut, in diesem Haus, in diesem Bordell."

"Mein Gott, was sagen Sie da, Frau Sedde!"

"Ich sage nichts, was ich nicht vertreten kann, Fräulein Otterloo", sagte die alte Dame mit dem entzweigebrochenen Herzen scharf und schaute ihrem "Wesen" offen in die erschrockenen blauen Venusaugen. "Bitte, ersparen Sie mir die Details. Ich kann Ihnen nur sagen, daß Sie hier nicht auf dem richtigen Posten sind."

"Erstens bin ich auf ein Jahr vertraglich verpflichtet, liebe gnädige Frau –"

"Jeder Vertrag läßt sich anfechten –"

"Zweitens bin ich darauf angewiesen, Geld zu verdienen –"

"Unsinn! Ein Mensch wie Sie findet seinen Unterhalt."

"Das sagen Sie so, gnädige Frau. Ich habe schon ganz elendiglich auf der Straße gesessen."

"Wenn es um meine Ehre geht, würde ich an Ihrer Stelle sagen: Siehe die Vögel auf dem Felde, sie säen nicht und sie ernten nicht –"

"Und sie erfrieren und verhungern doch", fiel Fräulein Otterloo patzig ein.

"Was für eine Redensart", sagte Frau Sedde entrüstet.

"Wer immer strebend sich bemüht, den werden wir nie erlösen", sagte Fräulein Otterloo, da sie nun doch schon bei den Zitaten angelangt waren.

"Das ist gelästert", sagte Frau Sedde, "und es ist auch gar nicht Ihr Ernst. Ich kenne Sie ganz genau, mir machen Sie nichts vor. Mit Bewußtsein dienen Sie nicht in einem skandalösen Haus. Wenn Sie wüßten, was ich weiß, würden Sie diesen Posten morgen aufgeben."

"Ich will Ihnen ja gar nichts vormachen, gnädige Frau, aber sagen Sie mir um Gottes willen: Warum soll ich diesen Posten aufgeben? Was haben Sie denn Neues in diesem Haus entdeckt? Waren Sie über unsere Gäste entsetzt? Hat sich irgend jemand in irgendeiner stillen Ecke abgeknutscht? Ich bin überzeugt, Sie haben irgend etwas gesehen, was heutzutage auf allen Festen der Welt und in allen Sanatorien der Welt zu sehen ist." Und da ihr plötzlich einfiel, daß sie als ärztliche Leitung des Hauses Doktor Abbas Institut nicht von der Hausdame beleidigen lassen durfte, fügte sie hinzu: "Man darf heutzutage nicht hinter alle Dinge schnüffeln, Frau Sedde, es ist heutzutage so."

"Wie denn? Wie ist es denn heutzutage?" fuhr Frau Sedde hoch.

"Ganz egal wie, genau so, wie Sie es gesehen haben, so ist es. Aber ich will gar nicht wissen, was Sie gesehen haben."

"Ich will es Ihnen auch gar nicht erzählen", sagte Frau Sedde. "Aber kommen Sie mir doch, bitte, nicht mit 'heutzutage'! Heutzutage ist alles erlaubt, heutzutage ist jeder Schmutz willkommen. Heutzutage!"

"Ja, mit 'gestern' kann ich Ihnen leider nicht dienen, Frau Sedde, weil ich eben von heutzutage bin."

Frau Sedde schlug eine sanftere Tonart an, als sie ihr "Wesen" entgleiten fühlte. "Mein Kind, Sie können wirklich nichts für all diesen Schmutz von heutzutage. Wenn ich nicht wüßte, daß Sie im Dunklen tappen, hätte ich Sie nicht gewarnt. Es handelt sich um Doktor Abba."

"Ist Ihnen plötzlich aufgefallen, daß er schwarz ist? Glauben Sie nicht mehr an seine Kunst?"

"Nigger ist Nigger, Fräulein Otterloo. Das ist mir erst heute abend so richtig zum Bewußtsein gekommen. Wir sind viel zu weitherzig in diesen Dingen – heutzutage!"

"Ich habe dieses Problem vollständig durchdacht, meine liebe gnädige Frau, ich kann Sie beruhigen. Glauben Sie, ich habe diesen Posten angetreten, ohne ganz im klaren zu sein? Ich habe es auch mit Doktor Quaß besprochen, und Sie können mir glauben, Doktor Quaß ist ein ehrenhafter Kerl, kein Kerl von heutzutage – aber auch keiner von gestern", fügte sie schnell bei. "Die Sache liegt so: Nigger ist Nigger, da haben Sie völlig recht. Und Genie ist Genie, das müssen Sie doch auch zugeben? Und Geld ist Geld, das stimmt doch auch?"

"Leider", sagte Frau Sedde.

"Also! Wenn wir an Abbas Genie glauben, können wir hier ruhigen Herzens in einem Jahr so viel Geld verdienen wie sonst in zehn Jahren nicht. Die Zeiten sind nämlich nicht nur schmutzig heutzutage, Frau Sedde, sondern auch schwer. Da muß man schon den Nigger mit in Kauf nehmen, vor allem, wenn es so ein reizender und gefügiger und ehrenwerter alter Herr mit schneeschneeschneeweißen Haaren ist."

Frau Sedde zuckte skeptisch die Schultern.

"Und wenn man so viele neue und interessante Dinge von ihm lernen kann", sagte Fräulein Otterloo.

Frau Sedde zuckte erst recht die Schultern.

"Sehen Sie Doktor Quaß an", sagte Fräulein Otterloo. "Er war zuerst viel mißtrauischer als ich. Jetzt ist er Abbas bester Freund und Schüler."

"Ich glaube ja an Doktor Abbas Kunst", sagte Frau Sedde, "aber reden Sie doch nicht immer von Doktor Quaß. Er ist ein Mann. Sie sind ein Weib und bleiben ein Weib, auch wenn Sie es nicht wahrhaben wollen."

Fräulein Otterloo lachte. "Natürlich will ich es wahrhaben. Sie denken doch nicht etwa, daß mir von Doktor Abba Gefahr droht?"

"Nein, das denke ich nicht", sagte Frau Sedde bestimmt. "Es handelt sich nicht um Ihr eigenes Tun und Lassen, mein Kind, es handelt sich um die Atmosphäre, in der ein junges Weib atmet."

"Liebe Frau Sedde, wen hat denn unser guter alter Papi abgeknutscht? Verraten Sie es mir doch! Vielleicht Frau Olga Jachmann?"

"Sie sind ein naives Gänschen, verzeihen Sie. Ich glaube auch gar nicht, daß Sie persönlich in diesem Haus irgendwelchen Schaden leiden können. Bleiben Sie vorerst auf Ihrem Posten, wenn es nicht anders geht. Aber lassen Sie sich von einer alten Frau einen guten Rat geben: Wer Schmutz anrührt, beschmutzt sich."

"Ganz gewiß."

"Wer gezwungen ist, Geld zu verdienen, muß stets auf der Hut seiner Seele sein."

"Ganz gewiß."

"Stets auf dem Quivive!"

"Ganz gewiß."

"Ein junges Mädchen lebt nicht für das Gestern und nicht für das Heutzutage, sondern für das Morgen."

"Ganz gewiß."

"Für die Mutterschaft!"

"Hm ..."

"Für sonst nichts", sagte Frau Sedde scharf. Es klang wie ein Pfui auf alle andern Dinge der Welt, insbesondere auf die ganze Männerwelt.

"Lauter goldene Wahrheiten, Frau Sedde", sagte Fräulein Otterloo.

"Wenn Sie mir versprechen, stets mit scharfen Augen auf der Hut zu sein, solange Sie nun einmal in diesem Institut Ihren großen Haufen Geld verdienen müssen, bin ich vorerst beruhigt."

"Das kann ich Ihnen gern versprechen, liebe gnädige Frau. Sie sind sehr lieb zu mir, das weiß ich." Sie streichelte der alten Dame scheu über die Hand. "An meine Mutterschaft habe ich allerdings noch nicht gedacht", fügte sie lachend hinzu. "Woher nehmen und nicht stehlen?"

Frau Sedde war beruhigt und entzückt. Aber Fräulein Otterloo war mit ihren letzten Worten unvorsichtigerweise auf ein Thema zurückgekommen, das Frau Seddes Weltanschauung betraf. Frau Sedde leitete das ganze Unglück ihrer Zeit von dem Fehlen des Mutterglücks ab. Fräulein Otterloo mußte einen langen Vortrag hören über "Die Zerstückelung der modernen Frau" und mußte mindestens noch fünfzigmal "ganz gewiß" sagen, ehe die alte Dame vollends beruhigt war und ihre schauerliche Vision in Frau Chacornacs Zimmer wieder vergessen konnte. Hie Mutterschaft – Hie Liebe! Hie Mutterschaft – Hie Beruf! Hie Mutterschaft – Hie Geschlecht! Hie Mutterschaft – Hie Schönheit, Eitelkeit, Tanz! Hie, hie, hie! "Ganz gewiß", sagte Fräulein Otterloo und sah schon die ganze Welt in eine einzige riesengroße Windel verpackt. Ganz gewiß hatte die alte Dame recht. Sie wollte sie bewahren. Sie hatte ja die keusche Venus in den Fischen im Horoskop. Es war ja keine Gefahr. Wozu die vielen goldenen Worte! Danke, danke, danke! Das Leben war so viel schwerer, als diese Dame von gestern sich vorstellte. Frau Sedde von gestern hatte nicht recht, und die "Kerle von heutzutage" hatten nicht recht. Und der Kerl von morgen, warum war er nicht statt der alten Tante Beißmichnicht ins Zimmer gekommen? "Ganz gewiß", sagte Fräulein Otterloo, als Frau Sedde sich endlich erhob, "ganz gewiß, ganz gewiß, ganz gewiß ..." Frau Sedde gab ihrem "Wesen" einen Kuß auf die Stirn und ging aus dem Zimmer. Das unschuldige Kindchen war trocken gelegt, Mama konnte schlafen gehen, gute Nacht, träum' süß. "Gute Nacht, gute Nacht, gute Nacht ..."

Quaß stand im dunklen Korridor der Königin Luise. Er war im Garten gewesen und hatte sich einige Gedanken gemacht. Ein Bauer aus Tirol wiederkäuet noch ein wenig, wenn ein Fest verrauscht ist. Als er an Fräulein Otterloos Tür vorbeigekommen war, hatte er Stimmen gehört. Sie schlief also noch nicht. Er drückte sich in die Nische neben der Balkontür und wartete. Er lauschte nicht, obwohl Frau Seddes Kommandoton deutlich zu hören war. Die alte Dame interessierte ihn nicht, sie sollte sich in die Klappe legen. Die keusche Venus in den Fischen schien nicht viel zu sprechen. Er hörte sie nur immer zwischen Frau Seddes Sätzen, wenn die Tiraden zu einem hohen puritanischen "Nöch?" anschwollen, etwas murmeln. Die Delinquentin schien geständig, die Gaunerin schien alles zuzugeben.

Ein richtiger Bauer hat Geduld. Auch wenn er schon lange Jahre in einer Betonstadt wohnt und einen Frack trägt und einen Haufen Geld verdient. Auch wenn er beabsichtigt, mit diesem Haufen Geld in den nächsten Jahren eine große Leuchte zu werden, der Begründer der "Konstitutionellen Therapie der Krebsdisponierten, nicht ohne Einbeziehung der höheren medizinisch-astrologischen Wissenschaft und nicht ohne Revolution gegen die materialistische Schulmedizin".

Ein Bauer hat Geduld. Johannes Quaß, der Vater, hatte mit unendlicher Geduld den größten Hof am Südhang des Wilden Kaiser in die Höhe gebracht. Jedes Jahr zwei Stück Jungvieh mehr. Dann kam eine Lawine, dann fing er wieder von vorne an. Dann kam eine Seuche, dann fing er wieder von vorne an. Dann kam der Krieg, dann fing er wieder von vorne an. Dann kam der Tod, dann fing sein Sohn von vorne an. Anstatt eine eigene Klinik aus dem Erlös des Quaßhofs aufbauen zu können, konnte er mit den entwerteten Scheinen knapp sein Studium beenden. Dann kam der Krach mit dem ersten Chef, dann fing er wieder von vorn an. Dann kam der Krach mit Lübbe, dann fing er wieder von vorn an, ein Bauer hat Geduld.

Ein Bauer hat Geduld. Vor allem, wenn er vom Südhang des Wilden Kaiser stammt, wo der Winter lang ist. Und wenn er auch schon mit zehn Jahren in die Stadt Innsbruck kam und mit neunzehn Jahren in die Stadt Wien und dann in die Stadt München und dann in die Stadt Berlin und dann in die Totenstadt am Monte Baldo und dann wieder für viele Jahre in die Stadt Berlin: der lange Schnee vom Wilden Kaiser liegt ihm im Blut. Sieben Monate Schnee im Jahr, wie soll man da nicht Geduld lernen, schon als Kind? Aber sieben Monate Schnee im Jahr, wie soll man da nicht auch ein tieferes Entzücken am ersten Grün lernen, für Lebzeiten?

Ein Bauer hat Geduld, Himmelherrgottssackerment noch einmal! Auch als Frau Anna Sedde endlich aus Fräulein Otterloos Zimmer stolzierte und in ihr Zimmer trabte, ohne Quaß zu sehen, rührte er sich noch lange nicht. Aus Abbas Zimmer am anderen Ende des Korridors drang noch Licht und ein leises Summen. Jetzt mußte durchgehalten werden, jetzt mußte gewartet werden, bis das ganze Haus im Schlaf lag. Es dauerte noch gute zehn Minuten, bis das Summen in Abbas Zimmer verstummte und die Tür aufging und Ikarus, das Wunder der menschlichen Willenskraft, auf den Korridor humpelte, um ebenfalls zum nächsten Stockwerk emporzusteigen.

Bei Frau Sedde hatten die Treppenstufen geklungen wie: "Eins zwei, eins zwei, alles klar, nichts dabei!" Bei Gidding, dem Krüppel, klangen die alten Treppenstufen wie: "O so schwer, o so schwer, o so schwer ..." Außerdem summte Gidding noch immer leise vor sich hin. Was sang der Mann?

Europa ist ein grünes Land,
Nach einem grünen Stern benannt,
Da reiten die Reiter wohl durch die Nacht
Und reiten bis an die See –

Fräulein Otterloo hatte sich gerade entkleidet und gewaschen und stand splitternackt im Zimmer, als es wieder an ihre Tür klopfte. Aber das war ein anderes Pochen wie vorhin. Ein sehr leises, aber ein sehr eindringliches Pochen war das: "Ich bin's, ich – ich bin's, ich – ich bin's, ich –", so klang dieses Pochen. Fräulein Otterloo stand still und starrte wie gebannt mit den großen blauen Augen der keuschen Venus in den Fischen nach der Tür. "Dies das Brot und dies der Wein", fiel es ihr durch den Sinn. Aber sie blieb mitten im Zimmer stehen, ohne sich zu rühren. Da kam das Pochen wieder. "Entrez, Monsieur", sagte sie leise, und Quaß trat ein.

Dritter Teil

1

Der Straßenköter im Paradies

Zuweilen erlaubt sich die Natur Ungezogenheiten, die ein Künstler nicht mitmachen darf, will er nicht als banal verrufen werden. Wenn der Frühling hold ist, hold, hold, hold; wenn die durchsichtigen Birken im ersten Grün dastehen, im ersten Grün, im ersten Grün, im ersten Grün; wenn der Drehorgelmann am Straßendamm und die Libellen überm Teich wieder beginnen mit dem weltalten Lied der Liebe, der Liebe, der Liebe, der Liebe: was dann? Dann singen die Vögel, dann bellen die Hunde, dann ziehen die ziehenden Wolken dahin. Dann nahet, wenn die Dämmerung den trunknen Tag an eine trunkne Nacht abgibt, die Stunde der Herzen und der Schmerzen. Dann schwebt über der dahinschwebenden Kugelschale der Erde eine zweite, größere Kugelschale mit den Menschenkindern durch den Äther: die Kugelschale der tausend himmlischen Düfte, der Atem des Weltgeists. O mille fleurs, müßt ihr wirklich zum Modeparfüm der Gespenster eingestampft werden? O tiefes Atemholen des Weltgeists, kannst du nicht mehr tief genug dich senken, um unseren riesigen Stadtverstand zu durchdringen und unsere frierenden Kinderherzen zu umhüllen?

An einem solchen Aprilnachmittag, hinschmelzend in holder Banalität, lag Doktor Louis Abba im Garten der Königin Luise in Kanditz. Er lag in einem versteckten Zwickel hinter dem Gemüsegarten. Er lag auf einer purpurnen Wolldecke. Er lag hingestreckt wie ein junges Hündchen und ließ seinen hundertelfjährigen Leib von den letzten Sonnenstrahlen durchspülen.

Ernestine Trillke war ein Jahr alt und besaß bereits sechs Zähne. Die Medizinisch-Astrologische Heilanstalt in Kanditz war ein halbes Jahr in Betrieb. Der Winter war ein Winter des Erfolgs für Abba gewesen. Jetzt streckte er nach der Nachmittagsvisite seine herkulischen Glieder dem Atem des Weltgeists entgegen und hielt ein Zwiegespräch mit seinem Erfolg. Guten Tag, Herr Erfolg, nehmen Sie Platz, nehmen Sie Platz, pfeifen Sie mir ein süßes Lied ins Ohr, lassen Sie sich nicht stören, wenn ich mich dabei hier und da wie ein kleines Hündchen von einer Seite auf die andere Seite wälze.

Der Herr Erfolg weiß, was er seiner Zeit schuldig ist, und zieht erst mal die dicke Brieftasche. Bitte sehr. Alles da. Sämtliche Berechnungen der kleinen Vernunft haben geklappt. Ein tadelloses Plus bereits im ersten Halbjahr unseres Betriebs, Herr Direktor. Das Haus fast immer voll, die Sprechstunden für auswärtige Patienten eine Goldgrube, das ganze Unternehmen eine glatte Sache. Die Namen der beiden Fachärzte auf dem Schild des Hauses eine tadellose Sicherheit gegen den Brotneid der zünftigen Medizin und gegen alle polizeibehördlichen Konzessionsschwierigkeiten. Man kann für weiteren Zufluß verknackster Kapitalisten garantieren. Erinnern sich Herr Direktor noch an Mister Frazer mit dem bösen Mars und dem nervösen Herzen? Greifen wir seine Rechnung heraus als Musterbeispiel einer gewinnbringenden Kalkulation. Der Pensionspreis für fünfzig Tage und die Extras und die Trinkgelder sind an die Hausdame, Frau Anna Sedde, zu entrichten. Damit sind unsere sämtlichen Spesen gedeckt, Betrieb und Reklame und der Anteil der Geldleute, reichlich gedeckt. Der Rest verbleibt als Reingewinn dem Sohne des Neptun und seinen beiden Kinderchen:

Tägliche Horoskopie für Mister Frazer	2500
Spezialbehandlung eines Mars-Transits	200
Vier Jahreshoroskope für das nächste Jahr	800
Fachärztliche Anweisung hierzu	600
Fachärztl. Behandlung Miß Joy (Furunkel)	100
Fachärztl. Behandlung Miß Freedom (Furunkulose)	300
Summa	4500

Dankend erhalten Direktor Doktor Louis Abba
Doktor Quaß
Doktor Otterloo.

Das ist nicht viel? Bitte, rechnen wir monatlich nur vierhundert Mark Reingewinn pro Patient, macht für alle Patienten des Hauses, macht mit der auswärtigen Anhängerschaft, macht zusammen, macht pro Kopf des Trio, macht im Halbjahr, macht in zehn Jahren, macht, macht, macht, macht, macht!

Doktor Abba gab dem Herrn Erfolg einen Fußtritt ins Gesäß und wälzte sich auf die andere Seite. Sing ein anderes Lied, Herr Erfolg! Sing ein Lied ohne Geld, Herr Erfolg! Sing in Moll, verdammter Hund, wenn Frühling ist!

In Moll, Herr Direktor? Das ist der innere Erfolg? Der innere Erfolg einer verflossenen Zeitspanne berechnet sich nach der Formel: Jupiter plus Venus minus Saturn. Rechnen wir! Der Saturn hat diesmal keinen Schaden angerichtet: kein Ziegelstein fiel vom Dach, kein Staatsanwalt beging einen Juristenirrtum an uns, kein Magenkrebs tauchte am heiteren Himmel auf. Das Minus des Saturn fällt weg. Das Plus des Jupiter? Berechnet sich aus dem Zuwachs an Selbstbewußtsein. Ist unser Selbstbewußtsein gewachsen in diesem Halbjahr, ja oder nein? Herr Direktor, ich denke, wir können diese Frage bejahen. Zwei ausverkaufte Vorträge in der Stadt, unser Riesenerfolg mit der mundan-astrologischen Prophezeiung anläßlich der Uranus-Jupiter-Konjunktion des letzten Jahres, das wachsende Vertrauen unserer gesamten Anhängerschaft, dreimal durch den Rundfunk gesprochen, ist das nichts? Und unsere neue Bodenständigkeit in Europa, Europa, Europa? Sechs Monate lang unter gleichem Dach und in der gleichen Familie? Wie? Gepriesen seist du, Europa, Nebelland, freche kleine Halbinsel Asias, Fluch aller Europäer und Traum aller Parias, ewig totgesagt und ewig grün, gepriesen sei deine Gastfreundschaft –

Ich pfeife auf Gastfreundschaft, rief der Sohn des Neptun, ich will mehr, Herr Erfolg! Was ist mit dem anderen Plus, mit der Venus?

Aber hier zeigte sich deutlich, daß der Herr Erfolg doch nichts weiter ist wie ein Anekdotenjäger, ein ewiger Lakai, ein Grinser. Er grinste und pfiff eine schmutzige Anekdote. Von Frau Nana Chacornac, von dem würdigen Abschluß einer langen Liebeslebensliste, alles mögliche für den hundertelfjährigen Sohn des Neptun, Respekt! Zum Schluß kam dann der übliche Schlagertext, mit welchem der Herr Erfolg stets zu enden pflegt.

Der Herr Erfolg wußte nicht, daß es eine keusche Venus gab, eine große Vernunft, die ewigen Eierchen, die Liebe ohne Paarung, die Liebe in den Fischen. Er wußte nicht, daß ein Wunder geschehen war – trotz Giddings Skepsis, trotz Frau Seddes Skepsis, trotz Europas Skepsis. Der Familienbund des europaverliebten Paria hatte gehalten trotz des eigensinnig geheimgehaltenen Spezialbundes zwischen Doktor Quaß und Fräulein Otterloo. Der große Familienbund im Schloß der Königin Luise war noch nicht gesprengt trotz vieler dunkler Strömungen hin und her. Das war die Venus und das Plus des letzten halben Jahres, Herr Erfolg! "Seht, ich bin bei euch, meine Kinderchen, ich bin zahm geworden, ich tue Wunder für euch, ich verdiene Geld für euch: so laßt auch mich, ist meine Haut auch schwarz, ein wenig Wurzel schlagen in Jupiters Land ..."

Doktor Abba zog die Beine an den Leib und schnellte mit einem Satz hoch. Es wurde kühl. Achtung, Mann aus Dixieland, Achtung vor Europas Klima, Achtung bei allem Wurzelschlagen! Aber er stand noch eine Zeitlang auf seiner Purpurdecke still und spähte in den paradiesischen Abend.

Er stand auf einem kleinen Grasbuckel, der nach Westen ging. Die Sonne im Widder, der Mond im Widder, Venus und Merkur im Widder, der Himmelsraum des Widder war voll in dieser Nacht. Doch es waren keine Sterne zu sehen, noch übergoß das Taggestirn die ganze Leinwand des Westens. Vor dem Grasbuckel lag ein wenig Wäsche auf der Bleiche, Hauswäsche und Damenwäsche. Wem mochte die zarte Hemdhose angehören? Dann kam der Gemüsegarten, dann kam der Zaun, die Äcker, die Wälder, der Dunst Europas, das Meer ... Und als Doktor Abba schon mit vollgesogenen Lungen nach Hause wandern wollte (er hatte schon die Decke aufgehoben und über die Schulter geworfen), da geschah, was in den Paradiesen dieser Erde stets geschieht, wenn Söhne des Neptun zu lange schon verweilen: Unrast, Rebellion, Fehde, der Krach mit dem Weltgeist.

Es befanden sich in jener Zeit zwei Hunde in dem Institut, zwei Rüden. Arno war ein kurzhaariger deutscher Schäferhund, reinrassig, stammbaumsicher, preisgekrönt. Es war der Hund des Zigarettenfabrikanten Oskar Endriat. Herr Endriat war nur für zwei Wochen Insasse des Instituts, aus Snobismus, zur Nachkur einer harmlosen Blinddarmoperation, zur Bestrahlung einer leichten Neurasthenie, ein Mann in den besten Jahren des kleinen Klapses. Er hatte zum Entzücken der weiblichen Patientenschaft seinen wohlerzogenen Arno mitgebracht. Der andere Hund hieß Struppy und stammte aus dem Straßenköterasyl der Frau Nana Chacornac. Sie war kurz nach dem Eröffnungsfest des Instituts auf Reisen gegangen und erst vor wenigen Tagen zurückgekehrt, um die erdrückende Schwermut des Frühlings an Abbas Sternen zu mildern. Sie hatte Struppy mitgebracht, keine große Dekoration für seine Herrin, aber nach ihrer Ansicht ein Herz. Auf große Entfernung konnte man auch Struppy für einen Schäferhund halten, für einen mißglückten, langhaarigen Schäferhund. In der Nähe sah man, daß auch Rattenfängerblut und Foxblut, vielleicht auch ein Schuß Doggenblut in seinen Adern pulsierte. Es war lächerlich, Arno mit diesem ausgesprochenen Bastard vergleichen zu wollen. Man sah die beiden Hunde auch nie beisammenstehen. Sie hatten sich bei ihrer ersten Begegnung im Garten der Königin Luise nicht einmal angerochen. Die Kluft zwischen überzüchtetem Kapitalismus und lebenslänglichem Proletentum war für das Gefühl beider Hunde zu groß, um da noch viel das Bein zu heben.

Gerade als der Mensch auf dem Grasbuckel abgehen wollte, spazierte Arno unter dem Grasbuckel vorbei. Er schritt gemessen dahin. Er wählte den Weg zwischen Wäschebleiche und Gemüsegarten. Er schaute nicht rechts, nicht links. Obwohl er sich unbeobachtet fühlte, denn er hatte den Menschen auf dem nahen Grasbuckel nicht in die Nase bekommen, hielt er sich in voller Achtung. Was er bezweckte, war die einfachste Sache der Welt: er hatte bisher auf einem Platz gelegen, von dem die Sonne jetzt wich, er suchte einen neuen Platz, wo die Sonne noch schien.

Neben der Hemdhose schien die Sonne noch. Dort machte Arno halt. Er glotzte kurz in den Garten Eden, der sich vor ihm breitete. Aber er nahm es als selbstverständlich hin, daß man ihn mit Schönheit umgab. Er wandte auch nach der Hemdhose den schlanken Kopf, ohne sich viel aufzuregen. Sie war ihm eine wohlbekannte Kameradin. Er kannte diese Dinger. In einer Zeit, da die Gesellschaft ihre Ruhmeskränze aus Rasseautos und Rassehunden und Hemdhosen flocht, war sie ihm eine sanfte Gespielin. Er ließ sich neben ihr nieder, ohne sich einzurollen, wie die Köter tun. Er schloß die Augen.

Ganz anders Struppy, der wenige Minuten später die gleiche Stelle im Garten Eden passierte. Der kam im scharfen Trab um die Ecke des Gemüsegartens, stoppte, zog die Luft ein, sah den Menschen auf dem Grasbuckel und begann sofort ein großes Gekläffe. Aber der Mensch rührte sich nicht. Der Köter hielt inne, zog die Witterung noch ein paarmal durch die Nase und beruhigte sich. Er hatte den Menschen erkannt. Den malerischen Fleck neben der Hemdhose streifte er nur mit einem nichtssagenden Blick. Er hatte anderes zu tun. Er warf sich mit voller Kraft über ein Mauseloch und scharrte los. Da drunten war es, da steckte es, da lag es verborgen, das große Köterglück. Das ganze Fieber einer unerlösten Seele lag in diesem Scharren. Struppy drehte sich im Kreise um das aufgescharrte Loch, sprang zurück und wieder vor, stieß mit der Schnauze nach, schüttelte die Erde wieder von der Schnauze und witterte. Aber es war klar, daß hier nichts mehr zu wittern war, die Mäuse der ganzen Gegend waren längst durch ihre geheimen Notausgänge geflohen. Und nun gerade! Mit den Pfoten, mit der Schnauze, mit der Brust, mit letzter Inbrunst mußte es aus der Erde gescharrt werden, das große X, was in seiner Rechnung nicht stimmte, was ihm fehlte, was der Weltgeist zurückbehalten hatte, als er ihn schuf.

Der Mensch auf dem Grasbuckel breitete seine Purpurdekke wieder aus und ließ sich trotz der Abendkühle wieder nieder. Der Kampf des Straßenköters mit dem Nichts war plötzlich interessanter als das Zwiegespräch mit Herrn Erfolg und interessanter als der ganze Garten Eden. Der Köter war ein Neptunier, kein Zweifel. Mit welcher Ruhelosigkeit brach der Rebell im Garten Eden ein! Der machte keine Konzessionen an Europa. Was mochte sich der zivilisierte Arno neben der Hemdhose denken? Was sollte dieses ewige Scharren nach dem Unbekannten?

Aber der Köter fühlte plötzlich, daß er von irgendeinem Stern her erkannt war. Er schnupperte in die Luft und schien sich ein wenig zu schämen. Dann tat er, was ein guter Europäer ohne großes Scharren tut, wenn ihm das große Unbekannte unterläuft: er hob das Bein über der Stelle seiner Niederlage. Dann wandte er sich neuen Dingen zu.

Jetzt wäre es eine Lust, ging es dem Menschen auf dem Grasbuckel durch den Sinn, den überzüchteten Europäer ein wenig anzufallen, wie? Aber Arno bot keinen Angriffspunkt, er döste vor sich hin und nahm nicht die geringste Notiz von des Bastards Tun und Lassen. Der Köter fühlte, daß dort kein Kampffeld war. Er blinzelte kurz nach Europa und wandte voll Enttäuschung über so viel Vornehmheit den Blick der Landschaft zu.

Es war eine weite Landschaft, das schien ihm plötzlich aufzugehen. Er heulte los, ins Weite, der untergehenden Sonne zu, ganz ohne Sinn. Es war das traurige Steppenheulen seiner Ahnen, das auch der Mensch auf dem Grasbuckel kannte: Woher, wohin, wozu?

Nach einigen Minuten vollgeheulter Ewigkeit rief der Mensch: "Sei stille, Köter!" Und augenblicklich brach das Heulen ab. Die Menschenstimme rief den Köter in die Wirklichkeit zurück. Es war ja gar kein Grund zum Heulen, der Gott war nicht wie auf der Steppe seiner Ahnen unsichtbar, dort auf dem Grasbuckel stand der Hundegott, der Mensch, es war ein lustiges Leben.

Es war ein lustiges Leben. Da war zum Beispiel die feine Hemdhose neben dem feinen Hund. Der Köter trabte näher und zerrte das Wäschestück ein paar Schritte auf die Seite. Er ließ sich behaglich nieder und knabberte daran.

Aber es war ein fader Geschmack, das schien sich schon sehr bald herauszustellen. Es war ein fader Geschmack, gut für Kapitalisten, nichts für Proleten. Struppy ließ es sein und hob das Bein über dem Wäschestück.

Und hier geschah es.

Schon als der Bastard die Hemdhose seitwärts zerrte, hob Arno das schmale Haupt. Was tat der Köter mit dem eleganten Stück? Als dann das Knabbern anfing, kam aus der preisgekrönten Europäerkehle ein kleines Knurren. Oder war es ein kleines Schluchzen? Der Prolet war zu beschäftigt, um darauf zu achten. Doch als er das Beinchen hob über der Fahne der Zeit, über der Fahne der Zeit, über der Fahne der Zeit, war es Arno zu viel. Arno sprang hoch und knurrte laut und deutlich. Jetzt hatte der Köter gehört.

Was war das? Den Gruß an die Hemdhose konnte man nach weltalter Hundesitte auf zweierlei Weise auffassen: als ein symbolisches Pfui an die ferne Besitzerin oder als eine symbolische Liebeserklärung an die ferne Besitzerin. Und dann gab es nach weltalter Hundesitte zwei Konsequenzen: entweder ignorieren oder in Brüderschaft das gleiche tun. Aber Knurren? Wie? Was? Knurren? Der Köter sprang mit einem Satz zu Arno: Bitte sehr, hier bin ich. Arno zog den Schwanz ein und wandte sich, er ließ es sein, obwohl er größer und stärker und jünger war als der Bastard. Wozu auch? Nigger ist Nigger, Bastard ist Bastard, Prolet ist Prolet.

Da aber war es schon zu spät. Wer einmal knurrt, muß alle Konsequenzen tragen. "Jawohl, jawohl, jawohl!" rief eine heisere alte Menschenstimme von dem Grasbuckel herab. Und der Köter verstand seinen Gott. Er stürzte sich auf seinen Feind und biß drauflos. In wenigen Minuten waren sie verbissen, der Friede in dem Garten Eden war dahin. Wer trug die Schuld, der Europäer, der Bastard, der Mensch?

"Komm mit, Bastard", rief Doktor Abba, als Arno längst geflohen war und Struppy seine Wunden leckte. Struppy fühlte das Wohlwollen seines Gottes und trabte hinter Doktor Abba her ins Haus. Er bekam aus der Küche einen fleischbekränzten Knochen zugeworfen. Doktor Abba ging in sein Zimmer und warf sich voller Scham auf sein Bett: Unrast, Rebellion, Fehde, der Krach mit dem Weltgeist.

2

Der Knabenchor

Quaß hatte die Absicht, hundert Jahre alt zu werden. Nicht hundert Rebellenjahre oder Kriegsjahre, die doppelt zählen. Auch nicht hundert Venusjahre, die gezählt sind nach dem alten Zauberwort und Schwindelwort der Venus: Eine Sekunde der Seligkeit gleicht der Ewigkeit. Auch nicht hundert nichtssagende Merkurjahre, wie sie in den Büros und Kaffeehäusern der Großstadt abgesessen werden. Sondern hundert richtiggehende und würzige Jupiterjahre, wie sie im Bauernkalender stehen: Frühling, Sommer, Herbst und Winter.

Es gibt ja viele Leute, die hundert Jahre alt werden wollen. Es war immer so, und es ist besonders verständlich, wenn die Menschheit nach Abbas Astrologie im Wartesaal des Uranus hockt und dem neuen zweitausendjährigen Reich entgegenspäht. Manche probieren es mit dem Punktroller und mit zehn tiefen Rumpfbeugen vor dem ersten Frühstück. Andere rauchen nicht, trinken nicht, vermeiden Kaffee und Tee, essen vegetarisch und tragen Idealunterwäsche. Dann gibt es die Gesundbeter, die Tablettenfresser, die Stuhlgangfanatiker. Dann gibt es die In-Watte-Verpackten, die Sklaven des Wetterberichts, die Kalorienpriester und die Vitaminheiligen. Dann gibt es die brustbeingebräunten Westen-Aufreißer und Blusen-Aufreißerinnen. Und sehr viele schwören auf die Formel: "Geld = Gesundheit" und wollen ihre Hunderjährigkeit mit Geld kaufen und sich auf kapitalistische Weise in Abbas neues zweitausendjähriges Reich hinüberschmuggeln.

Aber die meisten Anwärter der hundert Jahre vergessen bei ihren Systemen, daß der Weltgeist unbestechlich ist und sich nicht durch kleine Tricks übers Weltohr hauen läßt. Wohl geht der Völler ein und blüht der Wanderer auf, wohl ist ein rosa Bankkonto hygienischer als ein blasser Arbeitslosenschein:

aber vor dem Weltgeist, der uns zeugt und nährt, sind alle diese Systeme der Hundertjährigkeit doch nichts weiter als kleine Tricks, so lange sie sich nur in den Bahnen der kleinen Vernunft abzappeln. Denn der Weltgeist bestrahlt die Seinen mit den Strahlen der großen Vernunft, die kleine Vernunft des Alltags ist nur seine Pinzette, nicht seine Hand.

Quaß besaß sein eigenes System, hundert Jahre alt zu werden. Es war das, was Fräulein Otterloo "den moralischen Knacks aus Mitteleuropa" nannte. Aber das war eine echt weibliche Verkennung dieses Systems der Hundertjährigkeit. Das "Quaßsche Innere-Stimme-System für Hundertjährigkeit" hatte nichts mit Moral zu tun.

Das Quaßsche Innere-Stimme-System für Hundertjährigkeit beruhte auf dem absoluten Gehorsam der inneren Stimme gegenüber und auf dem absoluten Willen, sein eigenes Wesen zu leben. Es war von allen Systemen der Hundertjährigkeit das älteste und neueste, das kindlichste und kühnste System. Es gewährte vor allen anderen Systemen der Hundertjährigkeit den gewaltigen Vorteil, in einem Schwung dem Körper und der Seele dienstbar zu sein. Denn die innere Stimme, wenn man ihr stetes Flüstern gut belauschte, sprach im gleichen Abc mit Körper und Seele, warnte im gleichen Abc vor Fettansatz und Seelenschwund, vor Nikotinvergiftung und Gewissenskrebs.

Der zweite Vorteil des Quaßschen Innere-Stimme-Systems für Hundertjährigkeit waren die geringen Anschaffungskosten. Dieses System kostete außer dem festen Vertrauen in die innere Stimme gar nichts. Stimmte die innere Stimme gegen Zigaretten, dann warf Quaß die Zigaretten weg und ertrug gern seine zwei harten Erziehungswochen. Stimmte die innere Stimme gegen die landläufige Moral, dann ließ er sich gern von Frau Sedde einen Nihilisten heißen. Stimmte die innere Stimme zufällig mit der landläufigen Moral zusammen, dann ließ er sich gerne von Fräulein Otterloo einen mitteleuropäischen Spießer schimpfen.

Nur einen Haken hatte dieses unfehlbare System für Hundertjährigkeit: es war ein ganz und gar männliches System und wurde von den Weibern nicht begriffen. Das war es, was Quaß in jenen Monaten aufgegangen war.

Fräulein Otterloo liebte das "Quaßsche Innere-Stimme-System für Hundertjährigkeit". Sie hatte ihrem Geliebten zu Weihnachten einen Ring geschenkt, dessen Innenseite die Devise seines Systems trug: "Jeunes frères, gardez le feu!" Und dennoch begriff sie dieses System nicht ganz. Sie war ein Weib, sie besaß zauberhafte innere Klänge und Zwischenklänge, aber keine deutlich artikulierte innere Stimme.

Denn auch das schönste Geigensolo, das der Weltgeist auf seinen Weibern spielt, hat nichts mit dem Abc der inneren Stimme zu tun. Der Weltgeist benötigt zu seinem Konzert einen Knabenchor und ein Streichorchester. Die Knaben singen in den Äther, die Mädchen streichen ihre Instrumente, so ist es eingeteilt, so entsteht das Paar. Und daran ändert auch das beste Instrumentalsolo der Mädchen nichts. Und daran ändert auch nichts die momentane Heiserkeit des gesamten Knabenchors.

Diese Kluft zwischen Instrumentalmusik und Vokalmusik, zwischen Klang und Abc, diese notwendige Kluft innerhalb des Paares bedingt zuweilen Fehde zwischen Weib und Mann. So kam es auch an jenem Aprilabend, da Abba voller Scham aus dem Garten Eden floh und da Fehde und Rebellion offenbar in der Luft lagen.

"Du bist das dümmste Geschöpf der Welt", sagte Quaß, während er in Fräulein Otterloos Zimmer auf und ab spazierte. Es waren die gleichen Worte, die seinerzeit Tristan zu Isolde gesagt hatte, als sie eine Zeitlang im Forst des Morois dem Liebesspiel gehuldigt hatten. Und Fräulein Otterloo antwortete wörtlich mit Isoldes Worten: "Noch lange nicht so blöde wie du!" Sie saß auf ihrem schwarzen Lederdiwan und manikürte sich. Je heftiger Tristan schimpfte, um so heftiger polierte Isolde ihre Nägel.

"Ich gehe jetzt zu Abba und spreche ein offenes Wort mit ihm", sagte Quaß. "Ich mache dieses Wischiwaschi nicht mehr mit. Ich bin kein Hotelier, ich bin Arzt."

"Ein Idiot bist du."

"Sämtliche Patienten, denen nichts fehlt, fliegen raus! Die Hysteriker, die sich von Abbas Planeten bestrahlen lassen wollen, scheiden für meine persönliche Behandlung aus! Wer sich von mir den Blinddarm herausschneiden lassen will, bitte sehr, her damit, aber ohne Klimbim!"

"Sehr einfach", sagte Fräulein Otterloo.

"Weißt du, was das Schlimmste an diesem Betrieb ist?" fragte er und blieb vor ihr stehen.

"Daß man so viele Worte darüber verliert", sagte sie, ohne aufzublicken.

"Daß Abbas ganze Kunst dabei in die Brüche geht."

"Sieh mal an! Aus Sorge für Abba willst du den Betrieb auf den Kopf stellen?"

"Das ist einer von vielen Gründen! Und nicht der letzte! Ich bin kein Weib, ich habe ein Gewissen, ich habe auch einem Neger gegenüber ein Gewissen. In den ersten Monaten hat er verblüffende Dinge aufgestellt. Denk an die Paralyse des Herrn Benedek, an die Krebsdiagnose bei Frau Jacoby, an die Heilung des epileptischen Fräulein Schmitz-Correnti! In vierzig Fällen habe ich festgestellt, daß der Blutdruck während eines Mars-Transits wirklich gestiegen ist! In über hundert Fällen war bei bestimmten Planetenstellungen eine nervöse Überempfindlichkeit ärztlich nachweisbar. Seine Theorie von dem Einfluß der einzelnen Mondphasen auf die Heilkraft wird jetzt schon von den blödesten Schulmedizinern anerkannt. Ich hätte mich niemals auf diese ganze Sache eingelassen, wenn ich von Anfang an so ungläubig gewesen wäre wie du."

"Das ist es ja! Es war eine große Dummheit, daß du von Anfang an die Dinge durcheinandergebracht hast. Ich habe dir von Anfang an den richtigen Tip gegeben: Hie Wissenschaft – Hie Geldverdienen, saubere Scheidung. Ich mache mir nichts vor."

"Ich pfeife auf dein Patent von dieser sauberen Scheidung", sagte der Bauer aus Tirol grob. "Das ist Weibergeschwätz. Ich mache mir auch nichts vor. Im Anfang hat Abba fabelhaft gearbeitet. Er ist ein Mensch, mit dem zusammen man die ganze Schulmedizin über den Haufen werfen kann, wenn man hundert Jahre Zeit hat."

"Du hast keine hundert Jahre Zeit."

"Aber sechzig bis siebzig Jahre habe ich noch Zeit", sagte der Besitzer des wahren Systems für Hundertjährigkeit. "Ich finde es schamlos, schon nach einem halben Jahr die Waffen zu strecken, wenn man gerade anfängt, an eine Sache zu glauben."

"Hör mal, Sebastian", sagte Fräulein Otterloo und stand auf und trat zu ihm, "wollen wir nicht von anderen Dingen sprechen? Dieser ewige Krakeel macht mich furchtbar müde."

Er sah sie einen Augenblick erstaunt an. Er war nicht gewohnt, daß sie ihn beim Vornamen nannte. Er war nicht gewohnt, daß sie mit weichen Tönen kam, wenn er schimpfte. Sie war ein eigensinniges Ding und wehrte alle seine Angriffe mit Verstocktheit ab.

"Wir wollen von anderen Dingen sprechen", sagte sie leise, "von ganz anderen Dingen, von ganz bestimmten anderen Dingen."

"Bitte", sagte er höflich. "Wovon?"

Aber sie wandte sich und setzte sich wieder auf den Lederdiwan und sagte nichts.

Was waren das für andere Dinge? War sie schwanger? ging es ihm einen Augenblick lang durch den Sinn. Was sollte diese völlig ungewohnte Sentimentalität mitten im Streit? Aber als sie stumm blieb und wieder ihre Nägelpolitur begann, geriet er erst recht in Zorn: "Es gibt keine andern Dinge zu besprechen! Auf deine Weise hätte ich mich niemals mit Abba eingelassen, das weißt du. Wenn ich nicht in seiner medizinisch-astrologischen Kunst jenen Funken Wahrheit entdeckt hätte, der zu jedem anständigen Betrieb gehört, wäre ich längst weiß der Teufel wo. Ganz gewiß war Abba am Anfang unserer Zusammenarbeit ein anderer Kerl. Er hat offen gesagt, was er aus den einzelnen Stellungen herausgewittert hat. Jetzt fälscht er die Horoskope, wie es ihm paßt. Jetzt gibt er sich nicht die geringste Mühe mehr, seinen Instinkt spielen zu lassen. Jetzt spricht er den Patienten nach dem Mund und macht es mit Liebenswürdigkeiten und Schmeichelei und Sensatiönchen. Und wir zwei tragen das Veronal hinterher."

"Die Leute wollen es nicht anders, Herr Doktor Quaß", sagte sie.

Das klang wieder verstockt, jetzt war es wieder eine Lust, zu streiten. "Ich habe nicht die Absicht, den Hausdiener in einem ganz gemeinen Luxussanatorium zu mimen! Entweder – oder! Entweder wir betreiben hier medizinische Astrologie, auch wenn erst in hundert Jahren etwas Positives dabei herauskommt! Dann aber feste, ohne Rücksicht, kein Blatt vor den Mund, wenn Herr Oskar Endriat nichts weiter hat als eine beginnende arteriosklerotische Verblödung! Oder reinliche Scheidung: Abba gibt den Leuten prima astrologische Börsentips, und wir schneiden die Furunkel auf und basta! Nur kein Wischiwaschi!"

"Aber das Geld für dieses Wischiwaschi willst du gerne einstecken?"

Aha! Das Geld. Das war sein Stichwort. Das Geld war eine Erfindung der Weiber. Die Geldfrage und die Frauenfrage waren eins. Marx und Lenin waren Riesendummköpfe, als sie die kapitalistische Welt auf zahlenmäßige Weise erlösen wollten. Sie hätten bei den Weibern anfangen müssen. Für wen wurde denn alle Macht der Welt und alles Geld der Welt zusammengescharrt? Für wen wurden denn alle neuen Bedürfnisse der Zivilisation erfunden und ausposaunt und unentbehrlich gemacht? Bitte sehr: er nahm eine dicke bunte Zeitschrift vom Tisch und blätterte sie an Fräulein Otterloos Nase vorüber: außer einem Alten-Herren-Schnaps und außer einem neuen Mittel gegen Impotenz galt die ganze Reklame nur den Bedürfnissen der Damen.

Fräulein Otterloo polierte ihre Nägel und ließ die Busenhalter, Cremes, Entfettungspillen, Kabrioletts, Parfums und Seidenstrümpfe an ihrer Nase vorbeimarschieren, ohne aufzublicken. Sie kannte dieses Lied auswendig. Jetzt kam gleich der Beweis, daß die erdrückende Konkurrenz der Weiber nicht nur die Männer lächerlich machte, sondern auch den Frauen das kostbarste Gut aus dem Leben stahl, die Liebe. Aber einen Ausweg aus dieser Hölle des Frauenstaates wußte auch der Sohn des Jupiter nicht. Keinen Ausweg, den die Venus in den Fischen hätte anerkennen können.

Dann trat sie ans Fenster und sah in den Garten und überließ den Mann seinem Wehgeschrei um das verlorene Paradies der Männer. Seine Worte klangen nur noch wie das ferne Geplätscher eines Tiroler Gebirgsbachs an ihr Ohr ... Dort ging Doktor Abba. Er starrte böse vor sich hin und stapfte, als käme er von einer langen Wanderung. Struppy ging neben ihm und winselte ergeben zu ihm empor ... In allen Bäumen der Königin Luise sangen die Vögel. Ihr Tagwerk war vorbei. Was hatten sie geschafft den ganzen Tag? Das Nest für ihre Brut gebaut. Die Brut, die Brut, die Brut ... Konnte der Bauer aus Tirol nicht ahnen, was los war? Daß sie höchstwahrscheinlich guter Hoffnung war? Daß sie jetzt erst recht ihrer Idee treu bleiben mußte?

Fräulein Otterloos Idee war die plumpe Idee der Menschheit: Geld. Auf großen Umwegen war die keusche Venus in den Fischen glücklich bei dem Ideal eines Straßenräubers angelangt. Es gab kein Zurück mehr aus diesem Frauenstaat, man mußte durch, da war keine große Wahl mehr an Idealen.

Da gab es das "Heirate-einen-reichen-Mann-Ideal". Aber sie war noch keinem reichen Mann begegnet, den sie hätte achten können. War der Reichtum ererbt, dann fehlte das Salz des Lebens, der Mut der Abenteurer und Landstreicher. War der Reichtum erworben, dann wurden heutzutage alle Kräfte vom Erwerb ausgelaugt, dahin, dahin. Dann gab es das "Raum-ist-in-der-kleinsten-Hütte-Ideal". Aber sie hatte ein Jahr lang Mittelstandspraxis ausgeübt und wußte, daß dieses Ideal längst als romantischer Bluff entlarvt war. Nicht einmal eine Dreizimmerwohnung mit Wasserspülung und Balkon bot heutzutage noch genügend Raum für ein zärtlich liebend Paar, wenn es nicht die Stufen des Alltags heruntersacken oder einer baldigen Ehescheidung entgegentreiben wollte. Und da sie kein Gold in der Kehle hatte und zum Krankenschwesterideal nicht taugte, blieb nur noch das "Ameisen-Ideal": lebenslängliche Lohnempfängerin, hin und her wimmeln im sinnlosen Ameisenstock dieses Frauenstaates, krankenversichert und steuermarkenverklebt, verkümmert und geschlechtlos.

Nein, sie mußte schon ihrem Plane treubleiben: erstmal Geld zusammenkratzen, dann erst kam das Quaßsche Innere-Stimme-System. Dann erst kam das Brut-Ideal der lieben Frau Sedde. Oder Abbas neues zweitausendjähriges Reich! Dann erst kam alles andere! Gerade jetzt hieß es, nicht umzufallen! Kühl ist die Venus in den Fischen, auch wenn sie brütet! Kühl ist die Venus in den Fischen, wenn es die Epoche so will!

Sie hatte nicht gehört, was Quaß in den letzten Minuten gesagt hatte. Es war auch gar nicht wissenswert. Sein Ton war grob, das hörte sie, und das genügte. Sie dachte nicht mehr daran, zu ihm zu treten, den Arm um ihn zu schlingen, ihm etwas ins Ohr zu flüstern; mit der Großaufnahme "Ein süßes Geheimnis" war es heute nichts mehr. "Mein lieber Herr", sagte sie, "wenn der Betrieb umgestellt werden soll, kann das nur in gemeinsamer Beratung mit Doktor Abba festgelegt werden. Wenn Sie die Ansicht vertreten, Herr Kollege, daß wir uns nicht mehr das bißchen Sensation und Schwindel und Wischiwaschi erlauben können, das zu jedem anständigen Betrieb gehört wie die Faust in die Tasche – wenn Sie unserem Betrieb die Faust ins Auge drücken wollen Herr Kollege – wenn Sie die Absicht hegen, hier ein Armenspital aufzutun oder eine Probieranstalt mit konstitutionell-medizinisch-astrologischmagischen Versuchen auf hundert Jahre Sicht – ja dann, mein lieber Herr Kollege, muß es in gemeinsamer Beratung der Gesamtleitung geschehen. Sie werden Ihre mitteleuropäische Pipsstimme abgeben, und Doktor Abba wird seinen afrikanischen Tenor abgeben, und ich werde meinen hübschen Alt dazuwerfen. Und auf wessen Seite dann Vater Abba stehen wird, werden wir ja sehen."

"Werden wir ja sehen", sagte Quaß.

"Werden wir ja sehen", äffte Fräulein Otterloo. Sie war ihrer Sache sicher. Sie hatte Abba in der Hand. Fünfundzwanzigtausend Mark für sie und fünfundzwanzigtausend Mark für den Geliebten, das war der Plan. Wenn diese Summe zusammengekratzt war, konnte er wiederkommen. Dann ließ sich wieder über die Sache reden. Dann konnte man eine ehrliche Existenz zusammen gründen. Vielleicht auch eine Familie. Vorher waren alle Mittel des Money-makens erlaubt. Bis jetzt war knapp die halbe Summe verdient, die sie in kühler Kalkulation aufgeworfen hatte. Später würde er ihr dankbar sein ... Zu Abba? Heute abend noch? Nein, sie war müde. Er konnte ja allein gehen und Vorbesprechung halten. Sie war ihrer Sache sicher. Sie wußte ganz genau, auf welcher Seite Abba stand. Sie wußte ganz genau, was Abba sagen würde. Gute Nacht? Das war alles? Gute Nacht, Bauer aus Tirol ...

Aber sie täuschte sich: sie konnte unmöglich wissen, was Quaß und Abba an diesem Abend besprachen. Kein Weib dieser runden Erde weiß, wie Männer sprechen, wenn sie unter sich sind. Es ist eine schreckliche Täuschung der Frauen des Frauenstaates, wenn sie auch nur die kleinste Ahnung von einem richtigen Männergespräch zu besitzen glauben. "So, jetzt wollen wir ohne Instrumente Musik machen": das sagen die Bauernburschen, wenn die Mädchen fort sind – das sagte Tristan, als er allein im Forst des Morois jagen durfte – das sagen auch die Sklaven des Frauenstaates, wenn sie unter sich sind. Die Herrinnen werden es nie verstehen.

Nicht das ist es, daß dann die dicken Zoten aufmarschieren. Das tun ja heute nur noch Gymnasiasten und Literaten. Auch die geschäftlichen und geistigen Dinge des Lebens sind den Frauen längst erschlossen. Da gibt es keine Geheimnisse zwischen den Geschlechtern mehr. Es ist auch nicht das Geflüster der Sklaven, das die Herrin nicht verstünde. Was der Herrin ewig verschlossen bleiben wird, ist das Gespräch ohne jede geschlechtliche Beziehung, die Musik ohne das Instrument des Leibes, das reine Abc des Knabenchors. Sie kann es belauschen, sie versteht es doch nicht. Man kann es ihr ohne Hochverrat verraten, sie versteht es nicht. Sie wird es nie verstehen.

Und was versuchen die Frauen nicht alles, um hinter dies Geheimnis zu kommen! Sie wissen ganz genau, daß der pure Gesang ohne ein Instrument die reinste Musik des Weltgeists ist. Sie wissen, daß ihre leiblichen Instrumente schön sind, schön und lieblich anzusehen, schön und lieblich zu betasten, aber lästig, lästig, lästig. Also versuchen sie die Instrumente loszuwerden ... Hihihi, kichern da die Sklaven des Frauenstaates. Sie kratzen an ihren Instrumenten weg, was wegzukratzen ist: die Haare, die Röcke, das Hüftenfett ... Hihihi, kichern da die Sklaven des Frauenstaates. Sie reißen alle Saiten ab: die E-Saite, das ist die hohe Scheu, und die A-Saite, das ist das klingende Geheimnis, und die D-Saite, das ist die tiefe kindliche Ergebenheit, und die G-Saite, das ist das sonore Unterbewußtsein. Sie zerbrechen den Bogen, das ist die Familie ... Hihihi, kichern da die Sklaven des Frauenstaates. So ganz werden die Damen ihre Instrumente nicht loswerden. Sie werden es nicht schaffen. Keine Sorge. Wenn erst die Kontinente geeinigt sind und die Wirtschaftskämpfe ausgetobt, dann ziehen wir ihnen neue Saiten auf. Auf diesen Instrumenten können sie unseren Knabenchor nicht begleiten, wenn im Jahre 1960 das neue Reich mit Halleluja anklingen soll. Auf diesen Instrumenten können sie nicht singen und nicht spielen. Nur sorgt zuerst dafür, ihr blöden, kichernden Sklaven, daß auch die chronische Heiserkeit eures Knabenchors vergeht! –

Abba fühlte sofort, daß seine beiden Kinderchen gestritten hatten. Quaß traf ihn gerade in der rechten Stimmung an. "Ich verrecke hier", sagte Abba.

"Ich auch", sagte Quaß. Sie ließen sich Wein kommen und besprachen alles. Bis nach Mitternacht saßen sie zusammen. Nie noch waren sie sich so nah gewesen. Quaß verriet seine Geliebte, sein Land, Europa, alles! Doktor Abba verriet seine geheimen Ängste, seine geheime Scham, seine vielen Bluffs und Feigheiten, alles! Der Betrieb mußte umgestellt werden! Offenheit, Offenheit, Offenheit! Keine Kompromisse mehr! Die Sterne ließen sich nicht betrügen! Mit den kleinen Mittelchen eines Luxusbetriebs kam man nicht hinter die großen Geheimnisse der medizinischen Astrologie!

Nie mehr nach dem Geld blinzeln. Nie mehr den Patienten nach dem Mund reden. Wenn in einem Horoskop nichts zu lesen war, heraus mit dem Patienten, geh zu den Schulärzten, geh zum Teufel. Sagte die Witterung "Krebs", nur keine Angst vor der Wahrheit und vor dem Schock des guten alten Schiebers: Bauchaufschneiden und Kontrolle. Nur kein Wischiwaschi mehr. Nie mehr auf das Weibergeschwätz hören. Nie mehr die Angst des Paria vor der Geltung in Europa. Nur auf geradem Wege ließ sich dieser grüne Erdteil erobern. Wer immer strebend sich bemüht, den werden wir erlösen, jawohl, jawohl, jawohl. Und wenn zehn Jahre vergingen, bis die Schulmedizin den Einfluß der Planetenstellungen und der Fixsternstrahlen auf den Menschenkörper und die Menschenseele anerkannte. Nach den Höhlenmenschen kamen die Tempelmenschen, nach den Tempelmenschen kamen die Christenmenschen, nach den Christenmenschen kamen die Betonmenschen, nach den Betonmenschen kam das neue Reich des Uranus! Und gingen sie trotz letzter Offenheit bankrott, versagte Abbas Witterung und Quaß' Wissenschaft, leerte sich das Haus, leerte sich die Kasse, verarmten sie: dann war es auch gut. Dann warfen sie die Astrologie über Bord, wie sie die Schulmedizin und die Theologie und die höhere Mathematik über Bord geworfen hatten. Dann wandten sie sich neuen Zielen zu. Einunddreißig Jahre, Sebastian, was ist das für ein Alter für einen Anwärter der Hundertjährigkeit! Die weißen Haare, Vater Louis, was sagt das viel! Auf zweihundert Rebellenjahre kann es ein Sohn des Neptun bringen, wenn er nur seinen Trieben richtig folgt. Wenn man nur ehrlich vorging! Um alles in der Welt nicht noch einmal Bluff und Wischiwaschi! Das fraß am Lebensmark so stark wie kein anderes Gift in dieser vergifteten Epoche. Lieber am Straßenrand liegen bleiben, als diesen schwindelhaften Betrieb eines Luxussanatoriums weiterführen. Lieber verrecken, als das Ziel aus dem Auge verlieren! Seiner Witterung vertrauen, Vater Louis, und seiner inneren Stimme vertrauen, Sebastian! Seiner Kunst vertrauen, Vater Louis, und seinem Wissen vertrauen, Sebastian! Und zwar von morgen ab! Auch wenn es ringsum lange Gesichter gab! Nur auf diese Weise werden wir einmarschieren unter dem Triumphbogen der Sterne in das neue zweitausendjährige Reich!

Zum Schluß waren sie betrunken. Aber es war die große Trunkenheit, die nüchterne Trunkenheit. Abba klammerte sich an den bodenständigen, ehrenfesten, ewig nüchternen Bauer, Quaß klammerte sich an das ungehemmte, ursprüngliche, ewig trunkene Tier: das gab die große, gemeinsame, nüchterne Trunkenheit. Und als sie zu singen begannen, klangen die zarten und taktfesten Kinderlieder Europas sehr seltsam zwischen dem inbrünstigen Wogen des Urwalds. Aber die halbvergessenen Jodler des Wilden Kaisers ergaben schon fast eine neue Harmonie zusammen mit dem Lockruf: "Come to me, come again!"

3

Das feuerrote Fragezeichen

Mit einem schnalzenden Männerkuß auf die Stirn und mit einem großen, beschwörenden Händedruck hatten die beiden Schwärmer sich nach Mitternacht getrennt. Mit einem entsetzlichen Alpdruck wachte Abba am anderen Morgen auf. Was war? Was war geschehen? Was war gestorben? Was für ein Alpdruck lag da auf seiner Brust? Kam es vom vielen Wein? Lächerlich! Es war auch nicht ein schwerer Traum der Nacht, der noch auf seinem Herzen sitzengeblieben war. Er hatte abgrundtief und traumlos geschlafen, die ganze Nacht. Und seine Gespräche und Gesänge mit Sebastian? Die schönste Nacht seiner langen Wanderung, ganz gewiß, zu fröhlichem Erwachen angetan! Was war? Woher kam dieses Gespenst plötzlich über ihn?

Als Gidding ins Zimmer humpelte und das Glas mit Fruchtsalz ans Bett stellte, schloß Abba schnell die Augen und mimte Schlaf mit tiefen, ruhigen Atemzügen. Er konnte jetzt nicht guten Morgen sagen. Ein Todesengel hockte auf seiner Brust. Er fühlte eine Sekunde lang Giddings Blick auf sich ruhen, dann hörte er Gidding wieder aus dem Zimmer schleichen. Er war wieder allein. Er öffnete die Augen, ohne sich zu rühren. Was war? War irgendeine böse Sternstellung in diesen Tagen? Irgendein ungünstiger Transit? Irgendeine ungünstige Opposition zu seiner Geburtsstellung? Unsinn! Er hatte sein eigenes Himmelsbild im Kopf, er hatte die Sternstellung dieser Tage im Kopf, es war nichts, keine besonderen Konstellationen waren in diesen Tagen am Himmel, er brauchte gar nicht erst nach den astronomischen Tabellen zu greifen, die auf seinem Nachttisch lagen, neben den Zigaretten und dem Aschenbecher und dem Fruchtsalz und den welken kleinen europäischen Frühlingsveilchen, die Fräulein Otterloo vor einigen Tagen für ihn gefunden hatte. Zwar der Neptun, der langsam Wallende, vollendete in diesen Tagen den dritten Teil seiner Himmelsbahn seit Abbas Geburt im fernen Dixieland. War es das, ein Trigon zu seinem Geburtsneptun? Unsinn, Unsinn, Unsinn, zum Teufel die ganze Astrologie, das war ein anderes Gespenst, was auf ihm hockte.

Es war, wie wenn ein Toter daliegt, eingesargt ins Nichts, und hört, wie die Posaune des Lebens aus der Ferne klingt, und kann doch nicht erwachen und dem Rufe folgen. Schön ist der große Bruder des Schlafs, der Tod: doch eingesargt zu liegen und die Posaune des Lebens zu hören und doch nicht erwachen und folgen zu können, was war das? Das Fenster war offen, Gidding hatte es leise geöffnet, die Vögel schmetterten, es war ihre Fortissimostunde, irgendwo bellte Struppy ein Mausloch an, alle zwei Minuten krähten sich zwei ferne Hähne zu, ein Duft von Tau und Sorglosigkeit stieg aus dem jungen Garten empor und drang durchs Fenster, um sich zu mischen mit dem Duft von altem Mahagoni: und er lag wie ein Toter, eingesargt ins Nichts, er hörte die Posaune des Lebens rufen und wußte, daß er nicht erwachen und nicht folgen konnte.

Kannte nur er allein diesen entsetzlichen Alpdruck? Kam nur über ihn dieser entsetzliche Todesengel? Gab es auch andere Menschen, denen so geschah? Kannten vielleicht alle Mitmenschen diesen doppelten Tod, dieses bleierne Liegen und Gerufenwerden und Nichterwachenkönnen und Nichtfolgenkönnen? Geschah vielleicht allen so in irgendeiner Stunde ihres Lebens, den Bauern und den Städtern, den Bastarden und den Europäern?

Er erinnerte sich plötzlich eines längst vergessenen Kinderdings. Er hatte sich als winziger Knirps am Opossumbraten Dixielands überfressen und hatte Bauchweh bekommen. Bauchweh war seinem Bewußtsein etwas Neues gewesen. Er hatte stundenlang gegrübelt, ob es auf dieser großen Welt wohl auch noch andere Menschenwesen mit Bauchweh gab. Als er von seiner fetten, alten Kinderfrau erfuhr, daß sie auch am Opossum überfressen war und auch an Bauchweh litt, war es schon besser. Und als er dann erfuhr, daß alle Menschenkinder dieser Erde das Bauchweh kannten, war er ganz getröstet. Das Bauchweh ging vorüber, und das Grübeln ging vorüber.

Und so auch jetzt, gelobt sei Gott und alle seine Sterne. An irgendeinem Tage lagen alle Menschen da wie er, eingesargt, mitten im Leben eingesargt ins Nichts, und die Posaune des Lebens klang und konnte sie nicht wecken. Sie kannten es alle, ganz gewiß. Gelobt sei Gott und alle seine Sterne, es ging vorüber. Es ging vorüber durch das Bewußtsein der Gemeinsamkeit mit allen andern armen Menschenkindern Gottes. Alle zwei Minuten krähten sich zwei ferne Hähne zu, irgendwo bellte Struppy ein Mausloch an, ein wunderbarer Duft stieg aus dem grünen Gras und Laub empor, es war vorbei, er konnte auf die Klingel drücken, Gidding sollte kommen und das Frühstück bringen.

Er frühstückte im Bett. "Trink einen Schnaps, Gidding, weil April ist! Setz' dich zu mir ans Bett, Kind Gottes, erzähl' mir, was es Neues gibt in dieser Menschenwelt!" Aber Gidding wußte nichts Neues, Gidding wärmte immer wieder sein verkorkstes Leben auf. Auch gut. Irgend etwas! Irgend etwas, was zu dem unsterblichen Tee Chinas paßt, zu den kalifornischen Äpfeln, zu den frischen Semmeln aus dem Herzen Europas, zu Herrn Oskar Endriats nicht im Handel befindlicher Hauszigarette "Oskar Spezial". "Schäl' dir auch einen Apfel, alter Ikarus, oder friß ihn lieber mit der Schale, und erzähl' irgendwas, nur mit der alten blinden Dame aus Madrid laß mich in Frieden."

Natürlich kam Porto angefahren, Freund Porto aus dem Médrano, Gidding und seine letzte große Chance, Gidding am Scheidewege, Gidding der Idiot. "Ein Idiot bist du", hatte Porto gesagt, so oft er in Giddings Garderobe kam. Dann war Porto kraß geschminkt, das linke Auge riesig blau geprügelt, zehn große bunte Kringel um das Maul, ein feuerrotes Fragezeichen auf der grünen Glatze. Aber Gidding, der reine Artist, der Wahrheitsfanatiker des dreifachen Saltomortale, Gidding war ganz in Weiß, schneeweißes Trikot, schneeweißer Puder, fertig. "Mensch", sagte Porto, "siehst du denn nicht, daß du es mit deiner reinen Artistik heutzutage nur noch bis zur Garderobennummer bringst? Bei deiner exzentrischen Begabung?! Mit dem hundertfachen Saltomortale kannst du den Leuten heutzutage nicht mehr imponieren! Für einen kleinen schiefen Salto auf die Nase zahlen sie dir das Zehnfache wie für deinen großen Todessprung von Trapez zu Trapez. Sie wollen doch heutzutage sich selber sehen, Mensch, verstehst du denn gar nichts vom Leben? Sie fliegen ja dauernd selber auf die Nase, sie liegen ja dauernd selber im Dreck, was sollen sie denn mit deinem großen Heldensprung anfangen? Exzentrik, das ist die große Mode für die nächsten hundert Jahre! Für die nächsten hundert Jahre, hast du gehört?!" Aber Gidding war ein Idiot in Weiß. Gidding blieb in Weiß, Gidding malte sich nicht das feuerrote Fragezeichen auf die Glatze, Gidding marschierte in gerader Richtung seine große Route weiter. Porto war weise, und Gidding war ein Idiot.

Ganz gewiß war Gidding ein Idiot, ein vollendeter Idiot, alles andere hätte er erzählen sollen, nur diesen alten Brei hätte er nicht aufwärmen dürfen. Diese Geschichte von dem glücklichen Exzentrik und dem unglücklichen Wahrheitssucher war gerade dazu angetan, den Todesengel wieder über Abba heraufzubeschwören. Er hörte nur halb hin, er kannte den Clown Porto und seine drei Meter langen Hosen ganz genau, aber er wußte plötzlich, was das vorhin für ein Alpdruck gewesen war. Angst war es, Angst vor seiner neuen Aufgabe, vor der Wahrheit, vor dem Versprechen, das er in trunkner Schwärmerei Sebastian Quaß und sich selber abgegeben hatte, Angst, Angst, Angst.

Er wußte genau, wieviel Erfolg er seiner großen astrologischen Gabe zu verdanken hatte und wieviel Erfolg er seinem liebenswürdigen Bluff und seinen geschickten Schmeicheleien und allen seinen bunten Lügen zu verdanken hatte. Wohin trieb ihn jetzt seine Eitelkeit? Wohin trieb ihn Sebastian, dieser ahnungslose junge Europäer? Sebastian war durch ein paar besondere astrologische Kunststückchen für Abbas Genie gewonnen worden. Das waren ein paar Kunststückchen, die er zuweilen bei zähen Menschen übte. Eines Menschen Geburtsstunde, von der man keine Ahnung haben konnte, aus dem Wesen dieses Menschen zu erraten, das war eines dieser Kunststückchen der großen astrologischen Vernunft, was zuweilen gelang. Quaß war ein Jupitertyp, Quaß besaß auch Kräfte, die man seit Jahrtausenden dem Himmelsraum des Wassermann zuschrieb: was war einfacher, als in den astronomischen Tabellen nachzusehen, zu welchen Zeiten Jupiter im Wassermann gestanden hatte und zu welchen Stunden der Jupiter im Wassermann am Horizont aufgegangen war. Dann mußte man noch kombinieren mit Quaß' ungefährem Alter und mit irgendeinem andern starken Planeten, der sich in seinem Wesen offenbarte, und das Zauberkunststück war vollbracht. Viele solcher Tricks, die ihm kein lebender Astrologe nachmachte, beherrschte Abba, er konnte seiner großen Witterung ganz und gar vertrauen. Und dennoch wußte er, wieviel, wieviel, wieviel er seinem Bluff und seinen fröhlichen, bunten Lügen zu verdanken hatte. Nur wenige Menschen gab es, die die Wahrheit hören wollten. Fast alle Menschen pfiffen auf die große astrologische Kunst des Negers, wenn er nicht Sonne, Mond und die Planeten Pfötchen geben ließ und alle Tierkreiszeichen wohlgefällige Lieder pfeifen ließ, Widder, Stier, Zwillinge, Krebs, Löwe, Jungfrau, Waage, Skorpion, Schütze, Steinbock, Wassermann und Fische.

Aber Quaß hatte recht. Man mordete mit diesem ewigen Bluff sein eigenes Genie! Nur mit Wahrheitsfanatismus kam man hinter die Magie der Sterne! Nur mit purer Offenheit baute man diese weltalte und halbvergessene Kunst wieder auf. Nur auf geradem Wege ließ sich dieses grüne Land erobern und unter dem Triumphbogen der Sterne hindurch hinüberführen in das neue Reich.

Abba nahm eine Semmel und warf sie Gidding mitten ins Gesicht. "Mußt nicht hundertmal das gleiche Bouillon aufkochen!" Er sprang aus dem Bett und riß den Schlafanzug ab. Er trat ans Fenster und pumpte mit tiefen Zügen die Luft des April in seine herkulische alte schwarze weißbeflaumte Brust.

Gidding hob die Semmel auf, wischte sie am Ärmel ab und biß hinein. Es war eine frische Semmel. Er aß sie auf, während sein Herr am Fenster stand. Eine rote Blutwelle war über sein bleiches, ausgemergeltes Artistengesicht gezogen, als ihm die Semmel ins Gesicht flog. Aber es war schon vorbei. Es war nichts Besonderes. Er kannte diese Späße. Das machte sich bezahlt.

"Nimm dir zehn Mark aus meiner Brieftasche", sagte Abba, ohne sich zu wenden.

Aha! Gidding nahm die vollgestopfte Brieftasche aus Abbas Hose und kassierte seine zehn Mark ein. Er überlegte eine Sekunde, ob er nicht zwanzig Mark nehmen sollte, es war nicht zu kontrollieren. Aber er ließ es sein, ein unverbesserlicher Sohn der Wahrheit. Er steckte die Brieftasche wieder in Abbas Hose zurück und knüllte seinen Zehnmarkschein unter sein Taschentuch in die Hosentasche. Jetzt hatte er zweitausendsiebenhundertachtzig Mark erspart in einem halben Jahr.

Zweitausendsiebenhundertachtzig Mark, abgezwackt am Gehalt, an Trinkgeldern, an Extras. Zweitausendsiebenhundertachtzig Mark, der gute Neger, der gute Herr, – gelobt seien alle seine Launen, gelobt seine fröhliche Freigebigkeit und seine frischen Semmeln!

Abba wusch sich, pfiff sich eins, zog seinen wunderschönen, neuen, dunkelgrünen Sakko mit den messerscharf gebügelten Hosen an und schritt mit fröhlichem Gepfeife in sein Sprechzimmer. Es war höchste Zeit, drei Patienten waren heute vorgemerkt, Frau Babette Barbier saß schon seit fünf Minuten im Vorzimmer und wartete auf den Meister ihrer Sterne. Entrez, Madame, entrez, nehmen Sie Platz.

Frau Babette Barbier war die sechzigjährige Witwe eines reichen Hamburger Kaufmanns. Das Geschäft wurde von den erwachsenen Söhnen fortgeführt, so daß Frau Babette Barbier sorgenlos leben konnte. Sie war eine kluge alte Dame, eine pompöse Erscheinung, eine gefürchtete und geliebte Mutter und Großmutter, die Tante von vierunddreißig Neffen und Nichten. Sie war Verwandte von Beruf. Sie hatte täglich mindestens fünf Briefe zu beantworten; sie begann mit den Vorbereitungen für Weihnachten im Monat September, wenn die Trauben reiften, und sie hatte stets mindestens drei Nichten in guter Hoffnung.

Aber diese riesigen Familienverpflichtungen hinderten Frau Babette Barbier, geborene Ewald, nicht im geringsten, ihr eigenes Leben zu leben. Sie hatte sich eine körperliche und geistige Frische bewahrt, um welche die Sechzehnjährigen der neuen Generation sie beneiden konnten. Es kam vor, daß junge Männer von dreißig Jahren, des sinnlosen Flirts in der eigenen Generation müde, sich richtiggehend in diese alte Dame mit den ungefärbten weißen Haaren und den ungeschminkten roten Wangen verliebten.

Daß täglich die vorwurfsvollsten Briefe von ihren Söhnen und Neffen und Nichten einliefen, weil sie ihren April "in diesem unanständigen und unwürdigen Sensationsbetrieb" verbrachte, kümmerte Frau Babette Barbier nicht im geringsten. Die Jungen sollten in ihre eigenen Herzen gucken. Es war eine klippklare Sache, die sie hier betrieb: Sie hatte ihren Kinderglauben verloren und mußte sich jetzt gründlich mit allen möglichen Glaubensbekenntnissen der neuen Zeit befassen. Außerdem litt sie an einem ständig wachsenden Rheumatismus. Im vorigen Frühling war sie einen Monat lang in einem südlichen Sanatorium barfuß gelaufen, ohne die geringste Besserung ihres Rheumatismus und ihrer religiösen Skrupel zu verspüren. Im Herbst war sie ohne Erfolg hypnotisiert worden. Jetzt fühlte sie sich sehr wohl in Abbas Institut, begann an seine Sterne zu glauben, vertraute Doktor Quaß' Nervenpunktmassage und schrieb an ihre vierunddreißig Neffen und Nichten: "Kinder, laßt mal Eure alte Tante hübsch in Frieden, hier ist es wundervoll."

Sie besaß ein schönes, stilles, ausgeglichenes Horoskop, das war Tatsache. Abba hatte ihr geraten, nachdem er ihre Sternstellungen eingehend studiert und alle ihre körperlichen Schmerzen und seelischen Bedrängnisse erfahren hatte, doch wieder zu ihrem alten Kinderglauben zurückzukehren. Sie sollte den Kampf um eine neue Religion den Jungen überlassen. Sie sollte wieder daran glauben, daß ihr richtige Flügel wuchsen, wenn sie gestorben war. Das hielt er nach der ausgeglichenen Stellung ihrer Sterne für das beste. Ging es nicht mehr? Er hatte ihr selige Geschichten erzählt aus seiner Priesterzeit in Santa Maria in Dixieland, als er selber noch an die weißen Flügel geglaubt hatte. Sie sollte es wieder versuchen. Er selber konnte es nicht mehr, er war ein Sohn des Neptun, ein Rebell. Aber Frau Babette Barbier sollte es versuchen. Ging es denn gar nicht mehr? Der Rheumatismus kam nach seiner Ansicht in ihrem Falle vom Merkur, von den Nerven – nicht vom Blut und nicht von den Muskeln, wie die Schulärzte sie glauben machen wollten. Also Nervenpunktmassage durch Doktor Quaß, meine liebe gnädige Frau.

"Meine liebe gnädige Frau", sagte Abba, ohne aufzusehen, als sich Frau Barbier in dem tiefen Patientensessel niedergelassen hatte. "Ich wollte Ihnen heute eine lange Geschichte erzählen über den Stand Ihrer Venus. Man kann da einige böse Scheine herauslesen, die Venus ist Ihr einziger Stern, der ein wenig bedrängt ist. Man könnte Sie veranlassen, gnädige Frau, etwas mehr Gutes zu tun, auch außerhalb der Verwandtschaft, um auf diese Weise Ihrer Venus zu Hilfe zu kommen. Vielleicht hilft das gegen Ihre seelischen Anfechtungen und auch gegen den bösen Rheumatismus. Nach Doktor Quaß' Bericht von gestern geht es ja mit dem Rheumatismus besser –"

Er brach ab. Er starrte auf das Horoskop, auf Quaß' Krankheitsbericht, wieder auf das Horoskop, wieder auf den Krankheitsbericht, er starrte vor sich hin. Seine Patientin war bereits durch seine letzten Worte nachdenklich geworden. Jetzt hieß es Farbe bekennen. Sei ruhig, mein Sohn Sebastian, es kommt kein Wischiwaschi mehr.

"Ich will Ihnen etwas verraten, gnädige Frau", sagte er, ohne von der Schreibtischplatte aufzublicken. "Es ist anders. Es ist alles ganz anders. Ihre Sternstellungen sagen mir augenblicklich gar nichts, was Sie nicht selber wissen. Sie – ich – Sie sind die entzückendste Frau der Welt, was soll ich Ihnen viel Hokuspokus vormachen. Lassen Sie sich massieren, aber lassen Sie vorerst alle Ihre Sterne in Frieden, es ist alles in Ordnung, ich vermag aus Ihrem Horoskop nichts herauszulesen."

Jetzt war es heraus. Noch niemals hatte er einem Patienten seine Ohnmacht eingestanden. Noch niemals hatte er einen Menschen ohne Kampf aus seiner suggestiven Umarmung entlassen, sie waren ja alle so leicht zu halten und zu ketten. Selbstverständlich würde Frau Barbier nach diesem Geständnis möglichst bald abreisen und sich ihren Rheumatismus und ihre religiösen Skrupel von einem anderen Zaubermann der Medizin massieren lassen.

"Herr Doktor Abba", sagte Frau Barbier, "ich finde es reizend von Ihnen, daß Sie mir nichts vormachen wollen. Das stärkt mein Vertrauen in Ihre Heilkunst und in die ganze Astrologie, ich kann nicht sagen wie!"

Abba küßte der alten Dame die Hand und entließ sie. Fast wäre er ihr um den Hals gefallen. Quaß for ever! Innere-Stimme-System for ever! Wahrhaftig, es ging in Europa auch ohne Bluff! Herr Doktor Zacharias, darf ich bitten!

Doktor Zacharias war ein aufgeschossener Bengel von fünfundzwanzig Jahren, der einzige Sohn eines großen Kunsthändlers und der jüngste Insasse des Instituts. Er hatte soeben in der Klinik des Professors Anderheggen eine kleine Morphiumentziehungskur abgesessen, er war vom Morphium geheilt, er stand nur zur Nachkur in Doktor Abbas Behandlung. Professor Anderheggen hatte ihm bei seiner Entlassung geraten, vorerst noch nicht in das Kunstgeschäft des Papas zurückzukehren, sondern eine kleine Übergangszeit einzuschalten, die das süße Laster ganz und gar vergessen machen sollte. Diese Übergangszeit mußte mit einer strengen körperlichen oder geistigen Arbeit ausgefüllt werden, und Anderheggen hätte den Bengel am liebsten ein paar Monate lang in ein Kohlenbergwerk geschickt. Dagegen aber streikten Bengel und Papa. Also mußte irgendein neuer geistiger Halt für die Übergangszeit des Herrn Doktor Zacharias gesucht werden. Das war nicht leicht, da der junge Mann als Genie galt und bereits vier Glaubensbekenntnisse, zwölf Weltanschauungen, siebzehn Kunstrichtungen und sämtliche politischen und sozialen Gesinnungen beherrschte. Er hatte schon zwei Bücher geschrieben, die Aufsehen erregt hatten: ein Buch über alte Madonnenbilder, das durch seinen Hackepeterstil und durch seine saftigen Zoten großen Beifall fand, und ein Buch über den Kunsthandel der Zukunft, das sich mehr in Goethes Altersstil bewegte. Professor Anderheggen hatte ihn schließlich an Doktor Abba gewiesen, damit er an den Sternen sein Laster abstreife und einen neuen Halt fände.

Der Sohn des großen Kunsthändlers besaß das nichtssagendste Horoskop, das Abba je gesehen hatte. Er war gezeugt zwischen zwei Kunstrichtungen und war geboren zwischen zwei Damenmoden. Da sich in seinem Horoskop und in seinem Leben kein Kampf zwischen einzelnen Planetenströmungen abspielte, war es schwer, ihm eine Regel für die Züchtung dieser oder jener Eigenschaft aufzustellen. Er wurde daher seit drei Wochen mit Doktor Abbas "Selbst-ist-der-Mann-Methode" behandelt. Diese große Methode leitete den betreffenden Patienten zum selbständigen Horoskopieren an, machte einen eigenen Sterngucker und Sterndeuter aus ihm, gab ihm auf diese Weise Ablenkung und Beschäftigung und Halt und Selbstbewußtsein. Der junge Zacharias war bereits ein Meister dieser neuen Kunst. Er stellte seinen sämtlichen Bekannten das Horoskop. Er gab Aufträge prophetischer Natur an alle Maler, die in seinem Kunstsalon ausstellten. Er vergaß zu Professor Anderheggens Entzücken das Morphium in der kleinen silbernen Spritze und gab sich ganz dem Morphium des Nachthimmels hin. Außerdem wurde er von Fräulein Otterloo mit einer Arsenkur gegen Blutarmut versehen.

Gerade er gehörte zu den Patienten, die nach Quaß' Ansicht die Ehre des Instituts zerfraßen. Abba hatte geplant, ihn heute vor die Tür zu setzen. Er hielt ihm einen halbstündigen Abschiedsvortrag und sprach mit wollüstiger Offenheit. Er demonstrierte ihm seine komplette merkurische Minderwertigkeit und seine Unfähigkeit, selbständige Sterndeuterei zu betreiben. Doktor Zacharias saß im Patientensessel, zündete trotz des Rauchverbots eine Zigarette nach der andern an, hörte aufmerksam zu.

"Nun?" fragte Doktor Abba nach einer halben Stunde großer Wahrheit. Er hoffte, daß Doktor Zacharias jetzt für immer

Adios sagen würde. Er freute sich schon auf Quaß' Begeisterung: in dem freien Zimmer in der Molkerei der Königin Luise sollte ein Freiplatz für irgendeine arme kranke Frau eingerichtet werden.

"Sehr interessant", sagte Doktor Zacharias. "Was Sie über mich gesagt haben, Doktor Abba, das weiß ich längst. Aber interessant ist mir Ihr eigenes Befinden, Doktorchen. Sie haben ganz bestimmt irgendeine bedeutsame Neptunstellung oder Marsstellung in diesen Tagen. Irgendeine sehr interessante astrologische Strähne ist da im Anzug. Ich weiß nur noch nicht, ob es eine Pechsträhne oder eine Glückssträhne sein wird. Das rumort ja großartig in Ihnen. Bitte, sprechen Sie doch noch ein bisserl über meine Minderwertigkeit oder über sonstwas, ich möchte das gern noch ein wenig studieren."

"Gehen Sie zum Teufel, Herr", brüllte Doktor Abba.

Der Sohn des großen Kunsthändlers verabschiedete sich mit großer Herzlichkeit und mit großen Tiraden. Aber Abba sprach kein Wort mehr. Er war ans Fenster getreten und starrte in den Garten. Er fühlte eine grenzenlose Ohnmacht. Es ging nicht ohne jenes feuerrote Fragezeichen auf der Glatze. Er hörte nicht, daß Doktor Zacharias längst gegangen war und daß Herr Oskar Endriat eingetreten war, im Patientensessel saß und sich bereits ungeduldig räusperte.

Herr Oskar Endriat war ein hübscher, blonder Europäer von vierzig Jahren, Junggeselle, Sportsmann, Fabrikant der Zigarettenmarken "Walhalla", "Jordan", "Rheingold", "Lulu", "Hamlet", "Schlingel", "Pazific", "Diktator prima", "Bubi extra", "Oskar Spezial". Sein nächster Schlager sollte "Mars" heißen, weil der Mars nach Abbas Diagnose sein Stern war. Er war ein großer Frauenkenner, das zeigte sich deutlich an seiner ständigen Siegermiene und an der übertriebenen Schnittigkeit seiner Garderobe. Heute trug er einen hellen Homespun und Golfhosen, die für einen Sechstagerenner schnittig genug gewesen wären. Da er nicht gewohnt war, daß man ihn warten ließ, sagte er nach dem dritten Räuspern: "Herr Doktor Abba, ich bitte sehr!"

Abba trat schweigend an seinen Tisch und entnahm seiner geheimnisvollen dicken Ledermappe das Geburtshoroskop des Herrn Endriat, das Jahreshoroskop, das Monatshoroskop und den dazugehörigen Krankheitsbericht der ärztlichen Leitung. Er starrte auf diese Papiere, ohne an Herrn Endriat zu denken. Herr Endriat faßte sich in Geduld und wartete still auf die Neuigkeiten seines Himmels. Er machte ein Gesicht, wie man es beim Zahnarzt macht, wenn man beim Anrühren der Plombe den Mund allzu lange offen halten muß.

Es geht nicht ohne das feuerrote Fragezeichen auf der grünen Glatze, dachte Abba, es geht nicht, mein lieber Sohn Sebastian, mein Freund, mein Freund, mein Freund. Er warf einen kurzen Blick auf Herrn Endriat, der mit leeren Kalbsaugen auf ihn glotzte. Er sah schnell wieder auf seine Papiere, er hatte statt des hübschen blonden Europäerangesichts eine höhnische Fratze mit feuerrotem Fragezeichen gesehen ... Und doch, Sebastian, es geht, es muß gehn, hier ist ein Fall, an welchem unsere Kunst sich zeigen kann, paß auf, mein Freund Sebastian, es wird gehn ...

Er vertiefte sich mit voller Konzentration in Herrn Endriats Stellungen und las dreimal Quaß' ärztlichen Befund durch, ehe er begann. "Ihre sämtlichen Beschwerden sind nicht nervöser Natur, Herr Endriat", sagte er ernst.

"Oho!" sagte Herr Endriat. Er war wegen nervöser Herzbeschwerden und Magenbeschwerden schon bei vielen Autoritäten in Behandlung gewesen, sie hatten ihn alle auf Nervosität behandelt, seine Organe waren gesund.

"Nein", sagte Abba. "Wir haben hier einen Fall, an dem sich unser Glaube an die Sterne voll und ganz bewährt hat, einen sehr interessanten Fall."

"Hört, hört", sagte Herr Endriat. Aber Doktor Abbas Ernst bedrückte ihn doch ein wenig. Der Neger war sonst so lustig.

Viele Patienten hielten seine hinreißende Fröhlichkeit für die Hauptattraktion und für die Hauptmedizin dieses Luxusinstituts. Was hatte der Kerl heute?

"Die Sache ist so, Herr Endriat", sagte Abba. "Sie werden seit Jahren von den Fachärzten auf nervöse Leiden behandelt, also müßten sich irgendwelche feindliche Bestrahlungen des Merkur in Ihrem Horoskop finden lassen, denn der Merkur gilt seit fünf Jahrtausenden als der Stern der Nervenbahnen. Aber Ihr Merkur ist völlig in Ordnung, Herr Endriat, Ihr Merkur steht besonders gut. Sie haben ja auch stets in Ihren Geschäften eine glückliche Hand gehabt, nicht wahr?"

"Kann nicht klagen", sagte Herr Endriat.

"Sehr schlecht bestrahlt steht dagegen Ihr Mars, Herr Endriat, Ihr Aszendent, Ihr persönlicher Stern, Ihr Lebensstern. Das brachte mich auf den Gedanken, Ihre Leiden könnten vom Blute ausgehen, vom Mars, dem roten Herrscher des roten Blutes."

"Donnerwetter, ja", sagte Herr Endriat.

"Ohne ärztliche Kontrolle ist solche Einsicht natürlich eine vage Sache. Ich habe daher Doktor Quaß gebeten, meine astrologische Einsicht mit allen Mitteln seiner Schulmedizin zu kontrollieren."

"Doktor Quaß hat mich gründlich untersucht, jawohl", sagte Herr Endriat.

"Jawohl", sagte Abba, "und hat eine beginnende Verkalkung Ihrer sämtlichen Blutgefäße festgestellt."

"Oho", sagte Herr Endriat, "das sagen Sie so, als wäre es Marzipan?"

"Es ist eine großartige Bestätigung meiner Kunst", sagte Abba. "Ohne meinen Tip wären die Fachärzte nicht so bald dahinter gekommen. Ich bin sehr stolz auf diese Frühdiagnose."

"Ich pfeife auf Ihre Frühdiagnose, Herr!" sagte Herr Endriat. "Erst mal abwarten, ob es wirklich so ist." Er beschloß, in die Stadt zu fahren und einen tüchtigen Spezialisten zu Rate zu ziehen. Der Teufel sollte den Neger holen, wenn es wirklich so war.

Abba fühlte ganz genau die Wut seines Patienten. Aber das kümmerte ihn heute nicht im geringsten. Hier war wirklich ein Fall, auf den er stolz sein konnte. Quaß mußte diesen Fall in einer großen medizinischen Zeitschrift veröffentlichen. Quaß hatte wirklich auf Abbas astrologischen Tip hin eine beginnende Verkalkung festgestellt, von der sämtliche Beschwerden des Herrn Endriat ausgingen. Keine medizinische Autorität war darauf gekommen. Noch tausend solche einwandfreie Fälle, und die neue medizinische Magie marschierte. Noch zehntausend solche Fälle, und sie war da, ohne Wischiwaschi, ohne Bluff. "Pfeifen Sie nicht auf diese wunderbare Frühdiagnose, Herr Endriat", sagte Abba ruhig und voll Stolz, "Sie können ja unsere Diagnose von einem Spezialisten in der Stadt kontrollieren lassen. Haben Sie Achtung vor dieser Kunst. Ihre Heilung wird jetzt viel leichter sein als in fünf oder zehn Jahren, das sehen Sie wohl ein."

"Das sehe ich ein", sagte Herr Endriat. "Was schlagen Sie vor?"

"Was unser Hausarzt vorschlägt, können Sie sich denken", sagte Abba. "Kein Alkohol, keine Venus, kein Tabak, kein Kaffee, kein Fleisch."

"Gute Nacht", sagte Herr Endriat.

"Nicht so schlimm", sagte Abba. "Wir werden nur einen kleinen Teil der fachärztlichen Vorschriften einhalten. Wir werden, da die Diagnose einen Triumph der Astrologie darstellt, auch die schnelle Heilung zu einem Triumph der Astrologie gestalten."

"Legen Sie los!" sagte Herr Endriat.

Abba war begeistert von diesem Fall. Er vertiefte sich ganz in das Horoskop des Herrn Endriat. Er würde Quaß ein Meisterstück liefern, das war klar. Ein Meisterstück mit Kalbsaugen war Herr Oskar Endriat. Es war deutlich zu sehen, daß dieser Mann trotz allen Betriebs leer lief. Also warf sich die Kraft seines bösen Mars auf seinen Körper und ruinierte sein Blutsystem. "Ich weiß ein Mittel, das besser ist als alle Medizin", sagte er schließlich. "Ziehen Sie Ihren ältesten Anzug an, stecken Sie keinen Pfennig Geld in die Tasche, brechen Sie alle Brücken hinter sich ab, wandern Sie ein Vierteljahr lang als Tramp durch das Land, aber wirklich ohne einen Pfennig Geld in der Tasche, versuchen Sie es."

Herr Endriat lachte.

"Wirklich! Sie werden viel Mühe haben, sich durchzuschlagen. Sie werden für jedes Stück Bettelbrot mit dem Polizisten kämpfen müssen. Sie werden drei Monate lang keine Zeitung lesen. Sie werden naß werden, wenn es regnet, Sie werden schwitzen, wenn die Sonne scheint. Ihr einziges Hemd wird ein wenig stinken mit der Zeit. Aber in einem Vierteljahr sind Sie von Ihren sämtlichen Beschwerden geheilt, das schwöre ich Ihnen, wenn Sie wirklich sämtliche Rückzugsmöglichkeiten abschneiden."

Herr Endriat lachte.

"Wirklich! Kein Mensch der Welt kann Ihnen einen besseren Rat geben. Der Mars Ihres Lebens wird ums tägliche Brot schuften und Ihre Blutgefäße in Ruhe lassen, Sie werden wie neugeboren sein."

Herr Endriat lachte.

"Sie und Ihr Mars, Sie wissen nämlich nicht, was Leben ist", sagte Abba. Er war ehrlich begeistert von seinem Vorschlag, von seiner Diagnose, von seiner Heilkunst, von seiner ungewohnten Offenheit, von seinem Meisterstück mit Kalbsaugen. "Sie laufen völlig leer, Herr Endriat, seit Ihrer Geburt, das ist die Sache."

Herr Endriat lachte nicht mehr. Das mit dem Tramp war ja ein guter Witz, aber jetzt ging es zu weit.

"Völlig leer laufen Sie", sagte Abba, ohne die Wolke auf dem Angesicht seines Meisterstücks zu beobachten. "Sie haben Ihre Fabrik geerbt, Sie haben Ihr ganzes Wissen und alle Ihre Sitten geerbt, Sie haben in Ihrem ganzen Leben noch keinen eigenen Schritt getan und noch keinen eigenen Gedanken gehabt. So sind außer dem Merkur die Kräfte Ihrer sämtlichen übrigen Planeten ausgeschaltet, das ist zu wenig für Ihren kräftigen Mars, er weiß nicht, wohin mit seiner Lebensintensität, er stürzt sich auf Ihr Blut. Trampen Sie, das ist für diesen schrecklichen Leerlauf das beste."

"Ich verstehe nicht, was das heißen soll, Leerlauf, Doktor Abba", sagte Herr Endriat. Das klang scharf, und das sollte scharf klingen. Er war in dieses Luxussanatorium gekommen, um sich vierzehn Tage lang auszuruhen, weil es Mode war, weil diesem schwarzen Genie der Ruf eines geschickten und lustigen Seelenarztes vorausging und weil er von hier aus täglich mit seiner Fabrik telephonieren konnte. Was sollte denn das, Leerlauf? Er verstand nicht, was Abba damit sagen wollte, aber er fühlte, daß irgendeine Grobheit dahinter steckte. Gewiß stellte sich auch diese ganze Verkalkungsgeschichte und Marsgeschichte und Trampgeschichte als blödsinniger Schwindel heraus. Aber es war tatsächlich unter seiner Würde, sich von diesem Neger anöden zu lassen. Bei seiner ersten Sprechstunde in diesem Zimmer hatte er Tränen gelacht und wunderschöne nervenstärkende Dinge über seine Sterne und sein Innenleben gehört. Jetzt kam der Kerl plötzlich mit Frechheiten angefahren. "Darf ich bitten, mir das Wort Leerlauf zu erklären?" sagte Herr Endriat gereizt.

Abba sah von seinen Papieren auf und sah seinem Meisterstück in die zornigen Kalbsaugen. "Das verstehen Sie nicht?" fragte er sanft.

"Nein", sagte Herr Endriat und erhob sich schroff aus seinem Patientenstuhl. Würde, Würde, Würde, Prestige und Würde, das war jetzt das einzige.

"Leerlauf, nichts, nichts da, ganz hohl, ganz leer", sagte Abba. Offenbar langweilte er sich, lange Erklärungen über dieses

Wort abgeben zu müssen, denn er begann leise vor sich hin zu pfeifen, seinen dunkelgrünen Sakko auf- und zuzuknöpfen, seine Krawatte zu richten, schließlich nahm er seinen Briefbeschwerer, ein kleines, schwarzes Marmorstück, und spielte damit. Er warf den Marmor in die Luft, fing ihn wieder auf, warf ihn wieder in die Luft, fing ihn wieder auf.

"So", sagte Herr Endriat endlich. Man hörte jetzt deutlich, daß er nur noch an seine Würde dachte. "So ist das?"

"Ja, so ist das", sagte Abba ruhig. Auch er stand auf. Er fühlte plötzlich, daß er seine große Wahrheit in den Wind gesprochen hatte. Er fühlte auch, was in Herrn Endriat vorging. Er stellte sich neben ihn und sah ihm ins Gesicht. Er sah ein paar leere Kalbsaugen, die auf nichts anderes als auf ihre Würde und ihr Prestige bedacht waren. Dazwischen sah er ein feuerrotes Fragezeichen auf und nieder tanzen. Aber er beherrschte sich ganz, er lächelte Herrn Endriat freundlich zu, er spielte mit dem kleinen, schwarzen Marmorstück, er warf es von einer Hand in die andere Hand, er jonglierte meisterhaft, ohne hinzusehen, er sagte schließlich, um diese erfolglose Sprechstunde der Wahrheit abzubrechen, um diesen ersten und letzten Versuch mit der großen Vernunft zu beenden, um wieder Luft zu bekommen und ohne Alpdruck atmen zu können, er sagte schließlich mit seiner singenden, gutturalen Stimme in aller Ruhe: "Ich habe Ihnen meinen besten Rat gegeben, Herr Endriat. Verstehen Sie mich wirklich nicht? Verstehen Sie nicht, was Leerlauf ist, Herr Europäer?"

"Ich verstehe Sie ganz genau", sagte Herr Endriat. "Aber ich habe es gerade als Europäer nicht nötig, mir solche Dinge sagen zu lassen von einem stinkigen –"

"Von einem stinkigen?" fragte Abba ruhig. Er hielt jetzt mit seinem Blick die Kalbsaugen fest und ließ sie nicht mehr los.

"Nigger!" sagte Herr Endriat.

Im selben Augenblick krachte das Marmorstück auf seinen Kopf. Er sank ohne Laut zusammen.

4

Die vier Worte

Als Fräulein Otterloo ihre Morgenvisite hinter sich hatte, beschloß sie, Doktor Abba guten Morgen zu sagen. Sie ging oft um diese Zeit zu ihm, wenn nicht gerade "Sprechstunde für Auswärtige" angesetzt war. Es war noch Zeit bis zum Mittagessen. Quaß war noch auf seiner Station. Sie hatte ihn seit dem gestrigen Krach nicht mehr gesehen. Sie wollte noch vor dem Mittagessen wissen, ob der Bauer aus Tirol seine Drohung wahrgemacht hatte und wirklich zu Doktor Abba gelaufen war. Vielleicht war die astrologische Sprechstunde schon zu Ende, das Vorzimmer jedenfalls war leer, sie klopfte an Abbas Tür.

"Wer?" rief Abba.

"Ich!" rief Fräulein Otterloo.

"Eine Minute, meine kleine Nelly!" rief Abba.

"Laß dich nicht stören, Vater Louis, ich komme später!" rief Fräulein Otterloo. Sie war zu Frau Seddes Entsetzen per du mit dem Neger, sie und Quaß, seit Weihnachten: das war Abbas einziger Weihnachtswunsch gewesen, der auf dem großen Wunschzettel gestanden hatte, den ihn seine beiden Kinderchen zu Weihnachten ausfüllen ließen.

"Eine Minute!" rief Abba zurück.

Fräulein Otterloo trat an das Fenster des Vorzimmers und wartete. Sie war ein wenig erstaunt, daß sie warten mußte. Offenbar war Abba allein, denn man hörte kein Gespräch aus seinem Zimmer dringen. Man hörte ihn hin und her gehen und vor sich hinpfeifen. Zwischendurch schien er an alle Möbelstücke, die ihm in den Weg kamen, kleine Fußtritte auszuteilen. Anders war dieses Poltern nicht zu erklären. Ganz gewiß war er gerade in irgendwelche Gedanken versponnen, das hörte man deutlich an diesem Hin und Her und Gepfeife und Gepolter. Er wollte noch schnell seine Gedanken zu Ende führen, ehe er sie eintreten ließ. Sie bedauerte, ihn gestört zu haben, denn sie achtete trotz ihres skrupellosen Geldpatents seine astrologische Kunst, sie trat an die Tür und rief: "Nichts Wichtiges, Vater Louis, entschuldige die Störung, ich komme später."

Aber Abba rief: "Komm nur herein, meine kleine Nelly", und öffnete die Tür. Verwundert hörte sie, daß er den Riegel zurückschob, bevor er öffnete; die Tür war abgeriegelt gewesen. Sie trat ein.

Sie brach in Lachen aus, als sie mitten im Sprechzimmer stand und um sich sah. "Da habe ich aber richtiggehend gestört, mein lieber Herr", sagte sie und deutete auf Abbas breiten Diwan, der zwischen Schreibtisch und Bücherschrank an der fensterlosen Längsseite des Zimmers an der Wand stand. Die halbe Bibliothek war ausgeräumt und lag auf diesem Diwan: ein wirrer Bücherhaufen, darüber ausgebreitet große Sternkarten, der schwarze Zaubermantel, den Abba in der "Sprechstunde für Auswärtige" zu tragen pflegte, obendrauf Abbas dunkelgrüner Sakko (er selbst war in Hemdärmeln) und über dem Ganzen noch einige riesige Sternkarten wie eine Decke. "Das Schlachtfeld des Genies", sagte Fräulein Otterloo.

"Ja, ja", sagte Doktor Abba und lachte, "Schlachtfeld des Genies." Er nahm sie beim Arm und führte sie in die andere Ecke des Zimmers, zum Patientensessel, der zwischen den beiden Fenstern stand.

"Schwer gestört, was?" fragte Fräulein Otterloo, während er sie in den Sessel drückte.

"Über alle Maßen – ein klein wenig – gar nicht", sagte Abba, während er sich vor ihr auf den Boden hockte.

"Du wirst dich erkälten, Vater Louis, zieh deine Jacke an."

"O nein", sagte Abba, "ich habe mich ganz heiß gelaufen, ich muß ein wenig abkühlen, ich habe eine neue Entdeckung gemacht, eine neue Kraft in die Neptun, sehr interessant. Ich habe schon die ganze Literatur nachgesehen, nirgends was zu finden, daher kommt diese große Schokoladenladen auf meine Diwan, meine kleine süße Kind." Tatsächlich mußte er sehr eifrig beim Studium gewesen sein, er verwechselte zum erstenmal wieder Der-die-das.

"Mein kleinesss süßesss Kind", verbesserte Fräulein Otterloo.

"Mein kleinhäss süßhäss Kinderfrau", sprach Abba gehorsam nach.

"Natürlich wieder der Neptun", sagte Fräulein Otterloo. "Alter Egoist! Entdeck' mal endlich was Neues über die Venus! Höchste Zeit! Vom Neptun gibt es ganz gewiß nichts Neues, denn es wandelt ja eine fleischgewordene Idealgestalt vom Neptun unter uns."

Abba kreuzte die Arme über der Brust und verneigte sich mit Grandezza für dieses schöne Kompliment.

"Aber die Venus", sagte Fräulein Otterloo, "die Venus ist für unsere Epoche überhaupt noch nicht entdeckt. Ich glaube, sie ist überhaupt erloschen, ihr Astronomen und Astrologen wißt es nur nicht."

"Och", sagte Abba, "es wandelt ja auch eine kalbfleischgewordene Idealgestalt aus Venus unter uns."

Fräulein Otterloo kreuzte die Arme über der Brust und dankte mit Grandezza.

"Aber du hast recht, meine kleine Tochter", sagte Abba, "vielleicht ist die Venus wirklich erloschen, wir wissen es nur nicht, wenigstens die keusche Venus, die große Venus, die Venus in den Fischen."

"Reizende Aussichten", sagte Fräulein Otterloo. "Ausgerechnet meine Venus in den Fischen soll jetzt wirklich erloschen sein. Also bleibt nur noch die schmutzige Venus übrig?"

Abba lachte. "Na, da gibt es ja zwischen die ganz große und die ganz niedrige Venus noch eine kleine Mitteldinng, die Venus mit die Baby, es muß ja nicht gleich so schmutzig sein."

Fräulein Otterloo fühlte, daß eine blödsinnige Blutwelle in ihr Gesicht stieg. Zum erstenmal deutete er an, daß er ihr Geheimnis witterte. Oder war das nur so gesagt? Er war ja offenbar noch ganz im Bann seiner neuen Entdeckung, er verwechselte schon wieder die Artikel, er hatte es vielleicht nur so gesagt. Aber bevor die blödsinnige Blutwelle ihr Antlitz ganz durchpulst hatte und sie verraten konnte, wurde sie Gott sei Dank erlöst. Es kratzte an der Tür, sie horchten beide auf. Es kratzte noch einmal, dann kam ein kleines, klägliches Winseln. Abba sprang hoch und starrte auf die Tür. Fräulein Otterloo lachte. "Struppy", sagte sie, "er läuft mir auf Schritt und Tritt nach. Ich bringe ihn überhaupt nicht mehr los, seitdem ich ein paarmal mit ihm gespielt habe. Komm herein, Struppy! Struppy, Struppy! Laß ihn herein, Vater Louis!"

"Nein", sagte Abba.

"Struppy! Struppy!" rief Fräulein Otterloo. Das Kratzen und Winseln kam wieder.

"Ist die Tür zum Vorzimmer offen?" fragte Abba schroff.

"Bitte um Verzeihung, Herr Direktor, scheinbar habe ich vergessen zu schließen. Struppy, Struppy!" Das Winseln ging in ein sehnsuchtsvolles Geheule über. Fraulein Otterloo erhob sich, um die Tür zu öffnen.

"Nein, mein Kind", sagte Abba. Er ergriff sie beim Arm und hielt sie zurück. "Dieser Hund stört mich jetzt. Ich bin noch ganz in meinen Gedanken über meine neue Entdeckung. Ich bitte um Verzeihung, ich muß arbeiten. Bitte, geh mit Struppy in den Garten, damit diese Gewinsel aufhört. Er soll in sein Mausloch schnubbern, aber nicht in mein Zimmer, ich muß arbeiten."

"Selbstverständlich", sagte Fräulein Otterloo. Sie war froh, daß ihre Schulmädchenblutwelle unbeobachtet abgezogen war, besten Dank, Struppy. Daß der Bauer aus Tirol gestern abend nicht bei Abba gewesen war, glaubte sie bereits ausspioniert zu haben. Vater Louis hätte in seiner fröhlichen Offenheit ganz gewiß sofort die Rede darauf gebracht, wenn irgendwelche neue Beschlüsse im Betrieb gefaßt worden wären, sie brauchte gar nicht erst nachzufragen.

"Verzeihung", sagte Abba, während er Arm in Arm mit ihr zur Tür schritt. "Diese neue Arbeit läßt mir keine Ruhe. Kannst du nicht Quaß zu mir schicken? Ich muß ihm eine wichtige medizinische Frage in dieser neuen Neptunsache vorlegen. Ich warte hier auf ihn."

"Gern", sagte Fräulein Otterloo an der Tür. Struppy war jetzt still. Er hörte, daß man an der Tür war. Er fixierte jetzt ganz gewiß mit ganzer Seele die Tür. "Übrigens, Herr Direktor, auch ich habe Medizin studiert, wenn ich vielleicht dienen kann – ?"

"Nein", sagte Abba schnell, "es sind ein paar sehr diskrete Fragen, nichts für die ausgesprochene Venus in die Fische."

"Also doch noch nicht erloschen?" sagte Fräulein Otterloo lachend.

"Ich glaube nicht", sagte Abba und öffnete die Tür. Er stieß Struppy, der sofort an ihm emporsprang, heftig mit dem Knie zurück. "Bitte, nimm die Köter mit – und Doktor Quaß zu mir – möglichst schnell – nicht vergessen, und Verzeihung, mein Kind, pardon, mein Kindchen – "

Er trat ins Zimmer zurück und schloß die Tür. Er wartete, bis Fräulein Otterloo mit Struppy durch das Vorzimmer abgegangen war, dann schob er leise den Riegel wieder vor. Er blieb an der Tür stehen und lauschte. Es war mindestens zehn Minuten lang nichts zu hören. Sebastian war gewiß noch auf seiner Station beschäftigt. Es mochte zwölf Uhr sein, Mittag, die Mitte des Tages, die Pause zwischen den beiden Tagbögen der Sonne, die Zeit, da nach dem alten banalen Negermärchen seiner Kinderfrau das Tagesgestirn einen Herzschlag lang stillsteht, die Augen öffnet, mit glanzgeblendetem Blick um sich schaut und zwei dicke Tränen fallen läßt, die Tränen des Todes und die Tränen der Liebe, um danach mit geschlossenen

Augen dem holden Feierabend zuzusinken. Aus dem Garten drang kein Geräusch, der April war heiß, die Patienten hatten ihre Morgenpromenade bereits beendet. Nur ein paar Fliegen summten durch das Fenster und schwirrten um die Sternkarten auf dem Diwan. Abba beobachtete diese Fliegen, während er an der Tür stand und auf Quaß wartete. Die Fliegen flogen durch das Fenster und flogen ohne Besinnen, ohne viel Hin und Her, geradewegs auf den beladenen Diwan zu. Endlich hörte man Quaß' Schritte im Vorzimmer. Abba schob leise den Riegel zurück und öffnete die Tür, noch ehe Quaß geklopft hatte.

Quaß war erstaunt, Vater Louis in Hemdärmeln zu sehen. Sein Erstaunen wuchs, als Vater Louis den Riegel der Tür vorschob und ihn beim Arm nahm und zu dem beladenen Diwan führte.

"Geheimnisvolle Sache", sagte Quaß freundlich, als sie vor dem Diwan standen.

"Geheimnisvolle Sache", sagte Abba und zog zwei Sternkarten und einen Sakko vom Diwan. Ohne Geste und ohne Laut starrte er auf das Gesicht des toten Herrn Endriat. Der Mund stand offen, aus der Nase kam ein dünner Streifen Blut, die Augen waren halb geschlossen. Abba stand neben Quaß, hatte Quaß' Arm losgelassen, schaute unverwandt auf Quaß.

Endlich rührte sich der junge Arzt. Er beugte sich über den Diwan und schob das linke Lid des Toten ein wenig zurück, er kontrollierte die Pupille. Er hob den Kopf des Toten an den Haaren ein wenig hoch und untersuchte das Ohr, auch aus dem Ohr rann ein winziger Streifen Blut. Er tastete kurz den Hinterkopf ab, dann ließ er den Kopf wieder zurücksinken, bückte sich, nahm die Sternkarten vom Boden und deckte sie behutsam wieder über den Leichnam. Den dunkelgrünen Sakko ließ er am Boden liegen. Abba stand wie gebannt neben ihm und beobachtete jede Bewegung.

"Muß ein furchtbarer Schlag gewesen sein", sagte Quaß leise.

"War es wohl", sagte Abba, ohne Quaß' Augen loszulassen.

"Was für ein Instrument?" fragte Quaß, ohne Abbas Blick auszuweichen.

"Marmor, Briefbeschwerer", sagte Abba.

"Hm", sagte Quaß.

"Willst du eine Zigarette rauchen?" fragte Abba, "dort auf dem Schreibtisch – "

"Gern", sagte Quaß, trat zum Tisch und zündete sich eine Zigarette an. Er war seit einigen Monaten völlig entwöhnt, und die ersten Züge stiegen ihm in den Kopf, aber er rauchte die Zigarette zu Ende. Er sprach kein Wort, er lehnte an der Schreibtischplatte und rauchte. Abba hatte sich in den Patientensessel gesetzt und schaute unverwandt auf ihn.

"Jetzt wird gelyncht, was?" sagte Abba, als Quaß die Zigarette zu Ende geraucht hatte und den Stummel im Aschenbecher zerdrückte.

Quaß antwortete nicht. Er wußte keine Antwort. Seine Sachlichkeit, seine ärztliche Sicherheit, seine soldatische Haltung, seine älplerische Besonnenheit, es begann alles zu schmelzen und dahinzuschwinden. Er hatte viele Tote gesehen, in der Klinik und im Krieg, im Krieg, im wüsten Krieg. Aber er tastete vergebens seine grausamen Kriegsbilder ab, um einen Halt für diese schwere Stunde zu finden. Auch damals waren es Ermordete gewesen, aber die Mörder waren anonym geblieben. Außerdem hatte er damals noch in den kurzen Hosen des Lebens gesteckt, und es hatte ihm geschienen, als ob das Schicksal selber seine sinnlose Sense schwänge, vernunftlos, blind hin und her nach rechts und links. Jetzt stand er Angesicht zu Angesicht dem Menschen gegenüber, der sich vergriffen hatte an dem ewig und einzig Unantastbaren, an dem ewig und einzig Geheimnisvollen, an dem ewig und einzig Eigenen – und dieser Mensch warf ihn zum Richter seiner

Sache auf, das fühlte er, das war die schreckliche Spannung, die zwischen ihm und Abba emporwuchs.

"Gelyncht, was?" sagte Abba zum zweitenmal. Es klang wie Spott.

"Unsinn!" sagte Quaß. Es klang ziemlich rauh.

"Was macht eigentlich ein vollendeter europäischer Gentleman in einem solchen Falle?" sagte Abba.

"Ich weiß nicht", sagte Quaß. "Ich habe noch keinen vollendeten europäischen Gentleman gesehen, mein Freund, das kommt ja nach deiner These erst im neuen zweitausendjährigen Reich in Betracht."

"Du bist sehr ritterlich", sagte Abba.

Tatsächlich war es nur aus Ritterlichkeit gesagt worden. Das Innere-Stimme-System sprach anders. Es sprach zwar klar und deutlich gegen das Lynchen, es sprach gegen Rache und Gericht, es rief auf zum Schutze, es rief auf zum Schutze für das Unantastbare, Geheimnisvolle, Eigene auch dieses Menschen. Aber es sprach auch gegen diesen Menschen. Schrecklich war Abbas Gewaltsamkeit, schrecklich die Gewaltsamkeit, mit der sein Genie die Beziehungen zu den Sternen wiederherstellen wollte, schrecklich die Gewaltsamkeit, mit der sein Herz Europa liebte, schrecklich die Gewaltsamkeit seiner Faust. Europa ließ sich nicht gewaltsam und ließ sich nicht von einer fremden Rasse die Pforten des neuen Reiches aufstoßen, das erkannte Quaß in dieser schweren Stunde mit grausamer Deutlichkeit. Hatte Abbas große Vernunft es noch nicht erkannt? "Kannst du mir erzählen, wie es gekommen ist?" fragte er, um Zeit für einen Beschluß zu finden.

Abba erzählte. Er erzählte klar und deutlich. Und der Fall stand klar und deutlich vor Quaß: diese beiden Menschen hatten sich die volle Wahrheit ins Gesicht gesagt, beide, dieser dem anderen, der andere diesem, jeder auf seine Weise – noch waren die Menschen nicht geboren, die ohne Mord und Totschlag mit der vollen Wahrheit leben konnten.

Von der Freitreppe her klang der Gong zum Mittagessen. Quaß riß sich zusammen. "Gib mir erst mal die Hand, Vater Louis", sagte er, "dann wollen wir die Praxis dieses Falls besprechen."

Der alte Neger nahm Quaß' Hand und hielt sie fest. Er legte die willige weiße Hand auf seine linke schwarze Tatze und patschte mit der rechten schwarzen Tatze darauf, wie Kinder mit den Händen ihrer Mütter tun. Aber nach einer Weile entzog sich die weiße Hand ziemlich brüsk der schwarzen Tatze. Quaß begann im Zimmer auf und ab zu marschieren.

"Du gehst zum Mittagessen", sagte Quaß nach einer Weile. "Ich bleibe hier. Am Nachmittag kannst du mich ein paar Stunden ablösen. Selbstverständlich erfährt kein Mensch ein Wort. Vor allem Nelly nicht, bei Gott und allen Sternen! Heute nacht müssen wir ihn verschwinden lassen. Es muß irgendwie gehen. Im Kanditzer Teich, mit einem Stein, oder in dem kleinen Steinbruch am Waldrand – abgestürzt. Wir müssen es so machen, daß man jederzeit Selbstmord feststellen kann, wenn er gefunden wird. Ich bin ja Arzt, es wird irgendwie gehen, es muß gut überlegt sein. Er hat schon seit ein paar Tagen Selbstmordgedanken geäußert, das streuen wir aus, sobald er vermißt wird. Es wird gehen. Vor allem Nelly kein Wort, in alle Ewigkeit –"

Er brach ab. Er fühlte plötzlich, daß er sein ganzes Lebensglück mit diesem Freundschaftsdienst aufs Spiel setzte. Im Zuchthaus gab es kein Innere-Stimme-System für Hundertjährigkeit. Wenn sie ertappt wurden, wurde er zuerst gelyncht. Aber jetzt war es geschehen. Es mußte wohl so sein. Es war wie ein Sprung in den Nebel. Und ein wenig, ein klein wenig Abenteuerlust war dabei. Und ein wenig, ein klein wenig Stolz auf das Innere-Stimme-System, das auch in dieser Sache nicht zu versagen schien.

"Und unsere medizinisch-astrologische Bude schließen wir dann so bald als möglich", fügte er ziemlich schroff hinzu, "wenigstens, was mich betrifft, ist es aus."

"Wir schließen zu", sagte Abba schnell, als schlösse er mit diesem Satz seinen eigenen Gedankengang ab. "Adios, Europa!"

"Bist du einverstanden?" sagte Quaß.

"Alles klar", sagte Abba. "Danke, ich habe alles verstanden, mein Sohn."

"Ich meine: den Leichnam, heute nacht, die Wache, Nelly", sagte Quaß.

"Alles", sagte Abba, "dies und jenes ..." Er schwang sich aus dem Sessel und trat zu dem Diwan, um seinen Sakko aufzuheben. Er untersuchte seinen Sakko, es war nichts zu sehen. Er zog seinen Sakko an und schritt pfeifend aus dem Zimmer, ohne noch einmal nach Quaß zu sehen.

Quaß verriegelte die Tür. Er trat zum Diwan und hob die Sternkarten wieder hoch und blickte auf Herrn Endriat. Dann deckte er sorgfältig die Sternkarten wieder über den Diwan und trat ans Fenster.

Daß Abba jetzt keine Dummheiten machte, war das wichtigste. Vielleicht war es sinnlos gewesen, ihm gerade jetzt zu kündigen. Denn eine Kündigung hatte in seinen letzten Worten gelegen, bei aller Liebe, das war klar. Es war der verdammte Wahrheitsfanatismus, der solche taktischen Fehler begehen ließ. Es war die verdammte Devise in Nellys Ring: "Jeunes frères, gardez le feu!", was solche taktischen Fehler begehen ließ. Denn ganz gewiß war es ein schwerer taktischer Fehler gewesen, seine Hilfsbereitschaft mit diesen schroffen Worten abzuschließen. War nicht noch morgen Zeit genug, über das Schließen dieser Bude zu sprechen? Wie leicht konnte man gerade damit die gespannten Nerven des Negers noch gar zum Zerreißen bringen! Quaß verlebte qualvolle Stunden, Stunden voll rein taktischer Qualen, bis Abba am späten Nachmittag endlich wiederkam und ihn ablöste.

Quaß' Qualen waren unbegründet gewesen. Abba hatte sich nicht verraten. Er war beim Mittagessen im Speisesaal der Königin Luise so lustig gewesen wie selten zuvor. Quaß und Herr Endriat waren nicht vermißt worden. Quaß war nach Kanditz gegangen, Herr Endriat hatte schon in der Sprechstunde gesagt, daß er einen dringenden Anruf erwarte und vielleicht sofort zu einer Konferenz in die Stadt fahren müsse. Merkwürdig verstimmt war Herr Endriat heute morgen gewesen. Hatte der Mann Sorgen im Geschäft? Nun, Doktor Abba war jedenfalls nicht verstimmt. Er präsidierte der Mittagstafel, flankiert von Frau Babette Barbier und Frau Nana Chacornac, vis-à-vis von Fräulein Otterloo, die am anderen Tafelende präsidierte und ihm ihre Scherzworte über die ganze Tafel hin zuwarf. Es war April, europäischer April, die richtige Zeit für Doktor Abbas große Fröhlichkeit. Als er nach dem Mokka Frau Nana Chacornac über die Treppe geleitete, bis an die Treppe der Molkerei, war seine Ausgelassenheit noch ganz auf der Höhe. So sehr, daß es Frau Nana Chacornac zu viel wurde. Die Tochter des Saturn, im neuen bernsteingelben Frühjahrskleid, litt ein wenig darunter, daß Abba heute den vollendeten Clown spielte. Als sie ihm die Hand reichte, sagte sie: "Alle Ihre schönen Späße in Ehren, Doktor Abba, aber das Leben ist schwer."

"Das Leben ist schwer", sagte der Neger und küßte die Hand der Tochter des Saturn. Sie war hingerissen, als sie die Treppe der Molkerei emporstieg und in ihr Zimmer schritt. Wie hatte das geklungen aus Doktor Abbas Mund: "Das Leben ist schwer." Auf der Stelle würde sie einen Menschen heiraten – was Paria, was Hautfarbe, was weißes Haar, was eigene Melancholie, was alle bösen Erfahrungen, was Gesellschaft und Boykott – einen Menschen, der diese vier Worte so zu sprechen verstand, wie Doktor Abba sie gesprochen hatte: "Das Leben ist schwer."

5

Der Rüpel

An diesem Aprilabend war im Hause Trillke eine kleine Bowle angesetzt. Auch Doktor Abba und Fräulein Otterloo waren geladen und hatten zugesagt. Selbstverständlich war auch Doktor Quaß, der Liebling der Tizianlady, aufgefordert worden, aber beide Ärzte konnten nicht gleichzeitig den Abend außer Haus verbringen, das war klar. Nun sagte in letzter Minute auch Doktor Abba ab. Die Tizianlady miaute stark am Telephon, als er sich entschuldigte. Tatsächlich war diese Absage in letzter Minute sehr unhöflich, die Institutsleitung hatte in den letzten Monaten mindestens zehn Einladungen bei ihren ersten Hypothekengläubigern und Gönnern geschwänzt, es war äußerst unangenehm. Aber was war zu machen? Doktor Abba fühlte eine plötzliche Grippe, der ungewohnte mitteleuropäische Lenz hielt ihn in den Krallen, es war ein Riesenpech, aber es ging nicht anders. Fräulein Otterloo würde kommen, jawohl, begleitet von Doktor Zacharias, der ja auch eingeladen war. Der junge Mann sollte zwar Punkt neun in der Klappe liegen (ärztliche Vereinbarung mit Professor Anderheggen), doch was tut man nicht alles für Tizians Tochter Lavinia. Jawohl, Fräulein Otterloo und Doktor Zacharias ganz bestimmt, das Trillkesche Auto konnte zum Abholen vorfahren, gewiß, besten Dank, konnte sofort abgelassen werden, tausend Dank, tausend Pardons, tausend gute Wünsche! Mit einem etwas milderen Miau der Gastgeberin und mit einem gewaltigen Hustenanfall des grippekranken Genies brach das Telephongespräch ab.

Fräulein Otterloo war wütend, als sie drei Minuten später diese Abmachung erfuhr. Sie hatte die Trillkesche Einladung längst verschwitzt, obwohl sie Quaß' aufrichtige Zuneigung zu der Tizianlady aufrichtig teilte. Heute paßte es nicht im geringsten. Sie hatte Quaß den ganzen Tag nicht gesehen. Sie hatte gehört, daß er sofort nach der Nachmittagsvisite in die Stadt gefahren war, er war noch nicht zurückgekehrt, sie wollte ihn unbedingt noch sprechen, sie hatte diesen Abend für "Ein süßes Geheimnis" vorgesehen. Außerdem haßte sie Doktor Zacharias und haßte solche plötzlichen Abmachungen über ihren Kopf hinweg. Warum konnte sie nicht auch Grippe haben? Sie streikte.

Zum erstenmal wurde Abba heftig. Das Auto war schon unterwegs, es war aus Geschäftsrücksichten nicht mehr zu ändern, wer verdienen will, muß dienen, basta, entweder oder, sowohl als auch, keine Ausflüchte mehr, viel Vergnügen, mein Kind, gute Nacht. Völlig verärgert gehorchte sie schließlich. Völlig verärgert placierte sie in das Trillkesche Auto neben Doktor Zacharias' Londoner Übergangsmantel ihren ungepflegten Zobel, neben Doktor Zacharias' bildhaften Smoking ihr jadegrünes Abendfähnchen mit Straß, nun leb wohl, mein Straß Tirol.

Es war ein sehnsuchtsträchtiger Aprilabend, durch den die jungen Leute dahinfuhren. Die Folge war, daß Doktor Zacharias schon kurz nach der Abfahrt erzählte, daß es keine lebende Amerikanerin mehr gäbe, welche nicht ihre ersten Liebesfreuden im Auto erlebt hätte, das sei vom Weißen Haus statistisch nachgewiesen. Fräulein Otterloo sagte, sie wüßte das, aber sie fände es äußerst spießig; solange nicht sämtliche lebenden Amerikanerinnen am Steuerrad ihrer Rennwagen bei Hundertzwanzig-Kilometer-Tempo ihre Kinder zur Welt brächten, fände sie Amerika äußerst spießig. Doktor Zachrias fand das entzückend, er fand diesen Spott sehr angebracht. "Keusch" sei die große Mode, das predige er dauernd seinen

Künstlern; alle Dichter und Denker und Maler müßten den Oberschenkelkult wieder fallen lassen und wieder zum keuschen Faltenwurf zurückkehren. Fräulein Otterloo aber meinte, sie fände für geborene Schweine "keusch" die allerschlechteste Farbe, da fände sie das andere noch kleidsamer. Doktor Zacharias fand auch das sehr richtig, er sagte, es gäbe keinen Ausweg mehr, es sei alles zum Kotzen, die alte Tizianlady mit inbegriffen. Fräulein Otterloo aber sagte, die Tizianlady sei eine entzückende Frau, und das Leben sei einfach wunderbar, ungeahnt wunderbar. Natürlich sei es wunderbar, sagte Doktor Zacharias, aber nur, wenn man so ganz verstanden würde wie er heute abend von dem bezaubernden Geschöpf an seiner Seite, doch das käme alle hundert Jahre einmal vor. Fräulein Otterloo aber sagte, sie verstände ihn gar nicht, er könnte ebensogut Chinesisch mit ihr reden, sie verstände kein Wort; vor fünf Minuten seien sie an dem kleinen Trupp Arbeitsleute vorbeigerast, vier Feierabendmänner Arm in Arm mit vier Feierabendfrauen; in der Zehntelsekunde des Vorbeiflitzens sei sie diesen Leuten näher gewesen als ihm, und wenn er noch zehn Stunden weiterspräche; und ob sie nicht beide in aller Freundschaft schweigen wollten, mein guter Junge, um die schöne Abendfahrt zu genießen.

Verärgert fuhr sie mit dem Sohn des großen Kunsthändlers dahin, schreckliche Geschehnisse warteten für den zweiten Teil dieser Nacht auf sie, aber der Abend im Hause Trillke schenkte ihr ein Erlebnis von ungeahnter Kraft und Herrlichkeit, daran sie noch als Matrone denken wollte. Viel später erst wußte sie, daß sie dieses Wunder ihrer beginnenden Mutterschaft verdankte.

Die beiden jungen Leute aus Kanditz waren etwas verspätet, die Gesellschaft war schon versammelt, man ging sofort zu Tisch. Fräulein Otterloo wurde von Herrn Trillke geführt, Doktor Zacharias führte die Tizianlady. Zwanzig Damen und

Herren bereiteten sich mit einem kleine Abendessen von sieben Gängen auf die berühmte Trillkesche Aprilbowle vor.

Fräulein Otterloo war ein wenig schwindlig, als sie sich zu Tisch setzte. Das kam von der Fahrt, das ging nach der Vorspeise vorüber. Sie ließ sich von Herrn Trillke sämtliche Neuigkeiten über Ernestine berichten und unterhielt sich gleichzeitig nach rechts mit einer alten puritanischen Trillketante aus Bremen über ihre ärztliche Laufbahn und über den Tisch hinweg mit einem literarischen Seelsorger und Kostgänger des Hauses über ihren Dialekt. Ganz richtig erraten, sie kam aus dem östlichen Norden, man hörte es noch, obwohl sie seit ihrer Kindheit in Berlin war, selbstverständlich war sie für das Frauenstudium, es ist eine Charakterfrage, und daß Ernestine schon trocken war, fand sie außerordentlich, aber schon vollständig trocken, nicht zum Glauben, großartig, ganz der Papa. Die Tizianlady trank ihr vom anderen Tischende aus zu, die Gesellschaft kam in Schwung, und bei den Riviera-Spargeln merkte man schon, daß die Liste der Speisen und die Liste der Gäste gut zusammengestellt war und daß der Abend nicht im Sand verlaufen würde.

Beim Eis war Herr Trillke mit seiner linken Nachbarin in ein Gespräch über die neue Unterwäschemode verwickelt, die alte Tante aus Bremen sprach mit ihrem Tischherrn über bekannte Bremer Familien, das literarische Gegenüber unterhielt sich nach rechts und links über Gott. So hatte Fräulein Otterloo ein paar Minuten Zeit, ganz still zu sein und die Gesellschaft zu mustern.

Es war eine richtig zusammengestellte Gesellschaft dieser Zeit. Ein Hyänenkäfig unzufriedener Menschen. Fortschrittliche und abgekämpfte Großstädter, rückständige und gelangweilte Provinzler. Bösartige und schwarzhaarige Intellektuelle, strohdumme und strohblonde Mitteleuropäer. Herren im ersten Klaps und Herren im zweiten Klaps des Lebens. Damen mit und ohne Fett, mit und ohne Flirt, mit und ohne Beruf, aber alle vergiftet von einer ewig ungesättigten Lebensgier, sowohl die Damen aus Paris wie die Damen aus Bremen. Die Tizianlady war zurzeit ohne Fimmel, selbst die literarischen Seelsorger und Kostgänger wußten keine neuen Fimmel mehr auszuposaunen und sanken zu puren Lakaien der Warenhausbesitzerin herab. Eine kleine russische Malerin unterhielt sich nicht weit von Fräulein Otterloo mit einem alten Herrn, der lange in England gelebt hatte, über Asien. Fräulein Otterloo fing hier und da ein paar Sätze aus dieser Unterhaltung auf; sie hatte den Eindruck, als ob aus Themse und Wolga mindestens ebenso schlimme Sumpfblasen aufstiegen wie aus Rhein und Donau und Elbe und Spree. Aber das Entsetzlichste war die tiefe Unzufriedenheit dieser ganzen Gesellschaft. Und das verband sie für Fräulein Otterloos Gefühl in trostloser Weise auch mit jenem Arbeitertrupp, den sie vorhin mit Entzücken hatte vorbeiflitzen sehen. Denn auch jene Menschen waren unzufriedene Menschen gewesen, ganz gewiß, und mit größerem Recht als diese hier, zutiefst unzufriedene Menschen trotz der kurzen Feierabendstimmung und der Mundharmonika und der Weiber in ihren Armen. Und diese tiefe Unzufriedenheit versammelte diese ganze Epoche in einem einzigen Hyänenkäfig bösartiger Menschen, auf welchen ohne Unterschied der Börse und der Rasse und der Gesinnung das Wort lag, das Nietzsche über das Jahrhundert der Machtgier und des Fortschritts in das große Gästebuch des heiligen Geistes eingetragen hatte: "Wer mit sich unzufrieden ist, ist fortwährend bereit, sich dafür zu rächen."

Fräulein Otterloo empfand wieder das leichte Schwindelgefühl, das sie zu Beginn des Abends gespürt hatte. Diesmal kam es wohl von der grausamen Einsicht, in einen Hyänenkäfig geraten zu sein. Sie stocherte in ihrem Eis herum und bemühte sich, ihren Schwindel niederzukämpfen. Sie bemühte sich, die Gesichter ringsum nicht mehr anzusehen. Aber plötzlich fühlte sie, daß sie einer Ohnmacht nahe war. Sie hörte das Klappern und Gelache und Geschwirre nur noch von fern. Es klang wie das dumpfe Rauschen fernen Jahrmarkts an ihr Ohr. Das Eis auf ihrem Teller zerfloß in ein himbeerrotes Schneefeld mit vielen Flimmerpünktchen. Und jetzt mußte sie wohl ein paar Sekunden lang besinnungslos gewesen sein, denn als sie zu sich kam, hörte sie Herrn Trillke sagen: "Ganz gewiß. Sie sehen aus wie eine weiße Rose, ist Ihnen schlecht?"

"Schon vorüber", sagt die weiße Rose, und es war tatsächlich vorüber. Sie aß wieder von ihrem Eis, sie hörte wieder Herrn Trillke zu, sie hob wieder den Kopf, sie sah sich wieder die Gesichter ringsum an. Und hier geschah es.

Es überkam sie plötzlich statt des gewohnten Spotts, statt des gewohnten Ekels, statt der gewohnten Angst vor allen diesen bösartigen Hyänen und vor allen ihren armen Hyänenbrüdern auf der Landstraße, es überkam sie plötzlich ein völlig ungewohntes, wunderbares, neues Gefühl. Das war nicht das Mitleid des Nazareners, das war ein anderes Mitleid, was sie plötzlich mit allen diesen Menschen verband. Das war nicht das Mitleid, das nach dem Himmel schielt, das Mitleid der Selbsterniedrigung und der Dornenkrone, die Wollust des Leids – es war ein anderes Mitleid. Es mußte wohl das neue Mitleid sein, das Mitleid aus Abbas neuem Reich, sie wußte es nicht mit Namen zu nennen, aber sie spürte es, sie spürte es, sie spürte es. Sie liebte plötzlich alle diese ausgebrannten und bösartigen Menschenkinder mit einem wunderbaren neuen Menschenmitleid. Es war eine Liebe, deren silberne Flamme durch keinen Ekel des Verstandes mehr auszublasen war. Als dann endlich die Bowle im Musiksaal vom Stapel lief, entzückte die spröde Venus in den Fischen alle armen Hyänen, die mit ihr ins Gespräch kamen, durch eine herzliche und lange nachklingende Musik. Selbst Doktor Zacharias, als er um Mitternacht mit ihr im offenen Wagen nach Hause fuhr und über seine trübe Zukunft sprach, bekam noch ein paar wunderbare Geigentöne davon ab.

Schon bei der Einfahrt in das Schloß der Königin Luise sah sie, daß in Quaß' Zimmer und in Abbas Zimmer noch Licht war. Auch in Frau Seddes Zimmer im Dachgeschoß des Hauses war noch Licht, die alte Dame hatte auf ihr "Wesen" gewartet. Das übrige Haus lag im Schlaf, Gäste und Personal. Sie verabschiedete hastig Doktor Zacharias und huschte in das Dachgeschoß des Hauses, um die letzte Pflicht des Tages hinter sich zu bringen, bevor sie endlich zu Quaß gelangte. Frau Sedde war schon im Nachtgewand, wollte aber ihr "Wesen" noch ein wenig aufhalten und über die Trillkesche Bowle aushorchen. Sie hatte nicht viel Glück heute, sosolala war es gewesen, müde, sehr müde, morgen mehr, nur ein schneller Gute-Nacht-Kuß – "Good night, sleep well in your Bettgestell!"

Fräulein Otterloo schlich leise zu Quaß' Tür, um nicht von Abba aufgespürt zu werden. Sie öffnete ohne Geräusch und trat ein. Das Zimmer war leer.

Wo steckte der Bauer aus Tirol? Bei Abba? Sie sah sich im Zimmer um, ohne einen Anhaltspunkt entdecken zu können, ob der Bewohner dieses Zimmers auf kurz oder lang entwichen war. Sie schlich entschlossen zu Abbas Zimmer hinüber. Wenn vielleicht soeben die Konferenz über die Umstellung des Betriebs vor sich ging, kam sie ja mit ihrer völlig gleichberechtigten Stimme gerade zur rechten Zeit.

Sie klopfte an Abbas Tür und horchte. Sie klopfte wieder und bangte ein wenig im dunklen Gang, als kein Herein ertönte. Sie öffnete und sah, daß auch Abbas Zimmer leer war. Das Licht brannte auch hier, es war alles zurechtgelegt fürs Zubettgehen, dort kühlte Abbas Abendwein, dort war sein Kaliko ausgebreitet, Gidding war offenbar zu Bett geschickt. Wo steckten die beiden Halunken?

Selbstverständlich steckten sie im astrologischen Sprechzimmer im Parterre und arbeiteten an dem neuen Neptunquatsch. Sie beschloß, nicht locker zu lassen, und stieg in das Parterre hinab, ohne das Ganglicht aufzudrehen. Sie wollte ganz leise vor die Sprechzimmertür schleichen und dann die beiden Halunken mit einem mächtigen "Hu!" erschrecken und überfallen. Aber im Vorzimmer wurde sie wieder ein wenig bange und drehte doch das Vorzimmerlicht auf. Jetzt konnte sie nicht mehr sehen, ob im Sprechzimmer noch Licht brannte oder nicht. Aber sie hörte keine Stimme. Sie trat ohne Anklopfen ein. Es war dunkel. Sie drehte das Licht auf, das Zimmer war leer.

Das Zimmer war leer und der Diwan, das Schlachtfeld des Genies, war wieder aufgeräumt. Die Bücher und die Sternkarten lagen wieder wohlgeordnet im Bücherschrank, alles war wie sonst. Hier hatten die beiden Halunken den Abend nicht verbracht, das sah man deutlich. Sie drehte das Licht wieder ab und stieg in den ersten Stock zurück.

Offenbar machten die beiden Herren einen Nachtspaziergang. Vielleicht saßen sie in der Dorfkneipe von Kanditz und schwärmten. Schwärmten über irgendeine neue medizinisch-astrologische Idee oder sprachen über die Umstellung des Betriebs. Sprachen über die Umstellung des Betriebs, ohne ihre Partnerin zu fragen – war es das?

Natürlich, das war es. Sie fühlte plötzlich, daß irgendeine Verschwörung gegen sie im Gange war. Warum war Abba so seltsam grob geworden, als er ihre Fahrt zu Trillkes erzwingen wollte? Wo hatte Quaß den ganzen Tag gesteckt? Warum hatte Abba sie heute früh so schnell aus seinem Sprechzimmer gedrängt? War sie blind? Das sprach ja alles Bände! Quaß war gestern abend schon bei Abba gewesen, die beiden Männer hatten sich gestern abend schon geeinigt, ohne es ihr zu verraten. Jetzt sollte ohne Wischiwaschi gearbeitet werden, jetzt sollten alle Patienten, die das Institut zu einem puren Luxusbetrieb stempelten, möglichst schnell aus dem Hause geekelt werden. Quaß' Wahrheitsfanatismus würde das ja schnell genug besorgen. Die afrikanische Lustigkeit sollte der Tiroler Grobheit Platz machen, und die Partnerin dieser beiden Halunken sollte vorerst gar nicht von dieser Umstellung des Betriebs erfahren. Heilige Einfalt! Völlig gleichgültig war ihr das alles im Grunde ihres Herzens – aber Verrat ließ sie nicht zu.

Tatsächlich, bei aller Liebe zu Vater Louis, es war schandbar, wenn Quaß mit dem Neger irgendwelche Geheimnisse vor ihr hatte. Mochte der Dickschädel doch das schöne Schwindelinstitut in wenigen Wochen mit seinem Wahrheitsfanatismus zum Bankerott treiben, was kümmerte sie das viel – aber Offenheit, Offenheit, Offenheit, das war die erste Bedingung jeder beruflichen Zusammenarbeit. Das war auch die erste Bedingung ihres Liebesbundes. Daß hier irgendwelche Geheimnisse steckten, war ihr plötzlich sonnenklar.

Sie beschloß, in Quaß' Zimmer zu gehen und auf ihn zu warten. Sie wollte ihn zur Rede stellen. Um so besser, wenn ihr Verdacht schnell gelöscht werden konnte. Jedenfalls konnte sie ihr eigenes großes Geheimnis nicht preisgeben, ehe alles im klaren war. Seit einer Woche krakeelten sie jetzt schon. Mochte der Betrieb doch umgestellt werden, ruiniert werden, in die Luft fliegen, alles gleich, adjös schönes Geldpatent: aber Offenheit, Klarheit, keine Geheimnisse, das war die Hauptsache.

Sie legte sich auf Quaß' Diwan und wartete. Je länger sie warten mußte, um so wütender wurde sie. Sie versuchte ein wenig zu schlafen, aber eine vage Unruhe ließ sie nicht einschlafen. Nach zwei Stunden überlegte sie, ob sie nicht einschlafen sollte. Morgen war Dienst, morgen war sie erschlagen. Und nun erst recht nicht! Sie war kein Säugling. Lieber nach einer klaren Aussprache eine Stunde lang einen ruhigen Schlaf schlafen, als fünf Stunden lang mit dieser Unsicherheit die dümmsten Träume träumen! Aber sie mußte noch eine ganze Stunde absitzen, ehe sie die beiden Männer endlich heimkommen hörte.

Sie hörte sie die Treppe zu ihrem Stockwerk heraufschlürfen. Auf ihren Zehenspitzen gingen sie. Vor Abbas Tür sagten sie sich gute Nacht. Aber das ahnte man nur am Geräusch der Tritte. Sie sprachen keine Silbe. Endlich öffnete sich die Tür, und Quaß trat ein.

Das war ja großartig, wie er zurückschrak, als er sie auf seinem Diwan liegen sah. Deutlich stand ihm das böse Gewissen auf seinem Gesicht geschrieben. Ja, ja, umsonst verbirgt man nicht irgendwelche Dinge vor seiner Geliebten, umsonst teilt man nicht irgendwelche Geheimnisse mit irgendeinem anderen Menschen außerhalb des großen Liebesbundes, ob Neger, ob Genie. Ihr Angstgefühl hatte sie nicht betrogen. Im Gegenteil. Dahinter steckte noch etwas anderes als die Umstellung des Betriebs, als der Streit um das Geldpatent und das Innere-Stimme-System und den Frauenstaat und die Gleichberechtigung, etwas anderes als die ganze bisherige Krakeelerei. Diese beiden Männer teilten irgendein anderes Geheimnis, das sie nicht wissen sollte. Das fühlte sie bei Quaß' großem Schreck ganz deutlich.

"Ha du di so derschrocken, mein Bubi?" sagte sie, als Quaß die Tür geschlossen hatte und zu ihr trat.

"Was soll das?" sagte Quaß.

"Was?" sagte Fräulein Otterloo.

"Es ist albern, drei Stunden auf mich zu warten! Geh zu Bett."

"Das ist ja heiter", sagte Fräulein Otterloo. "Woher weißt du denn, daß es drei Stunden sind? Ich bin soeben erst hereingekommen."

"Unsinn. Du bist vor drei Stunden mit Doktor Zacharias einpassiert."

"So?" sagte Fräulein Otterloo. "Wo hast du denn da gesteckt?"

"Auf der Wiese. Beim Sterngucken. Wir haben großartige Dinge gesehen. Es war eine selten sternenklare Nacht. Ich wollte sofort kommen und dir gute Nacht sagen, als ich euer Auto hörte. Aber Abba hielt mich fest, du weißt ja, wie er ist, wenn er am Teleskop steht. Es war wunderbar. Wie war es bei Trillkes?"

"Ich soll grüßen", sagte Fräulein Otterloo. Sie hatte sich aufgesetzt, als er ins Zimmer getreten war. Jetzt legte sie sich wieder auf den Diwan zurück und beobachtete ihn. Er trat zum Waschtisch und begann seine Hände zu waschen. Er hatte ihr nicht einmal die Hand gegeben, als er ins Zimmer trat. "Albern findest du es", sagte sie nach einigen Minuten, "daß ich hier drei Stunden lang sitze, um dir gute Nacht zu sagen?"

"Reizend finde ich es", sagte Quaß, während er seine Hände bürstete. "Ich kann dir gar nicht sagen, wie reizend ich es finde. Aber ich bin todmüde von Abbas Sternen, er hatte seinen großen Tag heute, bitte um Verzeihung, wenn ich müde bin."

Sie war äußerst gereizt. Etwas Unnatürliches lag in seinem ganzen Wesen. Seine Seifen und Bürsten und Nagelreiniger schienen ihm wichtiger zu sein als ihre ganze Existenz. Er bürstete und wusch an seinen Händen herum, als schritte er zu einer großen Operation. "Mein lieber Junge", sagte sie, "das ist ja alles Lüge. Du bist gar nicht müde. Das böse Gewissen glotzt dir aus allen Rocknähten."

"Wieso?"

Schrecklich war dieses Wieso. Er stand am Fußende des Diwans und trocknete seine Hände und stieß dieses Wieso heraus, als wollte er im nächsten Augenblick zuschlagen. Noch nie hatte sie ihn so brutal gesehen. Zum erstenmal wagte sie nicht, zu antworten.

"Wieso?" sagte Quaß und schleuderte das Handtuch in die andere Ecke des Zimmers. "Antwort! Wieso böses Gewissen? Antwort, sage ich."

"Auf diesen Ton gibt es keine Antwort", sagte sie leise.

"Dann steh auf und geh in dein Zimmer."

"Ich denke nicht daran, wie ein kleines Hündchen zu parieren. Du hast dich mit Doktor Abba gegen mich verbündet?"

"Welch ein Geschwätz!" sagte Quaß. Ihre letzten Worte schienen ihn zu beruhigen. Die qualvolle Nervosität, die aus seinem ganzen Wesen sprach, schien nachzulassen.

"Es ist mir gleichgültig, was mit dem Betrieb geschieht", sagte sie, "aber ich finde es schandbar, daß du mit dem Nigger Geheimnisse vor mir hast."

"Wenn du noch einmal Nigger sagst, Nelly – du kennst mich schlecht – nie mehr in deinem Leben – verstanden –!"

Sie war vollkommen entsetzt. "Ganz egal, mit wem", schrie sie wütend, "ganz egal, welche Geheimnisse! Ich fühle deutlich, daß du mir irgend etwas verbirgst."

"Wüßte nicht was, mein liebes Kind", sagte Quaß, er war wieder ruhig.

"Das liebe Kind kannst du dir schenken."

"Mein liebes Kind", sagte Quaß, "ich habe nach dieser wunderbaren Nacht am Teleskop wirklich keine Lust mehr zu irgendwelchem blödsinnigen Weibertratsch über Gleichberechtigung oder sonstwas. Geh zu Bett, ich bitte dich darum, gute Nacht."

"Ich bin kein kleines Hündchen, sage ich dir. Jetzt wird zu Ende gesprochen. Barbarei gilt nicht mehr."

"Meinetwegen", sagte Quaß. "Aber leise, bitte, so leise als möglich. Kein Mensch darf hören, daß du um diese Stunde noch bei mir bist."

"Mich kann alle Welt hören", sagte Fräulein Otterloo extra laut.

"Bist du still", zischte er. "Du bist ganz leise – oder – verdammtes Weib –"

Sie schwieg. Nach dem ersten Schreck über diesen neuen unheimlichen Ausbruch stieg eine maßlose Erbitterung in ihr hoch. Drei ewige Stunden hatte sie hier abgesessen, um ihm "ihr süßes Geheimnis" anzuvertrauen. Das war der Lohn. Mitten in irgendeinem schlimmen Verrat hatte sie ihn ganz offenbar ertappt: ein schöner Ton, hinter dem sich sein böses Gewissen versteckte. Und wenn sie bis zum übernächsten Tag auf diesem Diwan liegen blieb, jetzt wurde Klarheit geschaffen. Jetzt handelte es sich nicht mehr um ihr Geldpatent und um die Umstellung des Betriebs, jetzt handelte es sich um ihre Ehre, um ihren Stolz, um ihre Selbstherrlichkeit, um sonst nichts. Wie er sich auf das Fußende des Diwans setzte, wie er die Hände in die Hosentaschen steckte, während er sich bei ihr niederließ, wie er sie fixierte: es war alles bewußte Rüpelei.

"Was ist?" sagte Quaß, nachdem er sie eine Zeitlang fixiert hatte. "Sprich leise und sprich schnell und sprich ja ja und nein nein. Wo fehlt es? Kopfweh, Husten, Erbrechen, Appetitlosigkeit, Verstopfung, Durchfall, guter Hoffnung, Schlaflosigkeit, Fieber, Schwindel, Schluckbeschwerden, sonstige Beschwerden, was ist?"

Dieser blöde Medizinerwitz besänftigte sie nicht im geringsten. Ganz im Gegenteil. Roheit und Spott, das war ja eine prächtige Mischung. Noch waren sie nicht verheiratet, Gott sei Dank, noch konnte man sich retten, lieber wollte sie auf das Kind verzichten als auf ihre schwer errungene weibliche Selbstherrlichkeit. Sie schwieg verstockt. Sie versuchte, mit den großen, erschrockenen Augen der Venus in den Fischen in seinen düsteren Zügen zu lesen. Aber seine Züge waren ihr fremd geworden, sie konnte nichts mehr darin finden: was sollte dieser furchtbare Ausbruch, was ging plötzlich vor hinter dieser Männerstirn?

Sie konnte nicht erraten, was hinter dieser Männerstirn vorging. Quaß war entsetzt gewesen, als er sie auf seinem Diwan liegen sah. Er war völlig entsetzt gewesen über ihre ersten Worte und vagen Andeutungen. Erst jetzt fand er seine Sicherheit wieder: er hatte ihre ersten Worte mißverstanden, sie war ahnungslos. Jetzt galt es das Geheimnis zu hüten. Er hatte die schlimmste Nacht seines Lebens hinter sich, der Freundschaftsdienst dieser Nacht kostete ihn viele Jahre Zuchthaus, wenn der kleinste Fehler unterlief. Es tappten dunkle Männerschritte durch die mondtote Nacht, nichts für die kindliche Seele und die verräterischen Nerven eines Weibes. Mit allen Mitteln der Welt mußte jetzt das Geheimnis bewahrt werden. Aber daß sie ihm Schwierigkeiten dabei machte, reizte ihn furchtbar. Furchtbar reizte es ihn, daß ihre Verstocktheit und Selbstherrlichkeit gerade jetzt ausgespielt werden mußte, jetzt, da er sie schützen wollte vor den dunklen Männerdingen dieses entzweigeborstenen Planeten. Doch er hatte sich völlig in der Gewalt. Während sie ihn anstarrte und nur noch auf ihre Ehre bedacht war, war er nur auf seine Taktik bedacht. Wie konnte er sie jetzt schnell außer Spiel setzen, bevor seine Nerven noch einmal mit ihm durchgingen, um dann vielleicht ganz zu zerreißen? Auf Halbheiten ließ sich ihr Eigensinn nach seinem letzten Ausbruch nicht mehr ein, das wußte er. Irgendein anderes Weib hätte man jetzt in Gottes Namen mit geheuchelten Liebkosungen übertölpelt, nicht die Venus in den Fischen. Es war Irrsinn, sich in dieser Stunde zu diesem gefährlichen Streit hinreißen zulassen. Aber jetzt gab es kein Zurück mehr. "Hör zu Nelly", sagte er. "Du wolltest doch sowieso in zwei, drei Wochen einen kleinen Urlaub antreten? Zieh deinen kleinen Karren aus dem Stall und tritt deinen Urlaub schon morgen an! Ich habe bereits mit Abba gesprochen. Es ist gerade stille Zeit, ich übernehme gerne deine Station. Mach eine kleine Tour von vierzehn Tagen und erhole deine Nerven. Oder tu es für meine Nerven. Ich kann nämlich, offen gestanden, dein Wesen seit acht Tagen nicht mehr – es ist pure Nervosität, nichts weiter – nur hast du es noch nicht gemerkt bis jetzt. Wir haben jetzt acht Tage lang jeden Abend gestritten, das geht nicht so weiter."

Sie schwieg.

"Mein liebes Kind", fuhr er eisig fort, "es ist sehr einfach, sich in die Arme zu fallen und sich zusammen ins Bett zu legen, auch dein Geldpatent ist sehr einfach, es ist alles sehr einfach – nur eine heilige Familie zu gründen ist scheinbar nicht so einfach heutzutage. Wir wollen diesen sinnlosen Krakeel über die Umstellung des Betriebs und über Frauenstaat und Gleichberechtigung vierzehn Tage lang abbrechen. Während dieser Zeit wird ohne deine Stimme nichts im Betrieb geändert. Das verspreche ich dir hiermit. Hast du gehört? Und nach vierzehn Tagen Trennung kommt uns dieser ganze Zwist wie getrockneter Kuhmist aus dem vorigen Jahrhundert vor. Oder wir trennen uns endgültig, wenn die Kur nicht hilft. Bist du einverstanden?".

Sie schwieg.

"Es ist mein letztes Wort für heute." Er warf seine Jacke ab und knüpfte seine Krawatte auf, er begann sich zu entkleiden.

Fräulein Otterloo zog die Beine an und sprang vom Diwan. Sie ging aus dem Zimmer ohne ein Wort.

"Gott sei Dank", brummte Quaß vor sich ihn und blieb mitten im Zimmer stehen, ohne sich zu rühren. Er wußte, daß sie seinen Vorschlag in die falsche Kehle bekommen hatte. Aber es war ein glänzender Einfall gewesen, um sie vorerst außer Spiel zu setzen. Er hatte absichtlich mit dieser aufreizenden Kälte gesprochen. Er kannte ihren ungebrochenen Stolz. Wahrscheinlich würde sie morgen ihren Urlaub antreten, ohne ihm adieu zu sagen. Und dann gab es noch mancherlei Schwierigkeiten bis zum Versöhnungsfest in vierzehn Tagen. Aber das war eine Kleinigkeit, wenn nur die nächsten Tage erst vorüber waren. Vorerst durfte er darauf bauen, daß sie keine besonderen Dummheiten mehr anstellte, sie war nicht im geringsten hysterisch. Ob sie ihren Karren morgen früh wirklich aus dem Stall zog? Oder ob sie blieb und ihn ein paar Tage lang schnitt? Ob sie seinen Vorschlag als Hinauswurf oder als endgültigen Bruch ansah, das arme Wurm? Ach, das kam alles später, meine Dame, vorerst war die Bahn frei. Die Bahn war frei, das Weib war aus dem Spiel, das Geheimnis war gehütet, der nächste Tag brach an. "Die Bahn und der rechte Weg", zitierte er sinnlos vor sich hin, während er sich auf sein morgenbleiches Bett warf. Er warf sich auf sein Bett wie ein Betrunkener, mit den staubigen Hosen, mit den schmutzigen Schuhen, der richtige Rüpel aus Tirol ...

Auch Fräulein Otterloo lag wie betrunken auf ihrem morgenbleichen Bett, in den Schuhen, im jadegrünen Abendfähnchen, es war aus. Schlimmer als alle bösen Worte war sein haßerfüllter Blick gewesen, es war aus. Irrsinn, den Abgrund zwischen den Geschlechtern überbrücken zu wollen im Hyänenkäfig dieser Epoche! Irrsinn, eine heilige Familie gründen zu wollen im Hyänenkäfig dieser Epoche! Irrsinn, das Kind zur Welt zu bringen im Hyänenkäfig dieser Epoche! Aus!

Nach Frau Seddes weisem Eherezept steckte in jedem Mann ein geheimnisvolles Quantum sinnloser Weltwut, in jeder Frau ein geheimnisvolles Quantum sinnloser Welttränen: diese bittere Dreingabe der Ehe mußte dem Kind zuliebe von beiden Partnern sorgfältig abgewogen werden. Das war einmal, Frau Sedde! Als Gott noch einen Vollbart trug, war das so, Frau Sedde! Die Venus in den Fischen barg kein geheimnisvolles Quantum sinnloser Welttränen, sie konnte verzichten auf die sinnlose Weltwut der Männer. O nein, Frau Sedde!

Dann gab es Abbas weises Rezept gegen Selbstmord. Er hatte schon vielen Menschen damit geholfen, hieß es. Nach seiner Theorie spielte fast jeder Selbstmörder so lange mit seiner Selbstmordidee, bis die Idee selbständig wurde und über ihn hinauswuchs, lebte so lange auf du und du mit seiner Idee, bis sie plötzlich als eigenes saturnalisches Gebilde neben ihm hockte und ihn von außen her überrumpelte: danach galt es, den astrologischen Augenblick zu nutzen, da die Puppe des Saturn noch in uns steckte und noch zertreten werden konnte und der Schmetterling des Todes noch nicht ausgekrochen war, um uns als selbständiges Geschöpf zu umflattern. Besten Dank, Vater Louis! Keine Angst, Vater Louis! Verkauf deine weisen Rezepte an Frau Nana Chacornac und an alle jene

Frauen, die ihre eigene Selbstherrlichkeit nicht finden und nicht ohne Männer leben können, ohne Athleten und Bubis und Geschäftemacher und Fettwänste und Schwächlinge und Rüpel, Rüpel, Rüpel, Rüpel!

Her mit euren Rezepten, ihr Weltweisen im Hyänenkäfig! Was gab es noch? Friede um jeden Preis? Die Barbarei als vorübergehende Nervosität behandeln, der Klügere gibt nach, alles ärztlich nehmen, morgen ist alles vergessen, rien comprendre c'est tout pardonner, jeder Mann muß bemuttert werden, auch seine Barbarei muß bemuttert werden? Nein, danke sehr, Frau Köchin, danke sehr, Mama Professor, nix zu machen! Oder Rache? "Fräulein Otterloo, die Tochter des bekannten Geheimrats, schlich sich nach kurzem Wortstreit mit ihrem Geliebten ins Laboratorium, ergriff eine Flasche Salzsäure und warf sie dem jungen Männchen ins Gesicht, er liegt schwer danieder." Mein Gott, was gab es alles! Und alles nichts für die Venus in den Fischen! Dort stand der Bücherschrank, die ersten Morgenstrahlen der Sonne spielten zwischen den Regalen. Was machten wohl die vielen Frauen in den vielen Büchern, wenn ihre Liebe auf dem Totenbette lag? Ja, ja, sie zogen sich das jadegrüne Fähnchen ab, die Schuhe und die Strümpfe und die Wäsche, sie wuschen sich, sie schütteten Parfüm auf ihre Brust, sie schlüpften nackt in den Zobelpelz, sie huschten in die Molkerei der Königin, sie huschten in Herrn Doktor Zacharias' Zimmer: Hier bin ich, frage nicht, nimm hin ... "Guten Appetit zu all euren Rezepten!" sagte Fräulein Otterloo laut und sprang vom Bett.

Sie zog das jadegrüne Fähnchen ab, die Schuhe und die Strümpfe und die Wäsche, sie wusch sich, sie schüttete sich Lavendelwasser auf die Brust, sie kleidete sich völlig um, sie warf in ihren Reisekoffer, was ihr in die Hand kam, sie schrieb einen kleinen Zettel an Herrn Direktor Doktor Louis Abba, sie schrieb einen kleinen Gruß mit einer blödsinnigen Notlüge an Frau Sedde, sie schleppte ihren Koffer in die Garage und ließ ihren kleinen Ratterkarren an.

Sie trat ihren vierzehntägigen Urlaub an.

Sie fuhr gegen Süden. Der Motor ihres Ratterkarrens ratterte immerzu das gleiche Zitat in ihr Ohr: "Die Krähen schrei'n – und ziehen wirren Flugs zur Stadt – bald wird es schnei'n – weh dem, der jetzt noch keine Heimat hat!" Immerzu ratterte der Ratterkarren: "Bald wird es schnei'n, bald wird es schnei'n, bald wird es schnei'n –". Aber es war ein Frühlingstag von Gottes Gnaden, durch den sie fuhr, das stand fest.

6

Bald wird es schnei'n

Frau Sedde hatte schlimme Zeiten. Sie war zwar eine kluge alte Dame und wußte, daß kein Unglück allein kam. Auch konnte ihr das Leben nichts mehr anhaben, seitdem man ihr Baby aus der Luft herabgeschossen hatte. Das Leben konnte ein Herz nur einmal brechen. Trotzdem zählten diese Tage zu den schlimmsten Tagen ihres schlimmen Lebens.

Am Montag war bis nach Mitternacht in Doktor Abbas Zimmer, das unter ihrem Zimmer lag, ein Krawall gewesen wie in einem Negerdorf. Doktor Abba und Doktor Quaß waren offenbar völlig betrunken gewesen. Zum Schluß hatten sie gejodelt und getrampelt wie Irrsinnige. Es war ein Schande, nicht wegen Frau Seddes eigener Nachtruhe, sondern wegen der gestörten Hausordnung. Frau Sedde hatte ein paarmal geklopft, ganz ohne Erfolg. Ihre Achtung vor Doktor Abba war durch die allgemeine Anerkennung seiner Kunst in diesem Winter gestiegen, und Doktor Quaß liebte sie als den besten Freund ihres "Wesens"; wenn aber die Herren sich so aufführten, konnte sie wirklich keine Achtung mehr haben. Was sollten die Patienten denken! Es war ein unerhörter Skandal.

Am Dienstag brach beim Frühstück ihr Gebiß entzwei. Ihr Reservegebiß paßte seit Jahren nicht mehr. Zum Glück fuhr gerade Gidding in die Stadt, und sie konnte ihm eine versiegelte Zigarettenschachtel und einen verschlossenen Brief an ihren Zahnarzt mitgeben und ihn bitten, auf Antwort zu warten. In dem Brief beschwor sie ihren Zahnarzt, die Gebißplatte in der Zigarettenschachtel sofort zusammenzuleimen. Zu Gidding sagte sie mit zusammengepreßten Lippen, daß sie sich einen Backenzahn abgebissen habe, der Zahnarzt solle das Bruchstück untersuchen, ob die Wurzel krank wäre, damit sie nicht umsonst zur Stadt führe. Am Nachmittag präsentierte ihr Gidding das reparierte Gebiß in der hohlen Hand, zehn Mark, und sämtliche Wurzeln wären kerngesund. Das war eine der größten Frechheiten, die der Artist sich je geleistet hatte, der Zahnarzt hatte das Gebiß ganz gewiß verpackt und versiegelt.

Am gleichen Tag begann dann die Telephoniererei mit Herrn Oskar Endriats Bruder, Herrn Fritz Endriat, und mit Herrn Oskar Endriats Büro und Fabrik. Noch kein Patient war zwei Mahlzeiten lang außer Haus geblieben, ohne sich bei Frau Sedde abzumelden. Nach dem Abendessen telephonierte Doktor Abba selbst. Aber Herr Endriat war weder in seiner Fabrik noch sonstwo zu finden. Es wäre vorerst keine aufregende Sache gewesen, wäre nicht Doktor Abba selbst sehr ängstlich geworden; offenbar ahnte Doktor Abba irgendeinen Unglücksfall, und Doktor Abbas Ahnungen wogen schwer.

Und dann am Mittwoch früh dieser Zettel ihres Wesens! Frau Sedde wußte sofort, was dieser plötzliche Urlaub, was diese dicke Lüge von einer kranken Freundin in Franken, was dieser neue Schlag bedeutete. Seit vielen Wochen hatte sie gesehen, daß die Freundschaft Nelly-Quaß sich vertieft hatte und einem entsetzlichen Punkt zusteuerte. Gestern abend, nach dem auffallend flüchtigen Gutenachtkuß ihres Wesens, war es geschehen, das war sonnenklar. Fräulein Otterloo war noch mit Doktor Quaß zusammengetroffen, es war zum Äußersten gekommen, es war zu dem gekommen, was die anständigen Schriftsteller eine Hingabe nannten und die unanständigen Schriftsteller einen Sinnenrausch. Danach hatte das arme Kind selbstverständlich den Kopf verloren, sie war vor ihrer eigenen Schande geflohen, ohne Ziel, ohne Adresse, ohne Ehre, ohne all ihre Taschentücher, die noch auf der Wäschebleiche lagen.

Dieser Schlag verwirrte Frau Sedde so sehr, daß die Ereignisse des Donnerstags ihr nicht mehr viel bedeuten konnten. Am Nachmittag dieses Tages fanden Schulkinder in dem Steinbruch am Rande des Kanditzer Wäldchens Herrn Endriats Leiche. Die Kinder liefen zu ihren Eltern, die Eltern liefen zur Gendarmerie, von dort kam die Nachricht ins Institut. Es war ein alter, zwanzig Meter hoher Steinbruch, längst außer Betrieb, zehn Minuten vom Schloß der Königin Luise entfernt, genau in der Mitte zwischen Dorf Kanditz und dem Schloß. Die Kinder von Kanditz spielten an schulfreien Nachmittagen ihre Räuberspiele in diesem Steinbruch. Auch Fräulein Otterloo und Doktor Quaß hatten zuweilen ihre Tiroler Kletterkünste dort aufgefrischt. Das Gestein war brüchig, und Doktor Quaß hatte schon oft vor diesem heimtückischen Gestein gewarnt, wenn die Gäste des Instituts auf ihrem Morgenspaziergang den kleinen Klettergarten manchmal zu einem kleinen alpinen Sport benutzten. Im Wilden Kaiser hielt jeder Griff, gewachsen aus Kalkstein, gegossen wie Erz. Hier brachen manchmal Blöcke aus, die fest genug schienen, um ein Pferd daran emporzuziehen. Herr Endriat, man kannte ja seine Sportbegeisterung, war vor zwei Tagen verunglückt. Er war ohne Aufschlag zehn Meter tief gestürzt, er war mit dem Hinterkopf auf einen kleinen spitzen Stein aufgefallen und auf der Stelle tot gewesen. Doktor Quaß, der mit Doktor Abba und einigen Gästen des Instituts sehr schnell zur Stelle war, konnte das sofort feststellen. Der alte Amtsarzt aus Kanditz und die Gerichtskommission, die erst am Abend eintraf, bestätigten den Befund des jungen Arztes. Der Gerichtsarzt fand auch noch einige innere Verletzungen, die Doktor Quaß und der Amtsarzt aus Kanditz nicht festgestellt hatten. Jetzt erst durfte die Leiche fortgeschafft werden. Sie kam gar nicht mehr ins Institut zurück, Herr Oskar Endriat war in einem Verbrennungsverein gewesen, der alles automatisch regelte, nachdem die Gerichtskommission die Leiche freigegeben hatte.

Selbstverständlich war Frau Sedde nicht wie die meisten sensationsgierigen Gäste ihres Hauses an die Unglücksstelle gelaufen. Sie fand es skandalös, wie sich die Damen des Instituts bei diesem traurigen Fall betrugen. Daß die Bauern und Kleinbürger aus Kanditz zu dem Steinbruch pilgerten, war verständlich, das war ungebildeter Pöbel. Daß aber Damen der besten Gesellschaft den Toten stundenlang anstarrten, kam nur "heutzutage" vor. Und die Debatte, die ein paar Tage lang bei Tisch über diesen Fall geführt wurde, entsprach auch nicht Frau Seddes Geschmack. Ein Teil der Gäste vertrat nämlich die Ansicht, daß hier Selbstmord vorliege, obwohl Doktor Quaß und der Amtsarzt und die Gerichtskommission und auch sämtliche Verwandten an einen Unglücksfall beim sportlichen Klettertraining glaubten und obwohl es auch so in den Zeitungen stand. Es war pure Sensationslust, hier von Selbstmord zu munkeln. Aber all das konnte Frau Sedde ihrem "Wesen" nicht mitteilen, denn sie besaß noch immer keine Adresse.

Erst vierzehn Tage später erhielt sie aus einem kleinen Nest am Main die erste Nachricht von Fräulein Otterloo. Sie las diesen Brief so oft durch, bis sie Wort für Wort auswendig wußte, dann verbrannte sie ihn. Ihr Instinkt hatte sich nicht getäuscht. Es stand deutlich zwischen den Zeilen zu lesen, daß Doktor Quaß Fräulein Otterloo entehrt hatte. Selbstverständlich stand über jene Nacht kein Wort in dem Brief, aber daß

Doktor Quaß nicht die Adresse wissen durfte und daß Doktor Abba um weitere vierzehn Tage Urlaub gebeten wurde, sagte alles. Die Nachricht von Herrn Endriats Unglücksfall hatte Fräulein Otterloo zufällig in der Zeitung gelesen, ihr Ratterkarren war kaputtgegangen und verkauft, ihre fränkische Freundin war wieder gesund, aber ein kleiner Nachurlaub für ihre Nerven war dringend nötig, schön war Franken im April.

Sehr schön war Franken im April, dachte Frau Sedde und schrieb einen Eilbrief an ihr "Wesen", in dem zu lesen war, daß alle Frauen der Erde, ob selbständig oder versklavt, seit Ewigkeit damit rechnen müßten, daß alle Männer egoistische Teufelsbraten seien; mehr wollte sie nicht sagen. Dann zählte sie, außer ihrem Gebißplattenbruch, sämtliche Neuigkeiten des Instituts auf, von Herrn Endriats Begräbnis bis zu Doktor Abbas Grippe. Diese Grippe war die letzte große Neuigkeit des Hauses. Herr Quaß – sie nannte ihn "Herr", um ihrem Wesen ihre Verachtung für diesen Herrn anzudeuten – Herr Quaß war seit einigen Tagen sehr besorgt. Man sprach davon, daß Doktor Abbas Lunge plötzlich das europäische Klima nicht mehr vertrage und bereits stark angegriffen sei. Man sprach sogar davon, daß ein längerer Aufenthalt in einem südlicheren Klima sehr bald geraten sei, was eine baldige Auflösung des Instituts bedeuten würde. Drei Sprechstunden für Auswärtige waren schon ausgefallen. Gestern waren die Herren Trillke und Jachmann und Professor Anderheggen zu einer Konferenz geladen gewesen. Einzelheiten wußte Frau Sedde nicht, da sie aus gewissen Gründen vermied, mit Herrn Quaß zu sprechen. Daß dieser Herr die fränkische Adresse ihres Wesens nicht erfuhr, war selbstverständlich. Wegen der Urlaubsverlängerung wollte sie heute noch mit Doktor Abba selbst sprechen, obwohl er heute wieder das Bett hüten mußte.

Aber zwei Tage später kam schon ein Telegramm von Fräulein Otterloo an Doktor Quaß selbst: "Gute Besserung für meinen lieben alten Vater Louis. Alle meine Gedanken bei ihm. Höre von Krankheit und Konferenz. Rate dringend, keine wichtigen Schritte ohne meine Zustimmung, erinnere an Versprechen, trete morgen Heimreise an, Otterloo."

Doktor Quaß antwortete mit einem dringenden Telegramm: "Urlaubsverlängerung bewilligt, rate dringendst, weitere vier Wochen Urlaub anzutreten. Versprechen zurückgezogen, hier nicht benötigt. Brief folgt, Abba grüßt und wünscht Urlaubsverlängerung, herzlichst, Sebastian."

Fräulein Otterloo erhielt zwar dieses Telegramm – aber Quaß' Brief, der noch am gleichen Abend an sie abging, wurde nie auf dem kleinen Postamt in dem Nest am Main abgehoben. Fräulein Otterloo hatte verstanden, sie hatte endgültig verstanden. Sie trat ihre Urlaubsverlängerung an. Niemand wußte ihre neue Adresse, außer Frau Sedde, auf deren Verschwiegenheit sie bauen konnte. Auch Vater Louis erfuhr die Adresse seiner kleinen Venus in den Fischen nicht mehr.

7

Das grüne Land

"Komm mit, mein Junge, was willst du noch in Europa, ein Mensch wie du! Laß die Bande ersaufen in ihrer kleinen Vernunft! In diesem Nebelland ist kein Platz mehr für unsere große Vernunft. In Pasadena sind dreihundertzwanzig wolkenlose Nächte im Jahr, dort werden wir unter dem Triumphbogen des Wassermann einmarschieren in das neue Reich des Uranus. In Santa Maria in Dixieland wollen wir den Kirchenchor der zwölftausend schwarzen Priester hören und wieder katholisch werden, wenn der Chor uns gefällt. Oder ich lasse dich in Aganda zum Gott ausrufen, wenn der Jupiter günstig über Afrika steht. Eins, zwei, drei, komm mit!"

Quaß schwieg. Es war alles Gerede, trostloses Gerede. Abba wußte selbst, daß er ins Leere plapperte. Sie saßen als einzige Gäste in einem kleinen Austernkeller in Hamburg, fünf Wochen nach Herrn Endriats Tod, zwei Tage nach der Übernahme des Instituts durch Professor Anderheggen, drei Stunden vor Abfahrt des Dampfers. Es war alles Geschwätz, was jetzt noch kam.

"Los, mein Junge, komm mit, Geld spielt keine Rolle, ich zahle alles! Wenn du hier bleibst, wirst du in einem Jahr deine zwölftausend Märkerchen verjuxt haben, dann kannst du wieder diesen totgeborenen Gespenstern die Furunkel aufschneiden, viel Vergnügen. Hier gibt es nur noch Sklaven und Sklavenhändler, dazwischen ein paar lumpige Polizisten, sonst nichts mehr, genau wie in New York – was willst du zwischen diesen Totgeburten, alter Jupiter?"

Quaß schwieg. Er ließ das Gerede über sich ergehen und schwieg.

"Na ja", sagte Doktor Abba und lachte, "du bist ja selbst ein Polizist von Beruf, wie?"

Es war nicht das erstemal, daß er Quaß einen Polizisten hieß. Klar, was damit gemeint war. Aber Quaß hatte keine Lust mehr, sich zu verteidigen. Dieses Thema war erledigt. Selbstverständlich hatte er in diesen irrsinnigen fünf Wochen wie ein Polizist hinter Abba gestanden, hatte ihn beobachtet wie ein Polizist, Schritt für Schritt. Aber diese schwere Spannung zwischen den beiden Freunden war ganz allein durch Abbas Schuld emporgewachsen. Abbas Schuld war es, daß Quaß in diesem Austernkeller saß wie ein alter Mann, dem die Schwindsucht aus den Augen glotzt. Nach den schwersten Großkämpfen des Krieges und nach seiner schwersten Verwundung hatte er nicht so hohlwangig ausgesehen wie jetzt. Es war eine Kleinigkeit gewesen, die Tat durchzuführen, Nelly außer Spiel zu setzen, das Institut reibungslos aufzulösen und zu einer Rekonvaleszentenfiliale für Professor Anderheggens Nervenklinik zu machen – aber Abbas Galgenhumor, der sofort nach jener Tat eingesetzt hatte, war zu einer beispiellosen Marter für Quaß geworden.

Abba hatte in diesen fünf Wochen mit dem gemeinsamen Geheimnis gespielt wie ein Clown, der mit Tellern jongliert und der sich einen Teller nach dem andern auf dem Schädel zusammenknallen läßt. Es war kein ernsthaftes Wort mehr mit Abba zu sprechen. Seine Sprechstunden führte er nur noch nach den Formeln der Kaffeesatzastrologie: "Mars und Saturn in Opposition – Gibt eine Blinddarmoperation." Von der neuen Magie der Sterne war keine Rede mehr. Die letzten paar anständigen Patienten des Hauses waren längst ungläubig geworden und geflohen, auch Frau Babette Barbier, auch Frau Nana Chacornac. Die Luxusgäste ergötzten sich an den Clownerien ihres schwarzen Meisters und gaben sich dem blödesten Aberglauben hin. Und so oft die beiden Männer mit dem gemeinsamen Geheimnis mit irgendwelchen anderen Menschen zusammengekommen waren, beim Essen, bei den Visiten, bei den letzten Verhandlungen mit den Geldleuten, stets hatte Abba das Gespräch auf Herrn Endriat gebracht und hatte jede Gelegenheit benutzt, um mit dem Geheimnis zu jonglieren und die Zuchthaustür auf und zu zu wippen. Es war ein Wunder, daß sie hier saßen. Es war ein Wunder, daß sie nicht schon längst verhaftet waren. Es war ein Glück, daß Nelly nicht mehr zurückgekehrt war und ihre Adresse verheimlichte. Und wenn sie gestorben war, es war besser so. Sie wäre längst eingeweiht, ihre Nerven wären längst gerissen, das Zuchthaus hätte längst seine Pforten aufgetan.

"Zigaretten, du kleiner Europäerlaus", rief Abba dem zwölfjährigen Pikkolo zu, der in der Ecke des Kellers Messer putzte. Der Knirps lachte und servierte ein Tablett mit vielen Zigarettenmarken zur Auswahl. Abba studierte sorgfältig die verschiedenen Schachteln, dann nahm er eine Schachtel, öffnete sie, las die Reklame auf der Innenseite des Deckels und hielt die Schachtel mit einer plötzlichen Grimasse vor Quaß' Nase.

Quaß sah zerstreut von seinem gelben Weinglas auf und las: "Walhalla", "Jordan", "Rheingold", "Lulu", "Hamlet", "Schlingel", "Pacific", "Diktator prima", "Bubi extra", "Oskar Spezial". Er nahm die Schachtel und warf sie über seine Schulter in die andere Ecke des Lokals. Abba lachte unbändig.

Der Knirps sammelte die Zigaretten, sie waren zwischen alle Tische geflogen, er brachte wieder das Tablett an den Tisch des Negers und grinste verständnisvoll: jene Marke war bei diesen Kavalieren nicht beliebt. Aber der Neger nahm doch wieder die Schachtel "Bubi extra" vom Tablett und steckte sie bedächtig in seine Rocktasche. Er nahm noch eine zweite Schachtel mit einer fremden Marke und warf sie auf den Tisch. "Mein Polizist", sagte er zu dem Pikkolo und deutete auf Quaß, der keine Miene verzog. "Muß mich abschubsen, verstehst du, abschubsen aus Europa, verstanden?" Er schnitt eine traurige Fratze und legte die Handgelenke wie in Handschellen übereinander. Der Knirps lachte.

"Wie alt?" fragte der Neger barsch.

"Zwölf, mein Herr", sagte der Knirps.

"Soll ich dich auffressen?" fragte der Neger.

"Nein, mein Herr", sagte der Knirps.

"Warum nicht?" fragte der Neger. "Ist denn dein Leben mehr als einen kleinen Rülpser wert?"

"Jawohl, mein Herr," sagte der Knirps.

"Was ist denn schön am Leben?" fragte der Neger.

"Das Geld", sagte der kleine Trinkgeldspekulant und lachte.

"Hast du die Sprache deines Landes gehört, Polizist?" wandte sich der Neger an Quaß.

"Geh zum Teufel", fuhr Quaß die kleine Totgeburt an. Der Knirps verbeugte sich vergnügt und ging wieder an seine Messerputzmaschine. Der Neger kramte ein paar Geldstücke aus der Hosentasche und schleuderte sie mitten ins Lokal. Der

Knirps verstand, er kroch zwischen den Tischen herum und sammelte auf, dann verbeugte er sich wieder wie ein alter Komiker, der ein gnädiges Publikum gefunden hat.

Aber Abba sah die witzige Verbeugung der jungen Totgeburt nicht mehr. Er hatte seine Uhr gezogen und auf den Tisch gelegt, er starrte mindestens zehn Minuten lang auf das Zifferblatt, ohne daß eine neue Exzentriknummer kam. "Genug, Sebastian", murmelte er plötzlich vor sich hin, ohne den Blick von dem Zifferblatt zu wenden.

Quaß sah erstaunt hoch. Wahrhaftig, sein Ohr hatte ihn nicht getäuscht, der hundertelfjährige Sohn des Neptun schien dem Heulen nah. Quaß fühlte eine entsetzliche Angst, daß jetzt gleich zwei wirkliche Tränen aus den alten Augen auf das Zifferblatt herabtropfen würden. Der Exzentrik war verschwunden, der Peiniger war verschwunden: da saß wieder der gute alte Vater Louis, der wochenlang hinter seiner verzweifelten Schminke nicht mehr zu erkennen gewesen war.

Aber der Sohn des Neptun heulte nicht, er machte keine Szene, er hob den Kopf und lächelte Quaß mit mildem Lächeln zu. "Es ist vorbei, mein Junge", sagte er, nachdem er Quaß eine Zeitlang still angelächelt hatte. "War es sehr schlimm?"

"Wieso schlimm?" sagte Quaß. "Nicht der Rede wert. Was soll denn schlimm sein?" Aber es fiel ihm jetzt schlimmer aufs Herz als zuvor. Schlimmer als der Clown, der dauernd mit dem Geheimnis spielte und die Zuchthauspforte auf und zu wippte, war dieser alte Mann: abgeschminkt, ohne Flitter, ohne das feuerrote Fragezeichen auf der Glatze.

"Bleib hier, Vater Louis", sagte Quaß, "bleib bei uns. Wir suchen unsere kleine Venus. Wir finden sie irgendwo, wenn sie nicht gestorben ist. Wir fangen von vorne an. Laß deine Kabine schwimmen."

"Pscht", sagte Abba.

"Ich war ja vollkommen irrsinnig damals. Damals konntest du mich doch nicht ernst nehmen. Natürlich hätte ich damals sagen sollen: Bleib hier, bei uns – ich hätte es sagen sollen, als Herr Endriat noch warm war. Das hast du erwartet, ich weiß."

"Pscht", sagte Abba.

"Aber du hast ja selbst gesagt, daß dein Beschluß schon feststand, bevor ich in dein Sprechzimmer trat. Ich hatte auch gefühlt, daß du die Bude zuschließen und ein Ende machen wolltest, sonst hätte ich es nicht gefordert."

"Pscht", sagte Abba.

"Ich schwöre dir, daß ich nicht ahne, wo Nelly steckt."

"Das stimmt alles, mein Junge", sagte Abba, "aber das ist gar nicht der Rede wert. Natürlich wäre es schön, wenn unser Kalbsköpfchen in den Fischen jetzt hier säße, um mir noch einen Schmatz aufs alte Maul zu drücken – sie hat mich nie auf den Mund geküßt. Natürlich hätte es mir wohlgetan, hättest du mich damals noch eine Zeitlang auf deine Hand patschen lassen, anstatt mich so schnell vor die Tür zu setzen. Aber deswegen habe ich dich doch nicht gequält. Ich wollte dich überhaupt nicht quälen, das kam alles von selbst."

"Ich weiß", sagte Quaß.

"Nichts weißt du", sagte Abba. "Gar nichts weißt du. Schon als kleiner Junge war ich in euch verliebt – in Europa, dessen Boden allein durchtränkt ist mit dem heiligen Saft der großen Vernunft. Aber ihr habt mich zum Clown gemacht. Ihr wollt lieber verrecken, als euch von einem fremden Tier eure Sterne deuten lassen. Ihr seid stolz, ihr Kerle, noch als Totgeburten seid ihr stolz auf euren grünen Jupiter, noch als Totgeburten gebt ihr die Herrschaft über den Planeten nicht auf. Ihr macht Clowns und Rebellen aus allen anderen Menschen der Erde. Die Asiaten und Afrikaner macht ihr zu Rebellen, die Amerikaner habt ihr schon zu Clowns gemacht; sie sind reicher als ihr, aber in das Tagebuch der großen Vernunft sind sie als

Clowns eingetragen. Ihr seid klüger, als ihr selber ahnt. Die große Vernunft arbeitet für euch bis zu eurem letzten Atemzug. Wahnsinnig liebe ich dieses Land, wahnsinnig liebe ich dieses Land, wahnsinnig liebe ich dieses Land."

"Bleib hier", sagte Quaß, "oder komm wieder –"

"Schwätz nicht, mein Junge", sagte Abba. "Als euer Clown? Oder in euer Zuchthaus? Ich komme nicht mehr. Es ist sehr gut, wenn man eine ferne Geliebte über dem Meer hat. Ich werde in Pasadena in die Sterne sehen, ich werde mir ein paar zahme Rehe kaufen und ihnen über den Hals streichen auf meiner kleinen Farm und 'La Paloma' dazu singen, ich werde in Santa Maria den neuen Chor der zwölftausend schwarzen Priester hören – ich werde eine ferne Geliebte über dem Meer haben, aus der Nähe sieht sie doch sehr welk und häßlich aus."

"Ich werde einen fernen Geliebten über dem Meer haben", sagte Quaß – aber Abba schnitt das Gespräch ab, bevor die Augen zu schwimmen begannen:

"In vierzig Jahren besuchst du mich, Sebastian! Dann bin ich hundertfünfzig, dann werden wir endlich Arm in Arm marschieren dürfen, ohne daß man uns verlacht. Dann werden wir Arm in Arm einmarschieren in das neue Reich des Uranus unter dem Triumphbogen des Wassermann. Aber bring dann auch unser siebzigjähriges Kalbsköpfchen mit, wenn sie noch lebt. Dann wird sie auch ohne Scheu Arm in Arm mit mir marschieren."

"Hast du das Gefühl, es ist ihr etwas geschehen, sie ist gestorben?"

"Ich weiß nicht", sagte Abba, "ich kann zurzeit nichts Wahres in den Sternen lesen. Ich will noch einmal diese Stadt begucken, die Straßen und das Alsterbassin; ziehn wir los!"

Sie marschierten schon jetzt ohne Scheu Arm in Arm. Abba sprach kein Wort mehr. Er sang ununterbrochen vor sich hin, er sang alte Kinderlieder aus Dixieland und preßte Quaß' Arm fest an seine herkulische Flanke. Sie marschierten durch viele lärmende Straßen, und als sie an die Landungsbrücken kamen, war es höchste Zeit. An der Laufplanke gab der alte Mann vom Neptun seinem Söhnchen schnell einen Kuß auf den Mund und stieß ihn zurück, als er noch ein paar Schritte folgen wollte und noch nach einem letzten Wort suchte. Quaß sah ihn nicht wieder. Als die Sirene heulte und die Glocke rief und alle Passagiere auf Deck standen, war Abba nicht mehr zu sehen. Nur Gidding winkte. Gidding war bei seinem Herrn geblieben, Abbas Bankkonto stand glänzend. Abba war ein guter Herr, Abba war stets bester Laune, man konnte keinen besseren Herrn finden. Gidding stand etwas abseits von dem eleganten Haufen, der mit ihm in die andere Welt zog. Er summte im Getöse und Geheule und Gepfeife der Abfahrt sein altes Kinderlied aus dem Ghetto vor sich hin:

Europa ist ein grünes Land,
Nach einem grünen Stern benannt,
Da reiten die Reiter wohl durch das Land
Und reiten bis an die See.

Quaß zog allein durch die Straßen. Die Straßen waren aus Asphalt, die Häuser waren aus Beton, die Gesichter der Menschen waren halb Asphalt, halb Beton. Am Abend führte er ein langes Ferngespräch mit Haus Trillke. Die Tizianlady war seit einer Woche seine Vertraute in einer "sehr delikaten Angelegenheit". Sie hatte sich mit Feuereifer auf diesen neuen Fimmel gestürzt. Aber sie wußte nichts Neues zu berichten. Sie hatte die Adresse ihrer Cousine zweiten Grades noch nicht aufgetrieben. Frau Sedde hatte vor vierzehn Tagen ihr rückständiges Gehalt und Fräulein Doktor Otterloos Gewinnanteil von der Bank abgehoben und war ohne Angabe der neuen Adresse verschwunden, das war immer noch die letzte Neuigkeit. Selbstverständlich hatte die Tizianlady schon allerlei Schritte unternommen. Sie hatte bei sämtlichen Seddes und Trillkes in Bremen und Berlin nachgeforscht, aber niemand wußte die Adresse. Ganz gewiß war Frau Sedde zu Fräulein Otterloo gereist oder wußte wenigstens Fräulein Otterloos Adresse. Quaß sollte sich beruhigen, sie würde in acht Tagen Frau Sedde gefunden haben. Und Herr Benno Trillke ließ einen schönen Gruß bestellen, er würde Frau Sedde Daumenschrauben anlegen und die bewußte andere Adresse innerhalb fünf Minuten herausquetschen, die Daumenschrauben für die alte Dame seien schon kaltgestellt.

"Wie?" rief Quaß ins Telephon, als gerade an dieser Stelle ein andres Ferngespräch dazwischenkam ... "Wie? Hallo! – hier Quaß! – Fräulein! – Wie? – Hallo! hallo! – "

Und die Tizianlady rief zwanzigmal am anderen Drahtende: "Die Daumenschrauben – kaltgestellt – im Sektkühler – sagt Benno – Daumenschrauben für Frau Sedde – Daumenschrauben –" Aber die Verbindung war abgebrochen.

Quaß hatte der Tizianlady mit seinem Vertrauen eine ungeheure Freude bereitet. Dieser Fall paßte gerade in den neuen Fimmel, der sich schon seit einigen Wochen in ihr vorbereitete und jetzt mit einer tiefen Wandlung ihrer Seele zum Ausbruch kam: es war der Kuppelfimmel. Die literarischen Seelsorger und Kostgänger behaupteten, sie übe sich bereits für Ernestine. Aber die Tizianlady wußte besser, was der Kuppelfimmel, der sich bald auf ihren ganzen Bekanntenkreis erstreckte, zu bedeuten hatte. Es war der letzte Fimmel, das Finale im Konzert der Fimmel, das Finale im Konzert des eigenen Liebeslebens. Es war eine traurige Erkenntnis, daß es so war – aber es war so. Knapp zehn Jahre eigenen Liebeslebens und vierzig Jahre Kuppelei, das war nicht schön. Zehn Jahre lang Melodie und vierzig Jahre lang Finale, das war nicht schön. Zehn Jahre lang an den Hauptgängen des großen menschlichen Prunkdiners knabbern und dann vierzig Jahre lang zwischen Obst und Käse sitzen, das war nicht schön. Doch die Tizianlady ergab sich mit Grazie in ihr Schicksal und behandelte vorerst den Fall "Quaß - Otterloo" mit jugendlicher Begeisterung.

Aber sie hatte kein Glück mit ihrem Debüt im Kuppelfimmel. Frau Sedde blieb verschollen und Fräulein Otterloo blieb erst recht verschollen. Es kam zu einer lebhaften Korrespondenz mit Quaß, sie schrieb ihm wöchentliche Berichte, als er eine Zeitlang auf Reisen ging, und schlug ihm die tollsten Detektivpläne vor. Aber Quaß lehnte alle ihre phantastischen Pläne ab. Als er nach einem Vierteljahr wieder nach Berlin zurückkam und sie besuchte, hatte sie das melancholische Gefühl, als ob sie selbst in der Zwischenzeit mehr an die verschollene Braut gedacht hatte als der Bräutigam.

Quaß war einen Monat lang in London gewesen und hatte zwei Monate lang am Pasteur-Institut in Paris gearbeitet. Die Hälfte seines Gewinnanteils am medizinisch-astrologischen Institut Kanditz war bereits verjuxt. Die Tizianlady hatte keinen guten Eindruck von ihm. Sein Lieblingswort, das er auf die verschiedensten Fragen zur Antwort gab, war "Beton". Die Häuser waren Beton, ganz gewiß, aber daß die Menschen, der Sport, die Premieren, die Revuen, die Kunstausstellungen und die ganze Gesellschaft mit "Beton" abgetan werden sollten, fand die Tizianlady schon bei Quaß' zweitem Besuch reichlich albern. Außerdem sprach er von den Frauen, von der Frauenbewegung und vom Frauenstaat sehr wenig nett. Beton und Frauenstaat, Frauenstaat und Beton: wenn er von seinen Reisen nichts anderes mitgebracht hatte, sollte er sich schämen.

Auch wissenschaftlich schien er nicht viel profitiert zu haben. Wenigstens wußte er nichts Neues zu erzählen, nichts über seine medizinisch-astrologischen Studien, nichts über seine Krebsstudien an den Londoner und Pariser Instituten. Wie es mit seiner Wissenschaft stand, zeigte sich in besonders schlimmem Licht, als er seine ärztliche Arbeit im Herzen Europas wieder aufnahm. Wenn es Wahrheit war, wie er zufällig in einem Gespräch hatte verlauten lassen: daß man in Paris und London seine letzte Arbeit über Krebsdispositionen anerkannt hatte, dann mußte er doch leicht eine prominente Stelle bei einem namhaften Professor seines Vaterlandes finden. Statt dessen tat er eine Art Armenpraxis auf, im übelsten Viertel der Stadt, eine halbe Tagreise vom Haus Trillke entfernt. Allmählich wurden seine Besuche seltener, und die Tizianlady übte ihren Kuppelfimmel an freundlicheren Paaren. Der Fall "Dr. Manfred Mannesmann – Gräfin Molchin" verdrängte den Fall "Quaß – Otterloo" und erwies sich als weitaus dankbarer.

Dann sah sie ihn monatelang nicht und erhielt einen Korb nach dem anderen, wenn sie ihn einlud. Erst im November, als sie schon mitten in der Wintersaison steckte und die Toiletten für St. Moritz schon bestellt waren, kam er eines Abends unaufgefordert wieder angestolpert. Er schien ein wenig aufgefrischt, er schwärmte von seiner Armenpraxis – aber der Schliff seiner Kanditzer Tätigkeit und seiner Auslandsreisen war schon wieder abgegangen. Auch Herr Benno Trillke fand ihn reichlich rüpelhaft. Früher hatte er sein älplerisches Temperament mit großer Bescheidenheit überdeckt, jetzt gab er sich nicht die geringste Mühe mehr, sein gewaltiges Selbstbewußtsein zu verheimlichen. Fräulein Otterloo schien er überhaupt vergessen zu haben. Hätte nicht die Tizianlady dieses Thema angeschlagen, er hätte offenbar überhaupt nicht nachgefragt. Vermutlich hatte er sich mit irgendeiner Patientin seiner Armenpraxis getröstet. "Vielleicht ist sie ins Wasser gesprungen", sagte er, "zu den Fischen."

"Wo aber steckt Frau Sedde?" fragte Trillke. "Auch ins Wasser gesprungen", sagte Quaß, "auch zu den Fischen." Es war wirklich nicht mehr der Mühe wert, ihm gute Ratschläge zu geben. Und wie er die übrigen Gäste der kleinen Tafelrunde, die an jenem Abend zufällig im Hause Trillke zusammengekommen war, behandelte, war schon fast ein Skandal. Mannesmann, der sich als Kommunist sehr für die Armenpraxis interessierte, bekam schon fast kommunistisch grobe Antworten zu hören. Und Mannesmanns Braut, Gräfin Molchin, ältester Adel, mußte bei dieser Gelegenheit hören, daß Quaß heute schon mit einer anderen großen Adeligen zusammen gewesen war, mit einem Fräulein Meier, einer leibhaftigen Adeligen, die er heute von Zwillingen entbunden hatte. Er störte sehr die kleine, feine Melancholie, zu deren Züchtung die Trillkesche Tafelrunde zusammengekommen war, und man war froh, als er wieder aus dem Hause war.

So kam es, daß es gar keine große "Angelegenheit" für die Tizianlady war, als sie eines Tages nach St. Moritz einen Brief nachgeschickt erhielt, darin ihre Cousine zweiten Grades endlich ihre Adresse angab und auch nach Quaß' Adresse fragte. Selbstverständlich telegraphierte sie sowohl Frau Sedde wie Quaß die beiderseitigen Adressen, aber Sensation war es nicht mehr. Sie steckte gerade im dritten Gastspiel ihres Kuppelfimmels. Ihr alter Onkel Bobby, der sechzigjährige Junggeselle mit dem jungen Herzen, sollte mit der reizenden kleinen Steffie Pulver verheiratet werden, es war ein großer Fall, mitten in der eigenen Sippe. Na ja, die kleine Venus in den Fischen war noch am Leben, Frau Sedde hatte gar keine Neuralgien mehr, seitdem sie täglich große Märsche machte in die Umgebung dieses völlig unbekannten Nestes, aus dem der Brief kam – sehr schön, Sensation war das nicht mehr, rackert euch allein herum!

Der Brief, den Quaß kurz darauf erhielt, trug eine neue, ihm unbekannte österreichische Marke. Der Stempel war verwischt, so daß er die Abgangsstation nicht entziffern konnte. Es war ein Umschlag, wie man ihn bei irgendeinem gottverlassenen Krämer kauft. Die Schrift kam ihm bekannt vor. Als er den Brief öffnete und die wirr bekritzelten Dorfkrämerbogen ordnete, sah er, daß der Brief aus seinem Kirchdorf am Wilden Kaiser kam und daß als Adresse sein Geburtshaus angegeben war. Endlich sah er auch, woher er die Schrift kannte.

"Quaßhof b. Going im Wilden Kaiser, Dezember.

Sehr verehrter Herr Kollege und Mitarbeiter a.D.!

Sie werden sich wundern, einen kurzen Bericht über den Verlauf Ihres hiesigen Geburtshauses zu empfangen. Ihr Geburtshaus hat sich nämlich, wie Sie sehen, zu mir verlaufen. Schon seit geraumer Zeit. Schon im Juni bin ich auf meiner kurzen sechzigjährigen Urlaubsreise, die mir die Institutsleitung seinerzeit gewährt hat, hier gelandet. Herr Ägidius Pforringer, der Nachfolger derer von Quaß, hat mir den ganzen ersten Stock vermietet und hat mir auch, da ich mich entschloß, bis zum Frühling hier zu bleiben, einen neuen Ofen setzen lassen.

Ich wollte zwar meine 14270 Mark Gewinnanteil, die mir Frau Sedde überbrachte und deren Empfang ich hiermit bestätige, zuerst an anderen Orten verpulvern und nicht ausgerechnet in dieser Einöde von Gottes Zorn. Aber es hat sich herausgestellt, daß die Auswahl an Orten auf dieser Erde nicht so groß ist, wie ich ursprünglich annahm. Ich habe das bestimmte Gefühl, daß der Montmartre und die Riviera und Florenz und das Engadin gar nicht existieren, sondern nur eine Erfindung der Zeitungsleute sind. Ich wollte mich nicht der Gefahr aussetzen, in Oberhof oder Honolulu, in Deauville oder Kairo, in Hollywood oder Wildbad Solingen, in Dresden oder London, in Schanghai oder Taormina aus dem Zug zu steigen oder graziös vom Dampfer zu tänzeln und dann alle diese Orte gar nicht vorzufinden, sondern nur ein paar Zeitungskioske und bestenfalls einen alten dernier cri, der auf dem letzten Loche pfeift.

Aber trotzdem es mir hier gefällt und trotzdem ich den Quaßhof tatsächlich vorfand, muß ich Ihre früheren Erzählungen vom Quaßhof als stark übertrieben bezeichnen. Er ist zwar wirklich der schönste Hof im Wilden Kaiser, aber das Haus ist doch höchstens ein Zehntel so groß, als Sie es in Erinnerung haben. Daß der Schnee jemals bis zur Altane des ersten Stockwerks emporgestiegen sei, bezeichnet Herr Pforringer als eine glatte Lüge. Wir haben bereits außergewöhnlichen Schneefall, und man kann noch bequem von den Fenstern des Parterre aus die Landschaft begucken. Und ein tiefer Schacht hinter dem Haus, in dem Sie herumgekrochen sein wollen, ist überhaupt nicht vorhanden. Ich habe im Laufe des Sommers öfter danach gesucht, konnte jedoch nichts entdecken als eine kleine Abfallgrube mit zerbrochenen Töpfen und verrosteten Büchsen. Ich kann mir das alles nur so erklären, daß Sie damals erst einen Meter hoch waren und daher die Dinge doppelt hoch und doppelt tief sahen. Aber auch dann stimmt das Verhältnis nicht, denn Sie sind ja jetzt nicht zehn Meter lang, soweit ich mich erinnere.

Dagegen stimmt es, daß Ihr Vater der beste Harmonikaspieler weit und breit gewesen sein soll. Die Leute sprechen noch jetzt davon, wie er auf seinem ersten und letzten Krankenbett eine ganze Nacht lang durchmusiziert hat, die Nacht vor seinem Todestage.

Frau Sedde ist auch hier. Sie hat mir alles Wissenswerte erzählt. Natürlich hatten Sie Vater Louis' Tuberkulose schon vor meinem Urlaubsantritt diagnostiziert, werter Herr Kollege, das ist mir jetzt klar geworden. Trotzdem ist mir Ihre Nervosität unverständlich geblieben. Ich hätte mich natürlich mit keinem Wort meiner gleichberechtigten Stimme der Auflösung des Betriebs widersetzt, wenn ich gewußt hätte, wie es mit Vater Louis' Gesundheit stand und was der wahre Grund Ihrer damaligen Kopflosigkeit war.

Ich habe Frau Sedde abgewöhnt, über Vater Louis zu schimpfen. Ich habe ihr auch abgewöhnt, über Sie zu schimpfen. Dies letztere aber nur aus dem einfachen Grunde, weil Ihr Geburtshaus sehr dünne Wände hat. Ich höre jeden Strahl Milch, der im Stall in den Melkeimer spritzt, obwohl ich auf der entgegengesetzten Seite des Hauses lebe und webe.

Der wahre Grund meines Heutigen ist ein astrologischer Hinweis. Ich habe mir aus Vater Louis' Schule so viel Kenntnis gerettet, um hie und da in Raffaels Jahresephemeriden den Stand der Planeten nachsehen zu können. Übrigens steht das ja auch so ungefähr in Herrn Pforringers Hundertjährigem Bauernkalender. Für die nächsten vierzehn Tage stehen keine amüsanten Dinge in meinem Monatshoroskop. Ich bin nicht abergläubisch, aber ich möchte Ihnen auf jeden Fall mitteilen, daß ich nicht, wie Sie vielleicht, meinen Gewinnanteil aus unserer gemeinsamen Praxis verjuxt habe, sondern noch einen guten Batzen Geld unter meiner Matratze versteckt habe; auch ein kleines Tagebuch von meiner Urlaubsreise liegt dort und ein Brief an Vater Louis. Ich habe nämlich Angst, daß Mutter Sedde noch abergläubischer ist als ich und in den nächsten vierzehn Tagen ganz den Kopf verliert, wenn ich ihr erzähle, daß irgendeine bedeutende Sternstellung am Himmel steht; darum schreibe ich es Ihnen. Es ist nur eine kleine Dummheit und geht auf Doktor Abbas Kosten, es kommt wohl auch vom vielen Neuschnee ringsum; ich hätte vielleicht doch nicht den ganzen Winter hierbleiben, sondern im Zeitungskiosk von Nizza absteigen sollen.

Gruß!

N.O."

Das Postskriptum war kaum zu entziffern, so eng war es geschrieben. Es waren vier Verse, zusammengekritzelt in die Größe eines Fingernagels, zusammengekritzelt in die Größe einer kleinen Knospe, die noch nicht weiß, ob sie erfrieren, ob sie sich entfalten soll. Es waren Blakes Verse:

"Soll durch alle Ewigkeit
Zwischen uns Vergebung sein –
Unser teurer Heiland sprach:
Dies das Brot und dies der Wein."

Dann kamen noch ein paar kindliche Zeichnungen: ein Riesenhaus und ein winziger Bub davor; eine riesige Abfallgrube mit alten Töpfen und Büchsen und der gleiche winzige Bub davor; und dann ein großer dicker Mann und eine kleine zarte Frau, dazwischen ein dicker Trennungsstrich und auf dem Trennungsstrich, so eng gekritzelt wie Blakes Verse: "Dies der Mann und dies die Frau."

Quaß erhielt diesen Brief ein wenig verspätet, er erhielt ihn an irgendeinem Feierabend nach seinen armseligen Krankenbesuchen. Er konnte gerade noch seine Praxis einem befreundeten Mediziner zur Vertretung übergeben und den Nachtschnellzug nach München erwischen. Am Mittag des nächsten Tages war er schon in Kufstein. Aber es war sehr fraglich, ob er schon am Abend im Quaßhof sein konnte. Es war außergewöhnlich starker Schneefall gewesen, seit zwei Tagen war zwar bombenklares Wetter, und der Schnee hatte sich schon stark gesetzt, aber kein Schlittenkutscher konnte ihm beschwören, ob die ganze Straßenstrecke bis Going schon für Schlitten offen war. Er kaufte für alle Fälle Skier und eine vollständige Skiausrüstung, während sein Schlitten eingespannt wurde. Dann fuhr er mit zwei Pferden los.

Die Straße war offen, aber der Kutscher war ein faules Biest, und die Pferde waren schlecht im Futter, es ging sehr langsam vorwärts. Erst am späten Nachmittag kamen sie in bekannte Gegenden.

Als der Kutscher merkte, daß er einen Eingeborenen fuhr, verlangsamte er sein Tempo, und bei dem vorletzten Wirtshaus, eine Stunde vor dem Quaßhof, streikte er. Von irgendeinem verrückten Ausländer hätte er sich vielleicht noch das letzte Stück in diesem Tempo weiterhetzen lassen, aber ein einheimischer Herr mußte doch selbst ein wenig Verstand im Leibe haben und einsehen, daß jetzt erst mal eine dicke Rast für Kutscher und Pferde nötig war. Quaß ließ eine ganze Serie Schimpfwörter los, aus denen zu hören war, daß auch er eine Art Ausländer war; aber dazwischen kamen doch wieder einzelne wohlbekannte Tiernamen aus der hiesigen Gegend, die ihn verrieten. Der Kutscher streikte. Quaß wünschte ihm und seinen Kleppern einen fröhlichen Tod, er ließ sein Gepäck auf dem Schlitten, er erklärte dem faulen Biest den Fahrweg zum Quaßhof, er schnallte seine Skier an und glitt los.

Ein alter Läufer ist schnell wieder im Schuß, auch wenn er jahrelang zwischen Asphalt und Beton statt zwischen Harsch und Pulverschnee dahingeglitten ist. Quaß war nicht abergläubisch, aber jene zehn Tage der bedeutenden Sternstellung, von denen der Brief sprach, gingen bereits dem Ende zu – er schob los wie ein preisgekrönter Schneeschuhsnob. Seine Unruhe schwand bei dem gleichmäßigen Gleiten der Bretter, sämtliche Felszacken zu seiner Linken begrüßten ihn mit "Hallo!" und "How do you do?" und "Guten Abend, Herr Meier, was kosten die Eier?" Er beschloß, noch eine kleine Abfahrt einzulegen, obwohl es schon dunkelte. Wenn er den kleinen Almbuckel schon vor Going nahm, lag eine Schußfahrt von mehreren hundert Metern bis zum Quaßhof vor ihm, ohne daß ein großer Zeitverlust entstand.

Erst während er in Serpentinen den Almbuckel emporglitt, fühlte er, wie sehr er zwischen Asphalt und Beton außer Atem geraten war. Er brauchte die dreifache Zeit wie früher, bis er die Höhe erreicht hatte. Es war Nacht, als er die Lichter seines Geburtshauses unter sich liegen sah. Er rastete kurz und fuhr ab. Er fuhr bei gutem Schnee in vorsichtigen, flachen Bögen durch die Dunkelheit dahin, doch zum Schluß fuhr er steil auf die Lichter des Hauses zu und ließ die Schneeschuhe laufen, wohin sie wollten.

Aber kurz vor dem Ziel stürzte er. Er stürzte furchtbar, kopfüber in irgendeine Mulde. Er hörte irgendeinen Krach während des Sturzes und blieb liegen.

Als er wieder zu sich kam, merkte er, wo er war. Er war in die kleine Abfallgrube des Quaßhofes gestürzt. Er wälzte sich auf den Rücken und befühlte seine Knochen. Nichts war gebrochen. Nur eine Skispitze war ab, das war der ganze Krach gewesen. Aber er blieb noch eine Zeitlang in dem verdammten Schneeloch liegen und starrte in den Himmel. Seit vielen Monaten, seit Doktor Abbas Abreise, hatte er die Sterne nicht mehr angeschaut; mußte er in die Abfallgrube seines Vaterhauses fallen, um sie wieder zu begrüßen?

Die Fische standen im Zenit, und das zarte Sternbild des Wassermann sank gegen Westen. Der Jupiter stand in den Fischen, sonst war nichts zu sehen von diesem kleinen Schneeloch aus. Aber in dem feinen Kreis der Fische, nahe beim grünen Jupiter, mußte der Uranus stehen. Er war nicht zu sehen, aber dort war sein Platz. Dort war er zu finden, langsam hinüberwallend über die Betonzeit in Abbas neues zweitausendjähriges Reich.

Herr Pforringer, sein Weib, seine Kinder, seine Knechte und Mägde, seine Kühe und Ziegen und Katzen schliefen schon. Nur im ersten Stock brannte in drei Stuben Licht. Als Quaß sich den Schnee abklopfte und auch die Schneeschuhe mit großem Klappern abklopfte und an die Haustür stellte, schlürfte eine vermummte Frauensperson aus dem Haus. Quaß konnte sie nicht erkennen, es war rabendunkel unter der Altane.

"Das ist aber schnell gegangen", sprach eine wohlbekannte spitze Kommandostimme. "Bitte, schütteln Sie nur den Schnee ab."

Quaß schüttelte den Schnee ab, aber es war schon alles abgeschüttelt.

"Wir haben Sie noch nicht so früh erwartet", sagte die Kommandostimme. "Wo haben Sie Ihre Tasche?"

Quaß antwortete nicht und blieb still unter der Altane stehen.

Die alte Dame schien sich ein wenig zu wundern, als die Gestalt im Dunkeln so still stehenblieb. Sie trat ein paar Schritte näher, aber ganz nahe wagte sie sich nicht. Warum sprach der Mann kein Wort? "Sie kommen doch aus St. Johann, Herr Doktor?" fragte sie schüchtern.

"Nein", sagte die Gestalt mit tiefer Stimme.

"Hatten Sie unterwegs noch andere Patienten?"

"Nein", sagte die Gestalt.

"Woher kommen Sie denn?"

"Aus dem Herzen Europas", sagte die Gestalt mit Geisterstimme.

Die alte Dame erschrak furchtbar. Statt des Arztes war ein Verrückter gekommen! Sie wollte schon ins Haus fliehen und die Tür verriegeln, als die Gestalt sie einholte und beim Arm packte. Und als sie sein Gesicht sah und ihn erkannte, war es schon zu spät: sie hatte schon einen Kuß auf ihren berühmt häßlichen Mund bekommen.

Quaß lief im Dunkeln den Gang entlang und die Treppe zum ersten Stock empor und trat ohne Anklopfen in das erste Zimmer, aus dem Licht drang. Da stand die Venus in den Fischen. In einem grünsamtenen Hauskleid stand sie mitten im Zimmer, so klein und verunstaltet sah sie aus mit ihrem gewaltigen Leib. Sie lächelte ihm zu und suchte nach irgendeinem kleinen Witz, um ihn zu begrüßen, aber da kam schon die nächste Wehenwelle, und statt des kleinen Witzes drang nur ein kleiner Wehlaut aus ihrem Mund. Quaß wußte, was zu tun war: er senkte seine Schultern, damit sie die Hände auflegen konnte, und stützte sie nach den Regeln der Kunst. Es war die seltsame Umarmung, die auf der Liste der geheimnisvollen Liebesgesten ganz am Ende steht. So stützt im Urwald auch der melancholische Menschenaffe seine kleine Äffin, wenn sie dem ewigen Leben zur Ehre sich zerspalten muß.

Villa Mirenda, Scandicci (Florenz)

22. März 1928

Lieber Max Mohr,

wir sind also wieder in Italien, es ist kalt und regnet jeden Tag, was mir ganz und gar nicht gefällt. In Diablerets fühlte ich mich viel besser: Obwohl natürlich sehr schade war, daß Sie so scheußliche Tage erwischt hatten und obendrein noch die Grippe bekamen. Ich hoffe sehr, es geht Ihnen besser.

Nein, Venus in den Fischen hat mir nicht besonders gefallen: Zu modern für mich – wissen Sie, im Grunde bin ich ziemlich *altmodisch*[1]. Und in der Tat haben Sie so lange nur Dramen geschrieben, daß es Ihnen mehr um die Mechanik von Ereignissen und Situationen geht als um den menschlichen Charakter schlechthin. Darin sehe ich den Hauptunterschied zwischen Drama und Roman. Der Roman beschäftigt sich mit Menschen, das Drama mit Geschehnissen. Ein Drama zeigt, was geschieht, ein Roman, was ist. Und Ihnen ist nicht sehr wichtig, was ist. Sie interessieren sich nicht wirklich für Menschen: Es ist Ihnen egal, wie sie sind, tief in ihrem Inneren. Sie beschäftigen sich nur mit ihrer "Figur", im amerikanischen und italienischen Sinne des Worts – wie sie aussehen und was sie darstellen. So schreiben Sie Romane, als wären Ihre Charaktere Marionetten: Viel mehr als in Ihren Stücken. – Aber vielleicht wird das Buch dem Publikum gefallen, das kann ich nicht beurteilen.

Ich bin sehr mit meinem Roman beschäftigt, der in einer kleinen Druckerei in Florenz gedruckt wird.[2] Ich schicke Ihnen ein oder zwei kurze Ankündigungen dazu, und wenn Sie in Berlin einen reichen Mann kennen, der vielleicht ein Exemplar kaufen würde, so senden Sie ihm bitte die Ankündigung. Für Sie selbst ist das Buch zu teuer – 40 Mark –, aber ich werde Ihnen später ein Exemplar geben – nicht von diesen

1000, weil ich versprochen habe, keines davon zu verschenken –, aus der nächsten Auflage, ziemlich bald. Für England ist es ein sehr schockierender Roman: schockierend! Aber nur, weil sie Idioten sind. Tatsächlich kontrastiert der Roman das zerebrale Bewußtsein mit dem phallischen Bewußtsein. Erinnern Sie sich, wie man sagte, Rosanow[3] habe unrecht, wenn er im Sex das große neue Mittel zur Befreiung sieht. Aber ich glaube, sogar Rosanow versuchte damit, den phallischen Drang und das phallische Bewußtsein auszudrücken, nicht nur das sexuelle. Wahr ist, daß Sex heute rein mental ist. Intellektuelle Reaktionen übertragen sich auf physische Prozesse: und das ist ekelhaft, *Hässlich und Widerlich*. Doch die phallische Realität ist ein freies Bewußtsein und ein vitaler Impuls, sie ist die große und rettende Realität.

Ich hoffe, es ist schön in der Wolfsgrube. Wir bleiben bis Mai hier und gehen dann vielleicht in die Schweiz, ich weiß es noch nicht. Ich möchte nach New Mexico. Hier gefällt es mir nicht.

Ich hoffe sehr, der Roman der Jungfrau Max[4] schreitet hübsch und munter voran. Wenn Sie direkt über sich selbst schreiben, fällt er zweifellos weniger "dramatisch" aus.

Mit Grüßen an die *gnädige Frau.*

D. H. Lawrence

31. März. Ich habe diesen Brief vor neun Tagen geschrieben und dachte, Sie hätten ihn längst erhalten – aber irgend jemand hat ihn unter ein Buch gelegt, wo ich ihn eben erst gefunden habe! Wie ärgerlich! Kein Wunder, daß Sie sich fragen, weshalb ich nicht schreibe. Ich habe Ihren Brief bekommen, Sie klingen etwas traurig. Aber seien Sie traurig! Es ist viel besser, traurig zu sein als zu lachen in einer *Lächle-Woche.* Und ich hoffe, das Pilatus-Stück wird Ihnen Freude machen, dann wird es Ihnen auch gut gelingen. Ich fürchte sehr, Sie mit meinem Mißfallen an der Venus zu kränken. Aber es ist immer am besten, die Wahrheit zu sagen. Und ich glaube wirklich, daß Ihre Stücke unterhaltender sind als der Roman.

D.H.L.

---

1. Kursiv gesetzte Worte sind von Lawrence selbst deutsch geschrieben.
2. Es handelt sich um "Lady Chatterley's Lover".
3. Wassilij Wassilijewitsch Rosanow, 1856-1919, russischer Philosoph und Schriftsteller, der für eine Naturreligion auf der Basis von Sexualität und Zeugung eintrat.
4. Gemeint ist der Roman "Die Heidin", der 1929 bei Georg Müller erschien.

(Aus dem Englischen von Stefan Weidle)

Bonn, den 17. August 1992

Sehr geehrter D.H. Lawrence,

mit einiger Verspätung habe ich Ihren Brief an Max Mohr gelesen und möchte mich nun auch durch die bedauerliche Tatsache Ihres Todes nicht davon abhalten lassen, kurz zu antworten. Da ich Ihre gegenwärtige Anschrift nicht kenne, muß es auf diesem Wege geschehen, auch wenn dadurch möglicherweise das Postgeheimnis verletzt wird.

Daß Ihnen die *Venus* nicht gefallen hat, ist freilich schade. Vielleicht lesen Sie sie mit dem Abstand einiger Jahrzehnte nun noch einmal, ohne die Folie des eigenen Werkes, um ihren Wert zu erkennen. Denn ich glaube, Sie hätten den Roman damals anders gelesen, wäre nicht zur selben Zeit Ihr berühmtestes Opus entstanden, *Lady Chatterley's Lover*. Das Buch hat Ihnen viel Ärger und Ihren Erben viel Geld eingebracht – das ist vielleicht ein Trost. Liest man heute Ihre Kritik an Mohr, so scheint manches davon durchaus auf *Lady Chatterley's Lover* zuzutreffen. Denn da beschleicht selbst den geneigtesten Leser (den Sie in mir haben: *Sons and Lovers* ist eines der schönsten Bücher, die ich kenne) der Verdacht, Ihnen seien Ihre Figuren herzlich egal gewesen. Sie haben entweder keinen Unterleib (der arme Baronet) oder keinen Oberleib (die Dame und der Heger). Kann es nicht sein, daß Sie die Fehler des eigenen Werks im Roman des Freundes gesucht haben? Wenigstens für mich steckt selbst in Anna Sedde mehr Leben als in Ihrer Kopfgeburt Constance Chatterley.

Natürlich haben Sie recht, wenn Sie sagen, im Roman gehe es um das, "was ist". Um das Sein also, das für Sie in der Natur erfahrbar wird. Da kann Ihnen Mohr nicht folgen – aber schließlich konnte das in den nunmehr sechzig Jahren seit Ihrem Tod auch sonst kaum jemand. Den Menschen in die Natur einzubetten, das ist, mit Verlaub und ohne jede erotische Anspielung, Ihre größte und unvergängliche Leistung. Und vielleicht haben Sie ja gespürt, daß die *Lady Chatterley* in diesem Punkt nicht ganz gelungen ist.

Aber ich will nicht an *Lady Chatterley* herumkritteln, das haben andere mit den verschiedensten Mitteln längst zur Genüge getan. Heute wirkt das Buch jedenfalls eher kopflastig, während frühere Leser sein Schwergewicht bei anderen Körperteilen gesucht haben. Einen Vorwurf aber kann ich Ihnen nicht ersparen: Der Witz der *Venus*, der scheint Ihnen entgangen zu sein. Dabei ist die deutsche Literatur an humoristischen Werken nicht gerade überreich, und hier ragt die *Venus* nun wirklich heraus. Einige Kollegen von Ihnen haben das direkt erkannt, Carl Zuckmayer etwa oder Bruno Frank, der nach der Lektüre des Buches unbedingt sofort den Autor kennenlernen wollte. Und Ludwig Berger wollte den Roman gar in Hollywood verfilmen, hatte auch schon ein Script verfaßt, doch wurde nichts daraus. Nicht der einzige Mißerfolg in Mohrs Leben. Dabei hatte die schriftstellerische Laufbahn verheißungsvoll begonnen – sein Drama *Improvisationen im Juni* ging nach der Uraufführung in München 1922 über zahllose Bühnen. Hat Mohr Ihnen erzählt, weshalb er bei der Uraufführung nicht anwesend sein konnte? Er hatte eine Bergtour unternommen und war in schlechtes Wetter geraten. Mühsam erreichte er sein Haus, den Löblhof außerhalb von Rottach am Tegernsee (Sie werden das Haus im Quaßhof der *Venus* unschwer wiedererkannt haben), mußte aber feststellen, daß er einige Zehen erfroren hatte. Da er keine Hilfe herbeiholen konnte – seine Frau war in München wegen der *Improvisationen* – amputierte er sich die Zehen selbst (er war schließlich Arzt). So lag er, die Beine mit Stricken hochgebunden, mehr tot als lebendig auf dem Bett, während in München das Publikum stürmisch nach dem Autor verlangte. Bei den folgenden Premieren war er vorsichtiger, besonders bei *Ramper*, seinem erfolgreichsten Drama, das 1925 auf vier deutschen Bühnen gleichzeitig uraufgeführt wurde. *Ramper* ist ein Polarforscher, der im Eis strandet, in vielen Jahren des Alleinseins scheinbar alles Menschliche abwirft, dann aber gefunden wird und als "Tiermensch" bei einem Varieté landet. Schließlich "heilt" ihn ein Psychiater, mit dessen Frau er durchbrennt. Das Stück wurde 1927 verfilmt, mit Paul Wegener in der Hauptrolle. Übrigens ist es im vergangenen Jahr zu Mohrs hundertstem Geburtstag in Berlin mit einigem Erfolg wieder gespielt worden.

Als Romanautor hatte Mohr mehr Schwierigkeiten, sich durchzusetzen. Zwar wurde die *Venus* nach dem Vorabdruck in einer Berliner Illustrierten auch als Buch beifällig aufgenommen, doch sein nächster Roman, *Die Heidin*, hatte große Probleme. Nach 21 Absagen brachte der Georg Müller Verlag das Buch der "Jungfrau Max", wie Sie an Mohr schrieben, schließlich 1929 heraus. In diesem Jahr waren Sie bei Mohrs in Rottach, saßen auf der Bank im Löblhof und spielten mit Mohrs Tochter Eva. Sie erinnert sich noch, daß jemand ihren Vater warnte, das Kind solle Ihnen wegen Ihrer Tuberkulose nicht zu nahe kommen, doch Mohr erklärte nur: "Von Lorenzo kommt nichts Böses." Die Eckbank, auf der Sie damals saßen, steht da noch, auch der alte Kachelofen. Im Bücherschrank liegen Ihre Briefe neben Büchern, die Sie Mohr mit Widmung schenkten, auch die versprochene *Lady Chatterley* aus der zweiten Auflage ist darunter – Mohr bezeichnete das Buch übrigens einmal nicht zu Unrecht als ein "sonderliches Nebenwerk" von Ihnen. Sein Enkel, Nicolas Humbert, hat vor ein paar Jahren einen wunderschönen Film mit dem Titel *Wolfsgrub* über das Haus und seine Mutter gedreht, auch von Ihnen ist darin die Rede.

Mohr ist dann im Herbst 1929 mit Ihnen nach Südfrankreich gefahren, hat dort sechs Wochen als Freund und Arzt bei Ihnen gelebt. Helfen konnte er Ihnen nicht. Ein paar Tage vor Ihrem Tod am 2. März 1930 haben Sie ihm einen letzten Brief geschrieben. Aber an all das erinnern Sie sich vermutlich besser, als Ihnen angenehm ist. Darum erzähle ich Ihnen lieber, was nach Ihrem Tod aus Max Mohr geworden ist:

Die Freundschaft zu Ihnen hat sein nächstes Werk geprägt, den Roman *Die Freundschaft von Ladiz,* der 1931 erschien und Ihnen gewidmet ist. Man trifft Sie darin als Philipp Glenn wieder, einen Maler, der sich mit einem Bergsteiger und Forscher namens Xaver Ragaz anfreundet. Zuerst freilich prügeln sich die beiden einmal gründlich, wobei Ihnen das kürzere Ende vorbehalten bleibt (ich hoffe sehr, Sie haben Mohr beim posthumen Wiedersehen dafür nicht mit der Posaune traktiert). Doch man rauft sich zusammen. Am Ende des Romans sitzen Sie dann beide in Eiseskälte auf einem Berg. Die letzten Sätze möchte ich Ihnen ins Gedächtnis rufen: "Sie sahn sich an und lächelten. Ein steifes Lächeln, eingefallen die Wangen, die Lippen blau. Jedoch ein Lächeln, das sie nimmermehr vergessen konnten. Und wenn der eine vor dem anderen starb und sich verflüchtigte vor dem andern? Dies Lächeln blieb. Unzerstörbar, unantastbar, ein Besitz vor allen anderen Besitzen, eine Würde." Vieles von Ihren Gedanken über den unversöhnlichen Gegensatz zwischen Natur und Technik, über das Verhältnis der Geschlechter ist in diesen Roman geflossen, manchmal leider mehr, als gut gewesen wäre. Mohrs Stärke, sein Witz, kommt dadurch ein wenig zu kurz. Dennoch ein schönes Buch, das sogar ins Englische übersetzt worden ist.

Der Verkauf war nicht überwältigend, die späteren Stücke – selbst sein vermutlich bestes, *Platingruben in Tulpin*, das sogar Ihren Beifall fand – gingen nicht mehr besonders gut, so daß Mohrs materielle Situation, die ja schon zu Ihren Lebzeiten nicht gerade rosig war, sich weiter verschlechterte. Er zog sich immer mehr von der Welt zurück. Sein Freund Albrecht Joseph hat über diese Jahre in Mohrs Leben einen sehr aufschlußreichen biographischen Essay geschrieben, nachzulesen in JUNI, Heft 4, 1991 (ich kann nur hoffen, daß diese Zeitschrift bei Ihnen erhältlich ist). Einen Roman hat Mohr noch verfaßt, *Frau ohne Reue*, der 1933 bei S. Fischer herauskam. Noch einmal beschwört er darin die Gegensätzlichkeit von Mensch und Technik, zeigt einen letzten Fluchtversuch in die Natur – doch er endet mit dem Tod. Ein trauriges Buch. Erschienen in einer traurigen Zeit: Der Jude Max Mohr mußte aus Deutschland fliehen, die Hintergründe sind sicher durch sämtliche Spiegel bis zu Ihnen gedrungen.

Mohr ging 1934 nach Shanghai, ohne Frau und Tochter, die er später nachkommen lassen wollte, wenn seine materielle Situation gefestigt war. Unter dem wenigen, was er mitnahm, befanden sich Ihre Briefe. Über seine Existenz in China hat er im Juli 1936 an Thomas Mann geschrieben: "Die Panik schreitet weiter fort im alten Erdteil, und hier ist es das gleiche apokalyptische Geschiebe. Ich habe viel zu tun, und an den Feierabenden schreibe ich meinen Roman 'Das Einhorn' um. Es ist eine wunderbare Arbeit in der Tropenhitze. Zwischen Cholera und Lepra, und wenn man einen neuen Wurm in einem Chinesenkinder-Exkrement am Mikroskop entdeckt hat, schreibt es sich wirklich gut; ich habe das nie geahnt zuvor." Der Roman ist nicht mehr fertig geworden. Der Arzt gewann die Oberhand über den Schriftsteller, Mohr arbeitete bis zur Erschöpfung. Am 13. November 1937 ist er an einem Herzschlag gestorben.

Sein Werk ist in Vergessenheit geraten. Zwar wurden nach Ende des Zweiten Weltkriegs die *Improvisationen im Juni* noch zweimal inszeniert, doch ohne große Wirkung. Die Menschen hatten andere Probleme. So ist diese Ausgabe der *Venus in den Fischen* seit bald sechzig Jahren die erste Publikation Mohrs. Hoffentlich nicht die letzte. Das Zeitalter des Wassermann ist inzwischen angebrochen, doch das, was Doktor Abba uns prophezeit hat, ist bislang ausgeblieben. War er also doch ein Scharlatan? Ich glaube nicht: Es ließ sich kaum ahnen, daß weder die große noch die kleine Vernunft schließlich siegen würden, sondern die Unvernunft. Und die falschen Magier.

Ich hoffe, es geht Ihnen gut auf Ihrer Seite des Spiegels, wo vielleicht doch die große Vernunft herrscht. Wenn Sie Max Mohr sehen, grüßen Sie ihn bitte herzlich. Sagen Sie ihm, daß er unlängst ein paar begeisterte Leser gefunden hat.

Und damit verbleibe ich, mit den besten Wünschen,

Ihr sehr ergebener

Stefan Weidle

P.S. Ich würde mich natürlich freuen, Sie und Max Mohr persönlich kennenzulernen, doch eilt es damit nicht.

Elias Canetti
Werke

Dreizehn Bände und ein Begleitband
Band 13050

Die Kassette wird nur geschlossen abgegeben. Sie enthält das kostenlose Beiheft ›Wortmasken. Texte zu Leben und Werk von Elias Canetti‹.

Band 1:
Das Augenspiel
Lebensgeschichte 1931-1937

Band 2:
Die Blendung
Roman

Band 3:
Dramen
Hochzeit/
Komödie der Eitelkeit/
Die Befristeten

Band 4:
Die Fackel im Ohr
Lebensgeschichte 1921-1931

Band 5:
Die Fliegenpein
Aufzeichnungen

Band 6:
Das Geheimherz der Uhr
Aufzeichnungen 1973-1985

Band 7:
Die gerettete Zunge
Geschichte einer Jugend

Band 8:
Das Gewissen der Worte
Essays

Band 9:
Masse und Macht

Band 10:
Nachträge aus Hampstead
Aufzeichnungen

Band 11:
Der Ohrenzeuge
Fünfzig Charaktere

Band 12:
Die Provinz des Menschen
Aufzeichnungen 1942-1972

Band 13:
Die Stimmen von Marrakesch
Aufzeichnungen nach einer Reise

Begleitband:
Wortmasken
Texte zu Leben und Werk von Elias Canetti

Fischer Taschenbuch Verlag

fi 2052 / 1

Veza Canetti

Die Gelbe Straße

Roman

Mit einem Vorwort von Elias Canetti
und einem Nachwort von Helmut Göbel

Band 10914

In der Wiener *Arbeiter-Zeitung*, zu ihrer Zeit Österreichs am sorgfältigsten redigierte Tageszeitung, veröffentlichte Veza Canetti regelmäßig Geschichten, vor allem in der Wochenend-Beilage. Zum guten Teil handelten diese Beiträge vom Leben in der Ferdinandstraße im II. Wiener Gemeindebezirk. Dort wohnte, bis zum Beginn der Nazi-Zeit, die Mehrzahl der Wiener Juden; die Ferdinandstraße war bekannt dafür, daß dort vor allem Lederhändler, en gros und en détail, ihre Geschäfte hatten. In und vor den Geschäften stapelten sich Taschen, Koffer, Zaumzeug, Lederwaren aller Art – die Straße soll ganz gelb gewesen sein. Speziell aus dieser Straße, in der sie selbst lange gewohnt hat, berichtet Veza Canetti in ihrem Roman, über große und kleine Katastrophen – verunglückte Ehen, tyrannische Ehemänner, Mitgiftjäger, geldgierige Hausherren und ähnliche Prüfungen mehr. Der kleine Kosmos *Gelbe Straße* steht für die Welt. Knapp und pointiert, an Karl Kraus geschult, berichtet Veza Canetti – immer auf Seiten der Opfer – von den im Maßstab noch kleinen Brutalitäten, die geradewegs in die große Katastrophe des Zweiten Weltkriegs und der sogenannten Endlösung führen. Die Münchner *Abendzeitung* nannte das Buch »eine notwendige Entdeckung«.

Fischer Taschenbuch Verlag

fi 617 / 5

Veza Canetti

Geduld bringt Rosen

Erzählungen

Band 11339

Wie die Geschichten der *Gelben Straße* versetzt auch die Mehrzahl der in *Geduld bringt Rosen* versammelten Erzählungen den Leser in das Wien der frühen dreißiger Jahre zurück. Mit spürbarer Anteilnahme erzählt Veza Canetti von Menschen, die in bedrückenden Verhältnissen leben. Ihr Stil ist knapp und präzis, in einer eigenwilligen Mischung aus Erzählbericht und Figurenperspektive treten die Charaktere und Situationen schon in wenigen Sätzen greifbar vor Augen. Es sind die namenlosen, die übersehenen und die durch ihre Geburt oder die Niedertracht anderer benachteiligter Menschen, denen die Aufmerksamkeit von Veza Canetti gilt. Sie erkennt ihre Individualität, gibt ihnen Namen und bewahrt die, die sie beachtet und beobachtet, in knappen, genauen Erzählungen davor, übersehen und vergessen zu werden. Veza Canetti erzählt ohne Herablassung, einfühlsam und witzig von diesen Männern, Frauen und Kindern im Wien der Zwischenkriegszeit. Und gerade das Fehlen jeder Sentimentalität macht ihre Erzählungen so anrührend und wahrhaftig.

Fischer Taschenbuch Verlag

fi 659 / 5

Franz Kafka

Der Proceß

Roman

In der Fassung der Handschrift

Band 12443

Die Frage der Schuld wurde durch diesen im August 1914, bei Ausbruch des Ersten Weltkriegs, begonnenen Roman, in dem sie immateriell bleibt, geradezu zur Vision des Jahrhunderts.

»Jemand mußte Josef K. verleumdet haben, denn ohne daß er etwas Böses getan hätte, wurde er eines Morgens verhaftet.«

»In Kafkas Romanen gehen die exzentrischesten Dinge vor sich. Aber... es ist alles ganz wirklich, mit einer fast pedantischen Genauigkeit wirklich, wenn auch wirklich in einer Wirklichkeit, die sich nicht bezeichnen läßt. Wirklichkeit ist ja eben nichts anderes, als eine Ahnung, eine Suggestion, eine Erschütterung von fernsten Weltzusammenhängen her.«

Willy Haas

Fischer Taschenbuch Verlag

fi 1663 / 1

Franz Kafka

Das Schloß

Roman

In der Fassung der Handschrift

Band 12444

Jeder Versuch, ins Schloß zu gelangen, mißlingt; so bleibt es nah und fern zugleich; seine Hierarchie fordert Gehorsam, aber die Weisungen bleiben dunkel und unverständlich.

»Dieses Dorf ist Besitz des Schlosses, wer hier wohnt oder übernachtet, wohnt oder übernachtet gewissermaßen im Schloß. Niemand darf das ohne gräfliche Erlaubnis.«

»Alles, was über dieses Buch gesagt werden kann, ist nur tastendes Nebenher. Man muß es selbst nachlesen, Zeile für Zeile, wie hier aus einem oft lieblichen Zusammensein von Ironie und Pietät die drohende Strenge des letzten Gerichts auftaucht.«

Hans Sahl

Fischer Taschenbuch Verlag

fi 1664 / 1

Franz Kafka

Der Verschollene

Roman

In der Fassung der Handschrift

Band 12442

Thema dieses von Max Brod
in seiner Edition »Amerika« genannten Romans ist die
Einordnung des Einzelnen in die Gemeinschaft.

»Als der siebzehnjährige Karl Roßmann...
in den Hafen von Newyork einfuhr, erblickte er die schon
längst beobachtete Statue der Freiheitsgöttin wie in einem
plötzlich stärker gewordenen Licht.«

»Am schönsten an diesem Werk ist die tiefe
Melancholie, die es durchzieht: hier ist der ganz seltene Fall,
daß einer *das Leben nicht versteht* und recht hat.«

Kurt Tucholsky

Fischer Taschenbuch Verlag

fi 1661 / 1

Franz Kafka

Ein Landarzt

und andere Drucke zu Lebzeiten

Band 12441

Ein Landarzt enthält sämtliche Texte,
die Franz Kafka selbst zur Veröffentlichung gegeben hat,
für Zeitungen und Zeitschriften und als Bücher:
Betrachtung, Das Urteil, Der Heizer, Die Verwandlung, In der Strafkolonie, Ein Landarzt, Ein Hungerkünstler

»Es scheint so arg, Junggeselle zu bleiben, als alter Mann unter schwerer Wahrung der Würde um Aufnahme zu bitten... in seinem Zimmer nur Seitentüren zu haben, die in fremde Wohnungen führen...«

»Kafkas Novellen sind sich ereignende unerhörte Begebenheiten, im Sinne der Goetheschen Definition. Ihre klare und schlichte Architektur aber gibt Durchblicke in alle Heimlichkeiten und Abgründe der Seele.«

Otto Pick

Fischer Taschenbuch Verlag

fi 1660 / 1

Franz Kafka

Beim Bau der chinesischen Mauer

und andere Schriften aus dem Nachlaß

In der Fassung der Handschrift

Band 12446

Gegen Ende November 1916 begann Kafka Eintragungen in Oktavhefte zu machen; er setzte dies bis zum Februar 1918 fort – sie sind mit dem Dramenfragment »Der Gruftwächter« und Aphorismen in diesem zweiten Band mit Schriften aus dem Nachlaß zusammengefaßt.

»Die chinesische Mauer ist an ihrer nördlichsten Stelle beendet worden. Von Südosten und Südwesten wurde der Bau herangeführt und hier vereinigt.«

»Franz Kafka ist ein romantischer Klassiker, zweifelsohne. Die tragische und skurrile Ironie seiner die Nichtigkeiten der Wissenschaften und des menschlichen Daseins persiflierenden Erzählungen, die Lebens- und Todesängste, das folterreiche Beamtendasein seiner Tiere und Menschen... steht mit seiner von Anbeginn unveränderlichen, weil vollendeten ethisch-menschlichen Natur jenseits von Lob und Tadel.«

Albert Ehrenstein

Fischer Taschenbuch Verlag

fi 1666 / 1

Franz Kafka

Beschreibung eines Kampfes

und andere Schriften aus dem Nachlaß

In der Fassung der Handschrift

Band 12445

Dieser erste von vier Bänden mit Schriften aus dem Nachlaß beginnt mit dem frühesten erhaltenen Albumblatt aus dem Jahre 1897 und reicht bis zu »Blumfeld ein älterer Junggeselle« vom März 1915.

»Ich schlief und fuhr mit meinem ganzen Wesen in den ersten Traum hinein. Ich warf mich in ihn so in Angst und Schmerz herein, daß er es nicht ertrug, mich aber auch nicht wecken durfte, weil die Welt um mich zuende war...«

»Wenn irgendeine Dichtung der Gegenwart, so ist Franz Kafkas Werk unter dem Auftrag des Unbewußten entstanden... Wir haben hier ein frühes Wunder von Prägnanz und Ausdrücklichkeit, sanfte Feerien einer weltlichen Ironie, ein dichtes Geflecht von lokaler Atmosphäre und einer Schwermut, wirr und weit wie die Welt.«

Heinz Politzer

Fischer Taschenbuch Verlag

fi 1665 / 1

Franz Kafka

Das Ehepaar

und andere Schriften aus dem Nachlaß

In der Fassung der Handschrift

Band 12448

»Ein Hungerkünstler«, »Forschungen eines Hundes«, »Josefine die Sängerin«, »Der Bau« sind in diesem vierten Band der Schriften aus dem Nachlaß enthalten.

»Sie schläft. Ich wecke sie nicht. Warum weckst Du sie nicht? Es ist mein Unglück und mein Glück.«

»Kafkas Sprache ist Kafka selbst und seine Welt ist nur in seiner Sprache möglich und denkbar. Ähnlich wie Paul Klees oder Marc Chagalls malerische und zeichnerische Handschrift nichts Entlehntes hat und von niemandem entlehnt werden kann, weil sie aus einem Stück ist mit dem Geist und der Absicht ihrer Schöpfungen.«

Johannes Urzidil

Fischer Taschenbuch Verlag

fi 1668 / 1

Franz Kafka
Tagebücher

In der Fassung der Handschrift

In Kafkas Tagebüchern sind autobiographische Aufzeichnungen und literarische Texte miteinander vermischt. Die langsam gefundene Form behält er grundsätzlich bei, variiert sie aber immer wieder. In dieser Edition bilden sie drei Bände.

Band 1: 1909-1912
»Ich habe vieles in diesen Tagen über mich nicht aufgeschrieben... teils aus Faulheit, teils aber auch aus Angst, meine Selbsterkenntnis zu verraten.«
Bd. 12449

Band 2: 1912-1914
»Gestern unfähig auch nur ein Wort zu schreiben. Heute nicht besser. Wer erlöst mich? Und in mir das Gedränge, in der Tiefe, kaum zu sehn.«
Bd. 12450

Band 3: 1914-1923
»Alles ist Phantasie, die Familie, das Bureau, die Freunde, die Strafe, alles Phantasie, fernere oder nähere...«
Bd. 12451

Fischer Taschenbuch Verlag

fi 1670 / 1

Franz Kafka
Reisetagebücher

In der Fassung der Handschrift

Mit den parallel geführten Aufzeichnungen von Max Brod im Anhang

Band 12452

In den Jahren 1910 bis 1912 machten Franz Kafka und Max Brod unabhängig voneinander Aufzeichnungen von ihren gemeinsamen Reisen; die Gegenüberstellung der Niederschriften verdeutlicht das Gegensätzliche im zusammen Erlebten.

»Das Schloß in Friedland. Die vielen Möglichkeiten, es zu sehen: aus der Ebene, von einer Brücke, aus dem Park, zwischen entlaubten Bäumen, aus dem Wald zwischen großen Tannen durch.«

»Nie im Leben bin ich je wieder so ausgeglichen heiter gewesen wie in den mit Kafka verbrachten Reisewochen... – es war ein großes Glück, in Kafkas Nähe zu leben.«
Max Brod

Fischer Taschenbuch Verlag

fi 1669 / 1